Bonnie Edwards

Sündiges Geständnis

Erotischer Roman

Aus dem Englischen
von Claudia Müller

blanvalet

Die amerikanische Originalausgabe erschien unter dem Titel
»Midnight Confessions« bei Aphrodisia, New York.

FSC
Mix
Produktgruppe aus vorbildlich
bewirtschafteten Wäldern und
anderen kontrollierten Herkünften

Zert.-Nr. SGS-COC-1940
www.fsc.org
© 1996 Forest Stewardship Council

Verlagsgruppe Random House FSC-DEU-0100
Das für dieses Buch verwendete FSC-zertifizierte Papier
Holmen Book Cream liefert Holmen Paper, Hallstavik, Schweden.

1. Auflage
Deutsche Erstausgabe April 2010

Published by arrangement with Kensington
Publishing Corp., New York, NY, USA
Dieses Werk wurde vermittelt durch die Literarische Agentur
Thomas Schlück GmbH, 30827 Garbsen.
Umschlaggestaltung: © HildenDesign unter Verwendung eines
Motivs von Eryk Fitkau/Photographer's Choice / Getty Images
Redaktion: Thomas Paffen
HK · Herstellung: RF
Satz: DTP Service Apel, Hannover
Druck und Einband: GGP Media GmbH, Pößneck
Printed in Germany
ISBN: 978-3-442-37328-4

www.blanvalet.de

Für meine Eltern, Jim und Jean. Ich wünschte, ihr wäret hier.

Für Hilary Sares, die mir die Freiheit ließ, mich mit dieser Geschichte zu vergnügen und wegen der Gespenster keine Miene verzog.

Und für meinen Ehemann, auf immer.

1

Seit zwei Wochen schon hatte Faye Grantham diese Mission geplant. Den Wunsch danach verspürte sie schon viel länger. Jetzt holte sie tief Luft, fuhr glättend mit der Hand über ihren Rock und betrat die dämmerige Hotel-Bar.

Alleine.

Verzweiflung war eine gestrenge Herrin, und sie verlangte Opfer, und Faye war verzweifelt. Sie konnte die Hitze unter ihrer Haut nicht mehr leugnen. Ihr ganzer Körper stand in Flammen, und es erstaunte sie beinahe, dass in der Hotel-Lobby niemand die Feuerwehr rief.

Sex mit einem Fremden. Sie war hier, um mit einem Mann zu schlafen, von dem sie noch nicht einmal den Namen wissen wollte. Sie war zu allem entschlossen.

Auf der Schwelle blieb sie stehen, um sich nach einem möglichen Kandidaten umzusehen. Zuerst war sie enttäuscht. Nur wenige Gäste saßen in der Bar. Auf den Tischen flackerten Kerzen, und die in die Decke eingelassenen Halogenlämpchen sollten einen

Sternenhimmel vortäuschen. Schließlich hieß die Bar ja auch Stargazer.

Einige Paare unterhielten sich leise, Männer sprachen in ihr Handy und hatten ihren Laptop aufgeklappt vor sich stehen; eine Frau mit Einkaufstüten, auf denen teure Markennamen aufgedruckt waren, nippte an ihrem Martini.

Die einzigen Männer von Interesse saßen links von der Tür. Vier Männer, Anfang dreißig, in Anzügen, die anscheinend etwas zu feiern hatten.

Beim Anblick der appetitlichen Kerle erreichte ihre innere Hitze unerträgliche Ausmaße. Sie blickte starr vor sich hin, um ihr Interesse zu verbergen, stieß aber unwillkürlich die Luft aus. Beinahe erwartete sie, dass ein Feuerstoß aus ihrem Mund dringen würde.

Noch nie hatte sie solches Verlangen verspürt.

Als sie an dem Tisch vorbeiging, verstummten die Gespräche. Männliche Düfte drangen ihr in die Nase, und ihre Nasenflügel blähten sich.

Wenn sie jetzt den Kopf drehte, um die Männer anzuschauen, würde sie stehen bleiben, aber ein letzter Funke Stolz hinderte sie daran. Sie würde sich auf keinen Fall anglotzen lassen.

Bereits bei der Vorstellung, dass vier Männer jeden Zentimeter ihres Körpers betrachteten, wurde sie nass. Und dass alle in ihr sein wollten.

Geh weiter. Eine Hitzewelle schlug über ihr zusammen.

Wenn sie nicht aufpasste, würde sie am Ende mit allen vieren gleichzeitig im Bett landen! Sie nackt auf dem Bett, während vier Männer sie erregten.

Sie spürte förmlich, wie der Handrücken eines Mannes liebevoll an ihrer nackten Brust entlangglitt. Seine Knöchel drückten sich in die zarte Haut, und ihr Nippel richtete sich auf. Ein anderer Mann würde sie auf den Mund küssen und an ihrer Unterlippe saugen, bevor seine Zunge tief in sie eindrang. *Oh, ja.*

Zwei könnten an ihren Brüsten saugen, und einer könnte ihre Zehen verwöhnen. Der vierte, oh, er würde seine Finger in sie hineinstecken, und sie würde heftig kommen, bevor er seinen dicken Schwanz in sie hineinschieben würde. Sie presste die Schenkel zusammen und schaffte es kaum noch bis zum Barhocker, so heiß machte sie ihre eigene Fantasie.

Früher hatte sie nie solche Fantasien gehabt. Vielleicht lag es ja daran, dass sie letzten Monat dreißig geworden war, oder auch daran, dass sie nach fünf Jahren endlich verlobt war. Aber vielleicht hatte es auch etwas damit zu tun, dass Colin ständig behauptete, sie bräuchte einen Sex-Therapeuten.

Was auch immer der Grund sein mochte, sie fand es großartig. Sie war eine wandelnde sexuelle Implosion und wollte nur wissen, warum.

Ihr BH fühlte sich ganz rau an und kratzte über ihre aufgerichteten Nippel. Lustvolle Funken schossen von ihren Brüsten zu ihrer Muschi, und sie erschauerte. Sie stellte sich vor, wie einer der Männer die harten Knospen mit seiner Zunge beruhigte. Ein nasser Mund glitt an ihrem Hals entlang, während sie den Kopf zurückwarf, damit die Lippen des Mannes zu ihrem Nacken gleiten konnten.

Dann jedoch fiel ihr ein, dass sie alleine auf einem Barhocker saß und etwas bestellen sollte. Mühsam riss sie sich aus ihrer Fantasie und blickte zum Barkeeper. Nicht auszudenken, wenn sie jetzt laut gestöhnt hätte!

Man hätte sie in eine Gummizelle gebracht.

Aber vielleicht gehörte sie dort auch hin. Vorher jedoch wollte sie noch mit einem Mann schlafen, und ihr namenloser Liebhaber würde einer von den gut riechenden Männern am Tisch hinter ihr sein.

Einer von ihnen würde bestimmt die Zeichen ihrer Erregung bemerken. Einer von ihnen würde es sicher ausnutzen.

Und sie wollte benutzt werden.

Dieses Sehnen hatte sich schon seit Monaten aufgebaut. Zuerst war es nur ein unbehagliches Gefühl gewesen, als ihre Großtante Mae Grantham gestorben war. Wegen ihrer seltenen Besuche hatten sie Gewissensbisse gequält.

Dann war aus dem Gefühl ganz langsam so eine Art Jucken geworden, wogegen Kratzen nicht half. Sie hatte mehr Sex gehabt, war jedoch noch unbefriedigter als sonst gewesen. Das Verlangen war immer heftiger geworden und hielt sie gepackt, bis ihre sexuelle Frustration nicht mehr auszuhalten gewesen war. Sie konnte nicht mehr dagegen ankämpfen.

Das starke Gefühl konnte nur als sexuelle Implosion bezeichnet werden. Es beherrschte sie, wenn sie wach war und wenn sie schlief.

Und alle Gegenmaßnahmen hatten sie schließlich zu diesem Moment, zu diesen fremden Männern gebracht.

Wenn ihre Mission heute Abend nicht erfolgreich war, dann war ihre Ehe zum Scheitern verurteilt, bevor sie überhaupt begonnen hatte.

Sie wandte den Männern am Tisch bewusst den Rücken zu, damit sie es unter sich ausmachen konnten. In wenigen Minuten schon, wenn sie merkten, dass sie tatsächlich alleine hier war, würde einer von ihnen zu ihr herüberkommen und sich dicht neben sie an die Bar stellen. Das Feuer ihrer Haut würde ihn verbrennen. Er würde sich etwas zu trinken bestellen und abwarten, ob sie von ihm abrückte.

Wenn sie jedoch bliebe, würde er sie anlächeln. Sie würde die Arme unter der Brust verschränken und ihm einen guten Einblick in ihren Ausschnitt gewähren.

Das Kleid, das sie trug, hatte sie förmlich angesprungen. Sie hatte es im Bestand in ihrem Hinterzimmer gefunden, gefaltet wie ein Schal.

Merkwürdig, dass sie überhaupt dort nachgeschaut hatte, aber als sie es aus einem Stapel alter Männerhüte herausgezogen und sich angehalten hatte, war es ihr vorgekommen, als ob in Leuchtfarbe *Fick mich* darauf stünde.

Auf dem Etikett stand, dass eine zweitklassige Schauspielerin es in irgendeinem Sex-Streifen getragen hatte. In ihrem Secondhand-Laden konnte sie so etwas nicht gut verkaufen, aber wenn man einen Fremden verführen wollte, war es genau das Richtige.

Sie rutschte auf dem Barhocker ein wenig nach hinten und legte ihre perlenbesetzte Clutch auf die Theke. Dann wandte sie sich mit strahlendem Lächeln dem Barkeeper zu und beugte sich vor. Dabei streiften ihre Brüste über die lederbesetzte Rolle am Rand. Weil sie hoffte, sich ein wenig erleichtern zu können, verstärkte sie den Druck, aber das war ein schlimmer Fehler.

Sofort sammelte sich Feuchtigkeit im Schritt ihres String-Tangas, und sie musste die Beine übereinanderschlagen, um sich nicht zu verraten.

Da der Barkeeper damit beschäftigt war, die Theke abzuwischen, und nicht auf sie achtete, hob sie die Arme und fuhr sich durch die Haare. Ihre Brüste wackelten nur für ihn. Sofort trat er zu ihr. Jung, gut aussehend und geil, lehnte er an der Theke und ließ den Blick auf ihrem Dekolleté ruhen.

»Brechen Sie nicht gerade sämtliche ungeschriebenen Barkeeper-Gesetze, indem Sie auf meine Brüste starren?« Aber sie drückte sie mit den Armen nur noch mehr zusammen, damit er das Interesse nicht verlor.

Grinsend blickte er ihr in die Augen. »Was kann ich heute Abend für Sie tun?«

»Ich weiß nicht. Haben Sie etwas Saftiges, Nasses? Ich bin ein durstiges Mädchen.«

Seine Augen funkelten. Er stützte sich mit den Armen auf der Theke auf. Er hatte starke Unterarme, und unter den Manschetten seines weißen Hemdes blitzten Härchen hervor.

»Sie trainieren bestimmt. Ihre Unterarme sind sehr muskulös. Sie sehen sehr stark aus.« Sie fuhr mit dem Fingernagel über seinen Handrücken bis zur Spitze seines Mittelfingers.

Einer der Typen vom Tisch setzte sich neben sie, bevor der Barkeeper antworten konnte. »Ich hätte gerne einen Whiskey Soda. Und für die Dame?«

Mit glitzernden Augen starrte er ihr in den tiefen Ausschnitt. Faye lächelte ihn freundlich an und schlug erneut die Beine übereinander. »Ihr Rasierwasser gefällt mir. Ich habe es gerochen, als ich an Ihnen vorbeigegangen bin.«

Grinsend erwiderte er: »Es freut mich, dass es Ihnen gefällt.« Er spiegelte ihre Bewegung und fuhr mit der Fingerspitze von ihrem rosa lackierten Zeigefingernagel über ihren Knöchel bis zu ihrem Handgelenk.

Ihre Nerven standen in Flammen. *Berühr mich. Berühr mich. Oh, berühr mich.*

Beinahe hätte sie um mehr gebettelt. Sie biss sich auf die Unterlippe und blickte ihn an.

Ein energisches Kinn, gleichmäßige Zähne und intelligente Augen vervollständigten ihren ersten Eindruck. Dass er die Situation im Griff hatte, wurde ihr klar, als er dem Barkeeper einen gebieterischen Blick zuwarf. Der jüngere Mann beeilte sich, seine Bestellung auszuführen.

Faye hatte den passenden Mann gefunden.

Abgesehen von seinem Rasierwasser roch er nach Erfolg und Macht. Blinzelnd blickte sie ihn an, als wäre sie überrascht über seine Kühnheit. Sein Unterarm drückte sich an ihren und brannte sich in ihre Haut ein.

Sie stellte sich vor, wie er die Hand an ihrem Rücken hinuntergleiten ließ, eine Hinterbacke umfasste und sie drückte. Dabei wurde ihr noch heißer.

Seine Augen waren dunkelbraun, seine Haare ordentlich geschnitten, und er hatte die Hände eines Geschäftsmannes. Gepflegt und weich, aber doch stark.

Seine Lippen waren hart – genau, wie sie es gerne mochte. Sie stellte sich vor, wie sie sich auf ihren Mund senkten. Die Stärke ihrer Fantasien machte sie langsam nervös. Beinahe hatte sie das Gefühl, sie nicht mehr kontrollieren zu können. Noch nie hatte sie so heftige Fantasien gehabt.

»Ich weiß noch nicht, was ich möchte«, sagte sie, weil ihr plötzlich einfiel, dass sie die Frage des Fremden noch gar nicht beantwortet hatte. »Ich kann sehr wählerisch sein.«

Sie musterte ihn. Ja, er war auf jeden Fall passend. Er sah gesund aus, war interessiert, trug keinen Ehering und schien intelligent zu sein.

»Ich bin Faye Grantham«, stellte sie sich mit ihrem richtigen Namen vor. Sie konnte sowieso nicht gut lügen.

»Miss, was darf ich Ihnen bringen?«, warf der Barkeeper ein.

»Wie ich bereits sagte, ich hätte gerne etwas Nasses, Saftiges.« Sie legte den Kopf zurück und fuhr sich mit den Fingerspitzen über den Hals. »Vielleicht etwas mit Eiswürfeln; sie kühlen so schön, wenn mir heiß ist.« Ihre Finger glitten zu ihrem Dekolleté.

Schweigend beobachteten die beiden Männer sie, während ihre Finger zwischen ihre Brüste glitten. Ihre Nippel drängten sich durch den Stoff des Kleides hindurch.

»Haben Sie etwas, das mich abkühlt?«

Der junge Barkeeper schluckte hörbar. »Einen Bellini. Er wird Ihnen schmecken, ich verspreche es Ihnen.«

Der Mann neben ihr – älter und erfahrener als der Barkeeper – kniff die Augen zusammen. Dann legte er ihr die Hand auf den Rücken, oberhalb des Stoffes. Ihre Haut prickelte.

Mit der Fingerspitze zog er langsam hypnotische Kreise auf ihrer nackten Haut. Sie richtete sich auf und schob dadurch automatisch ihre Brüste vor. Wenn er nicht bald handgreiflicher wurde, dann würde sie aus dem Kleid springen. Als sie ihm in die Augen blickte, sah sie das Versprechen darin.

Solange sie spielen wollte, gehörte er ihr.

»Ich brauche gar nichts mehr zu trinken«, erklärte sie. »Ich habe hier alles, was ich brauche.«

Sie ließ sich vom Barhocker gleiten, wobei sie an seinem Körper entlangrutschte. Sie wurde noch nasser bei dem Gedanken an Sex mit diesem Mann mit den heißen Augen und dem harten Mund. Voller Vorfreude leckte sie sich über die Lippen.

»Haben Sie ein Zimmer?«, fragte sie heiser.

Er nickte und wandte sich erneut an den Barkeeper.

»Champagner auf Suite zwanzig-vierzehn«, bestellte er.

Sie blickte den jungen Mann an, der sie mit offenem Mund anstarrte. »Den besten, den Sie haben«, fügte sie hinzu.

Dann ergriff sie ihre Handtasche und wandte sich zum Ausgang. Verführerisch schwenkte sie die Hüften, und sie spürte förmlich die heißen Blicke durch die dünne Seide des Kleides hindurch.

»Meine Karte«, sagte er zu ihr, als er sie am Ellbogen ergriff, um sie an den Tischen vorbeizuführen. Sie ergriff die Karte und warf einen Blick darauf, obwohl sie doch den Namen gar nicht wissen wollte. Mark McLeod.

Es war ein guter Name. Das Unternehmens-Logo kannte sie nicht, aber das spielte keine Rolle; sie würden sich sowieso nie wieder begegnen. Sie steckte die Visitenkarte in ihre Clutch, neben den äußerst praktischen Brief von Watson, Watson und Sloane.

Erneut betrachtete sie sein Profil. Starkes Kinn, kühne Nase, harte Lippen und tolle Schultern. Sie erwärmte sich zusehends für den Gedanken, an seinem Schlüsselbein zu saugen und kleine Bissspuren zu hinterlassen.

An den Tisch mit seinen Freunden verschwendete er keinen Blick mehr. Er konzentrierte sich nur auf Faye und hielt sie fest am Arm, während sie die Lobby durchquerten. Ihr wurden die Knie weich, als sie daran dachte, was er gleich mit ihr tun würde. Sex mit einem Fremden in einem Hotel am Flughafen.

Plötzlich wurde ihr klar, dass sie sich in eine gefährliche Situation begab. Verstohlen musterte sie Mark aus den Augenwinkeln heraus. Eigentlich sah er anständig und freundlich aus. Wie ein normaler Mann. Ein scharfer und bereitwilliger Mann, den sie absichtlich betört hatte. Sie konnte jetzt nicht mehr zurück.

Das würde auch ihr Körper gar nicht zulassen, dachte sie, als erneut Hitze in ihr aufstieg. Sie versuchte sie zurückzudrängen, aber es war ein aussichtsloser Kampf, den sie in den letzten drei Monaten zu häufig verloren hatte. Ihr Körper wollte es viel zu sehr.

Wenn sie erst einmal mit Mark alleine in der Suite war, konnte alles Mögliche passieren. Sie war dort mit ihm gefangen und musste jede Perversität über sich ergehen lassen. Aber gehörte das nicht auch dazu? Die kräftige Dosis Angst machte die Fantasie doch erst so erregend. Sie keuchte leise auf.

Mark drückte auf den Knopf für den Aufzug und grinste sie an. »Okay?«

»Ja, es geht mir gut.«

»Mehr als gut, Faye. Du bist ein Traum.« Er ließ ihren Arm los, und seine Hand glitt zu ihrem Hintern. »Du bist perfekt.«

»Wirklich?« Sie biss sich auf die Lippe. Sie klang so naiv und unerfahren. Er würde sich noch genug über ihr Verhalten wundern, wenn sie erst einmal allein waren.

Die Türen des Aufzugs glitten auf, und sie traten in die Kabine. Mark warf einem Pagen mit einem Gepäckwagen einen warnenden Blick zu, und der Mann blieb gehorsam draußen stehen. Fayes letzte Chance, ihre Meinung zu ändern, war vertan, als die Tür sich vor ihr und diesem Fremden, diesem Mark McLeod, schloss.

2

In der Kabine wandte Faye sich zu Mark um und schmiegte sich an ihn. Er roch nach Mann; dieser Duft stieg ihr in die Nase und erfüllte sie. Sie schaute ihn an.

Langsam senkten sich seine Lippen auf ihre. Er küsste sie leidenschaftlich, und sie seufzte unter seinem Kuss.

Sein Mund war fordernd, und Hitze stieg in ihr auf. Sie schmolz förmlich an seiner starken Brust dahin. Er packte mit beiden Händen ihren Arsch und drückte sie an sich. *Oh, ja.*

Verlangen überfiel sie. Sie brauchte mehr als diesen flüchtigen Druck.

Seine stahlharte Erektion bewies ihr, dass auch er mehr brauchte.

Leise seufzend schmiegte sie sich an ihn und schob ihr Knie an seinem Oberschenkel hinauf.

Er hatte schmale Hüften und einen starken Rücken. Am liebsten hätte sie ihn auf der Stelle geritten.

Seine Hand glitt in ihren Ausschnitt und umfasste

ihre linke Brust. Kurz streifte ein kühler Luftzug ihren Nippel, dann senkte er den Kopf darüber.

Sie spürte es tief in ihrem Bauch, als sich seine Lippen um die harte Knospe schlossen. »Oh ja«, flüsterte sie heiser und stöhnte auf, als sich erneut Feuchtigkeit zwischen ihren Beinen sammelte.

»Oh, das ist gut, das ist *sooo* gut«, murmelte sie.

Sie beugte sich zurück, damit er besser an ihre Brust herankam. Seine Zunge fuhr fest über ihren Nippel, er knabberte mit den Zähnen daran und zog ihn tiefer in den Mund.

Faye zerschmolz vor Verlangen. Sie hätte sich nie vorstellen können, dass zwischen zwei Fremden solche Leidenschaft entstehen könnte.

Seine andere Hand glitt zu ihrem Strumpfgürtel, und er stöhnte, als seine Finger die zarte Haut unter ihrem Strumpf streichelten.

Faye begann, an seinem Ohrläppchen zu knabbern. Sie zog es vorsichtig zwischen die Lippen und biss leicht hinein. Noch nie war sie so offen, so bereit, so heiß gewesen.

Der Fahrstuhl hielt.

Ruckartig kam sie wieder in die Realität zurück. Faye ließ sein Ohrläppchen los und verbarg ihr Gesicht an seinem Hals. Ihr Herz schlug heftig, und nur langsam wurde ihr Atem wieder normal.

Mit einem enttäuschten Laut zog er die Hand unter ihrem Rock hervor. Sie zog ihr Kleid hoch, um ihre Brust zu bedecken, aber da sie sie nicht in das

Körbchen des Büstenhalters packte, stach der Nippel durch den dünnen Stoff.

Er sah es und rieb mit dem Daumen über die Seide, eine neue süße Qual. Seine Augen waren dunkel und heiß.

Die Türen glitten auf, sie traten in den Flur. Er führte sie zu seiner Suite und öffnete sie mit der Karte. Faye lehnte sich an die Wand neben die Tür. Alles kam ihr unendlich verlangsamt vor.

Dann ging die Tür auf, Mark führte sie hinein, und die Welt draußen war ausgesperrt.

Einen Moment lang blickte Faye sich um. Eine ganz normale Business-Hotelsuite. Sein Koffer stand auf dem Boden unter dem Schreibtisch, auf dem seine Aktentasche lag. Sie sah einen Laptop, ein paar leere Cola-Dosen, eine Kaffeemaschine mit einer halb vollen Kanne.

»Bleibst du länger?«, fragte sie. Vielleicht konnte sie ja doch mehr Zeit mit ihm verbringen. Sein Duft, seine Küsse, sein harter Körper hatten sie bereits mehr entflammt, als sie für möglich gehalten hätte.

»Mindestens einen Monat«, sagte er. »Vielleicht auch länger. Wir wollen expandieren. Vielleicht überführe ich auch das gesamte Unternehmen nach Seattle.« Er trat an den Tisch neben dem Sofa und schaltete eine Lampe ein. Dann legte er seine Brieftasche, seine Schlüssel und die Zimmerkarte in den gelben Lichtkegel.

Faye schlüpfte aus ihren Schuhen und ließ sie an der Tür stehen. Der Teppich war dick und weich.

»Und, Faye, was machst du so? Bist du auch geschäftlich hier?«

»Nein, ich lebe hier.«

»Ist das etwa dein Geschäft?« Seine Stimme war auf einmal scharf und sein Tonfall verächtlich.

Sie lachte. »Nein, natürlich nicht.« Sie trat auf ihn zu. Sie wollte sich diese Gelegenheit nicht entgehen lassen. »Ich bin kein Callgirl, obwohl gemunkelt wird, dass wir früher so jemanden in der Familie hatten.«

Sie dachte an den Brief von Watson, Watson und Sloane. Sie hatte die Familienvilla geerbt, von der die anderen Verwandten nichts wissen wollten.

Mark schlang ihr die Arme um die Taille. Sie hatten es jetzt nicht mehr eilig, schließlich wussten sie beide, wie die Nacht enden würde.

»Das ist ein ungewöhnliches Geständnis«, meinte er neugierig.

Sie fuhr ihm mit den Händen über die Schultern. »Ich erzähle es nicht vielen Leuten, zumal meine Familie lange ein ziemliches Geheimnis daraus gemacht hat. Sex als Geschäft hat vor einigen Generationen schon gewaltig an Reiz verloren.«

»Aber es ist doch eine coole Geschichte. Oder sollte ich lieber sagen: eine heiße?«

Faye lachte leise. »Die Familienlegende hat neue Nahrung bekommen, als meine Großtante Mae gestorben ist, die Letzte ihrer Generation, die sich noch an die Puffmutter, an Belle Grantham, erinnern konnte.«

»Möchtest du mir denn ein paar Sex-Geheimnisse verraten? Magst du irgendwas Besonderes?« Lässig rieb er seine Erektion an ihrem Schritt. Das gefiel ihr an ihm, dachte sie, dieser Wechsel zwischen schnell und langsam, zwischen drängend und lässig.

Colin preschte immer nur nach vorne, und sie hatte nie Zeit, wirklich warm zu werden oder ihre Fantasie spielen zu lassen. »Ich möchte gerne einen Orgasmus haben, wenn das nicht zu viel verlangt ist.«

»Geht es darum nicht überhaupt?« Er drückte mit beiden Händen ihre Arschbacken fest an sich, damit sie spüren konnte, wie schwer sein Schwanz war. Sie spreizte die Beine, um möglichst viel von ihm zu spüren.

»Ich brauche immer sehr lange, deshalb kann ich nur hoffen, dass du nicht ungeduldig bist.«

»Wir haben die ganze Nacht für uns. Wir lassen uns Zeit.« Er knabberte an ihrem Ohrläppchen, und Schauer überliefen ihren Rücken. »Wir werden alles tun, was du brauchst.«

»Deshalb bin ich hier. Um zu lernen, was ich brauche. Ich möchte wissen, wo ich etwas falsch mache.«

Er blickte sie nachdenklich an. Dann lächelte er. »Meinst du das ernst? Ich soll dich unterrichten?«

Sie nickte. »Ich möchte wirklich etwas lernen.«

Gespannt blickte sie ihn an. Von seiner Antwort hing alles ab.

»Lektion Nummer eins: Eine Frau ›macht nichts falsch‹. Vor allem nicht eine Frau, die wie du Sexualität förmlich ausstrahlt. Du bist für die Liebe geradezu geschaffen, Faye.«

Sie warf ihm einen ungläubigen Blick zu.

»Du kannst es mir ruhig glauben.« Er blickte ihr eindringlich in die Augen. »Du bist der Sex in Person«, sagte er. »Ein feuchter Traum von einer Frau.«

Sie zögerte. »Dann zeig es mir. Zeig mir, wie ich zum Orgasmus komme.«

Sie zuckte zusammen, als seine Hand unter ihren Rock glitt, aber sie spreizte unwillkürlich die Beine. Sie wollte ihn spüren, damit das Verlangen, das sie beherrschte, endlich aufhörte.

Er ließ einen Finger in ihre Nässe gleiten.

»Jede Frau, die so schnell nass wird, weiß, was sie will.«

Sie zitterte, als er den Schritt ihres Höschens beiseiteschob.

»Du bist so nass, so bereit, Faye. Was willst du?«

»Kommen. Ich will kommen. Ich brauch es.« Seine Finger an ihrem geschwollenen Fleisch machten sie ganz wild.

»Du zitterst ja vor Erregung«, sagte er. »Vielleicht sollte ich einfach das machen.« Sein Finger glitt mit einer festen Bewegung von ihrer Klitoris zu ihrer

Öffnung. »So lange, bis du kommst. Gefällt dir das? Möchtest du im Stehen durch meinen Finger kommen?«

»Könntest du das machen?« Es schockierte sie, dass der Akt so einfach sein konnte. Auf diese Weise konnte doch niemand zum Orgasmus kommen.

»Doch, wenn du es unbedingt willst, ginge es wahrscheinlich.« Kreisend, mit einer federleichten Bewegung, glitten seine Finger über ihre Öffnung.

Sie lehnte ihre Stirn an seine Schulter und bog sich seinem Finger entgegen. Sie war gierig. So gierig war sie nach Colin nie gewesen.

Plötzlich glitt Marks Hand wieder zu ihrer Klitoris. Er umfasste sie mit zwei Fingern und rollte die harte Knospe hin und her. Sie stöhnte laut auf, und ihre Erregung wurde noch größer.

Sie drückte sich an ihn und versuchte verzweifelt zu erreichen, dass er einen Finger in sie hineinschob. »Steck sie hinein, oh, bitte, steck sie … hinein …« Sie stieß mit den Hüften, als die wundervollen Empfindungen, die von ihrer Klitoris ausgingen, sie überschwemmten.

»Ja, so ist es gut, Faye«, sagte er. »Du bist unglaublich.«

Sie stand kurz davor zu kommen, aber er ließ es nicht zu. Als sie glaubte, es schon nicht mehr aushalten zu können, schob er einen Finger in ihr heißes Loch. »Ich muss dich nur einmal probieren, Faye. Nur einmal probieren.«

Er zog seinen Finger wieder heraus und leckte ihn genüsslich ab. Sie musste die Augen schließen, weil der Anblick sie wahnsinnig machte.

»Du bist heiß und salzig und süß und schmeckst besser als jede andere Möse.«

»Tu es noch einmal.« Ihre Stimme war ganz heiser.

Ein diskretes Klopfen an der Tür ließ sie auseinanderfahren. Faye holte tief Luft, während Mark die Tür öffnete und dem Kellner, der den Champagner brachte, ein Trinkgeld zusteckte. Als er gegangen war, stellte Faye fest, dass das Schild »DO NOT DISTURB« nicht mehr innen am Türgriff hing. Die Lektion, um die sie gebeten hatte, konnte beginnen.

3

Mark beobachtete Faye, während er die Goldfolie von der Champagnerflasche entfernte. Sie war wirklich ein unglaublicher Fund, dachte er. Ihr üppiger Körper strahlte eine Mischung aus Sinnlichkeit und Unschuld aus, die man selten sah. Sie bewegte sich wie eine Frau, die sich im Bett am wohlsten fühlte, aber ihre Küsse waren zurückhaltend und ihre Hände zögernd.

Und dass sie angeblich nicht wusste, wie sie zum Orgasmus kommen sollte, war wirklich verrückt.

Eine Frau, die in eine Bar kam und vier jungen Geschäftsmännern den Kopf verdrehte, lediglich indem sie sie nicht anschaute, wollte von ihm lernen, einen Orgasmus zu bekommen?

Er würde dem Schicksal später dafür danken, dass er als Erster aus der sexuellen Erstarrung aufgewacht war, die sie an seinem Tisch ausgelöst hatte. Bei allen vier Männern hatte der Verstand ausgesetzt und war in die Schwänze gezogen, als sie Fayes Hüftschwung gesehen hatten.

Sie hatte tolle Brüste, eine schmale Taille und geschwungene Hüften wie ein Pin-up-Girl aus den 1950ern.

Heiß, heiß, heiß.

Und blond, blond, blond.

Selbst ihr Kleid sah aus, als stammte es aus dieser Zeit. Die Seide schmiegte sich eng an ihren Körper und enthüllte blasse, zarte Haut, die jetzt einen rosigen Schimmer annahm, als er sie beobachtete.

Sie stand ganz still da. Sie war kurz vor dem Orgasmus gewesen, und wenn der Champagner nicht gekommen wäre, hätte sie auch den Höhepunkt erreicht. Sie hätte unter seiner Hand gewimmert und gestöhnt und wäre explodiert wie ein Vulkan.

Aber vielleicht war es so ja besser. Wenn er sie warten ließ, würde sie ihre Lektion besser lernen.

»Mark?« Sie zog die perfekt geschwungenen Augenbrauen hoch. »Der Champagner?«

»Ja, Entschuldigung.« Er drückte den Korken aus der Flasche und schenkte ein. Dann reichte er ihr eine Champagnerflöte und ergriff die andere. »In deiner Gegenwart vergesse ich alles, Faye.«

»Oh.« Sie umfasste den Stiel des Glases, als könnte es verschwinden. »Danke für den Champagner. Es ist nett von dir.«

Amüsiert trank er einen Schluck. Als wenn er nicht alles bestellt hätte, was sie wollte. Er hatte sie vom ersten Moment an begehrt, schon als er sie durch die Lobby kommen sah.

Die Tatsache, dass sie allein war, drang zum Glück

ein wenig früher durch sein sexuell benebeltes Gehirn als bei seinen Freunden. Sie war eine mächtige Frau, und ihre sexuelle Aura war wie der Lichtstrahl eines Leuchtturms direkt auf ihn gerichtet gewesen.

Und als er dann sah, dass der Barkeeper genauso auf sie reagierte, war er schnell aufgesprungen und hatte sich neben sie gestellt.

Und jetzt war er hier mit ihr allein. Sie war heiß und nass, und ihre feuchten Lippen waren wie geschaffen für seinen Schwanz. Halleluja.

Erneut zog er den Stoff ihres Kleides herunter, um ihre linke Brust zu entblößen. Er legte drei Finger unter die perfekte Kugel, als wolle er sie wiegen. Sie blinzelte und leckte sich über die Lippen.

Langsam ließ er einen Tropfen Champagner auf die zarte Haut tropfen und verrieb ihn mit dem Daumen. Dann leckte er ihn ab, und sie warf den Kopf zurück. Ihre Brust hob sich unter ihrem schweren Atem.

Ihre Haut war zart und frisch, und er hätte sie gerne weiter erforscht.

»Wunderschön.«

»Danke.« Sie errötete bei seinem Kompliment. Nervös trank sie einen Schluck Champagner, wobei ihre Lippen kaum das Glas berührten. »Du fühlst dich gut an. Dein Mund fühlt sich gut an.«

»Er wird sich bald noch besser anfühlen.«

»Ja, bitte.« Wieder saugte er an ihrem Nippel. Sie bewegte die Hüften, und er wusste, wie nass sie wäre, wenn er ihre Muschi leckte.

Sie legte ihm die Hände auf die Brust, und er führte eine Hand an seinen Schwanz. Er zuckte zusammen, als sie ihn zögernd berührte. »Wenn das zu viel für dich ist, kannst du jetzt noch nach Hause gehen, Faye.«

Das hatte er eigentlich nicht sagen wollen, aber er hatte noch nie eine Frau zu etwas gezwungen, und das mochte er auch jetzt nicht. Wenn sie es ebenfalls wollten, machte es viel mehr Spaß.

Sie riss die Augen auf. Ihre Finger glitten an seinem Schwanz entlang, umfassten seine Eier, so wie er ihre Brust umfasst hatte. Sein Magen zog sich zusammen, und sein Schwanz zuckte. Es war eine süße Qual, sich vorzustellen, wie ihre schlanken weißen Finger seine Eier streichelten.

Er war derjenige, der sich zurückziehen musste, bevor er kam.

Faye war heißer als jede andere Frau, die er kannte. Ihr Duft stieg ihm in die Nase, ihre Augen versprachen ihm den Mond, und ihre Haut betörte ihn. Sie kniff ihm leicht in den Sack, und er wäre beinahe auf der Stelle gekommen. Himmel!

Als sie ihn genügend abgetastet hatte, lächelte sie ihn strahlend an. Ihm kam es vor, als wäre plötzlich die Sonne aufgegangen.

»Du bist so hart, und ich will es«, murmelte sie. Sie hob ihm ihr Gesicht entgegen, und sie küssten sich leidenschaftlich. Faye rieb sich an ihm, und sein Schwanz zuckte.

»Wie möchtest du kommen? Du musst mir sagen, wie. Es gibt viele Methoden. Meine Finger?«

Sie schüttelte den Kopf.

»Mein Mund?« Sie schlug die Augen nieder. »Ah, das würde dir also gefallen. Mein Mund auf deiner Muschi. Das möchtest du.«

Sie küsste ihn erneut, aber er wich zurück.

»Bist du zu schüchtern, um zu sagen, was du willst?«

»Nein.« Aber sie griff nach der Champagnerflöte.

»Dann sage ich dir, was du willst.«

Sie erwiderte seinen Blick über den Rand ihres Glases hinweg. »Ja, sag mir, was ich wirklich brauche, Mark.«

Ihm wurde ganz heiß unter der Hitze ihres Blicks, und zum ersten Mal fragte er sich, worauf er sich da eingelassen hatte.

Vielleicht war sie ja mehr Frau, als er geglaubt hatte. Aber eigentlich war es doch egal. Er begehrte Faye Grantham, und er musste sie haben.

»Okay, ich bin bereit«, sagte sie, und er musste schmunzeln, als sie ihn anblickte wie ein tapferer kleiner Soldat.

»Du bist doch kein Lamm, das zur Schlachtbank geführt wird. Du bist eine Frau. Eine erwachsene Frau, die Sex will. Ich gebe ihn dir, und wenn wir beide bereit sind, kommen wir.«

»Nun, dann lass uns mal anfangen.« Sie stieß einen frustrierten Seufzer aus.

»Zieh dein Kleid aus. Zeig mir deine Brüste, deine Beine, deinen Arsch und deine Muschi. Und dann sage ich dir, was ich tun werde, und zwar bevor ich es tue.«

»Ich dachte, du würdest mich ausziehen.«

»Nein. Manchmal übernimmt das auch die Frau, um ihren Mann zu erregen.«

Sie streichelte seinen Schwanz. »Du bist schon erregt.«

»Ja, und wenn du so weitermachst, spritze ich ab. Du machst mich absolut heiß.«

»Ach ja?«

»Zieh dein Kleid aus, Faye. Hör auf, herumzuspielen. Ich werde dich nicht ausziehen.«

Ihre Augen blitzten bei seinem Kommandoton, aber sie gehorchte. Sie entblößte erst eine Schulter, dann die andere. Eine Brust steckte immer noch im Körbchen des Büstenhalters, die andere lag frei. Ihm lief das Wasser im Mund zusammen.

Ohne dass er sie auffordern musste, hob sie auch die zweite Brust aus dem Körbchen. Ihre rosigen Nippel richteten sich genau auf seinen Mund. Er musste sich beherrschen, nicht darüber zu lecken.

Sie bewegte sich, und ihre Brüste wackelten verführerisch. Er durchschaute ihr Spiel.

»Du willst, dass ich dich auf das Bett werfe und dich schnell nehme. Auf diese Weise bist du nicht verantwortlich für das, was hier geschieht.«

Ihr Blick bestätigte ihm, dass er Recht hatte.

»Fühlst du dich schuldig, weil du Sex willst?« Er konnte nicht widerstehen. Er musste ihre Brüste mit den Händen umfassen. Sie warf den Kopf zurück, als er einen Nippel zwischen Daumen und Zeigefinger rollte.

»Das Ganze ist verrückt«, sagte sie. »Ich habe mich noch nie mit einem Fremden eingelassen. So ein Leben führe ich gar nicht.« Sie wirkte ein bisschen verängstigt.

Er hatte tatsächlich noch nie in seinem Leben eine Frau zu etwas gezwungen, aber er würde sicherlich sein Bestes tun, sie zu überreden, dass sie dablieb.

»Wir brauchen einander ja nie wiederzusehen«, sagte er. Im Vergleich zu ihrer blassen Haut wirkte seine Hand dunkel, und ihr Nippel erschien unter seinen großen Fingern zart wie eine Perle. »Aber du hast mich gebeten, dir beizubringen, wie du kommen kannst. Und das könnte die ganze Nacht lang dauern. Vor allem, wenn du nicht daran gewöhnt bist zu kommen. Um bei einem Quickie zu kommen, braucht man Erfahrung.«

»Wirklich?« Ihre Angst wich aufrichtigem Interesse.

»Man muss die Nervenenden trainieren, damit sie schneller reagieren«, fügte er hinzu. »Dazu braucht man Übung.«

»Oh.«

Sie runzelte die Stirn. »Ich verstehe«, sagte sie.

Er zog einen Nippel in den Mund. Die Knospe war

hart wie eine Perle, aber die Haut darum herum war weich. Himmel. Er schlug mit seiner Zunge darüber, und sie stöhnte.

Ihre Finger packten seine Haare und hielten seinen Kopf fest. Braves Mädchen. Sie würde ihm schon zeigen, was sie brauchte, auch wenn sie es nicht sagte.

Er saugte fester, und je mehr Brust er in den Mund nahm, desto lauter stöhnte sie.

»Schreist du, Faye?«

»Schreien?«

»Wenn du kommst. Schreist du dann?«

»Ich versuche immer, es zu unterdrücken.«

Er wandte sich dem anderen Nippel zu. Er löste die Haken am BH, und das Kleidungsstück sank zu Boden. »Siehst du? Jetzt habe ich dir doch beim Ausziehen geholfen. Den Rest machst du.«

Er setzte sich aufs Sofa und wartete. Ihr hübsches blaues Kleid hing um ihre Hüften. Sie schob es hinunter.

Als er ihre Brüste dabei leicht nach vorne baumeln sah, wäre er am liebsten direkt über sie hergefallen. Verblüfft zog er die Luft ein. Solche Gedanken hatte er noch nie gehabt. Eigentlich ging er eher langsam und bedächtig vor, wenn er mit einer Frau schlief. Er verhielt sich normalerweise nicht wie ein Urmensch.

»Dreh dich um und zeig mir deinen Arsch, Faye. Deine Strumpfgürtel gefallen mir. Sie rahmen deine Hüften so schön ein.«

Sie fuhr sich mit der Hand über den Bauch. »Ich habe breite Hüften, und mein Hintern ist viel zu dick, aber ich kann tun, was ich will …«

»Dreh dich um und überlass die Beurteilung mir.«

Sie drehte sich um.

Er sah die besten Arschbacken, die er je gesehen hatte. Er berührte ihre rechte Hinterbacke. »Du bist so weich; deine Haut fühlt sich an wie Seide – wie weiße Seide. Unglaublich.« Er zupfte an dem Stringtanga.

Sie zuckte zusammen. »Gefällt dir das?«

»Es zieht zwischen meinen Beinen. Ja, es fühlt sich gut an.« Sie reckte ihren Hintern in die Höhe, so dass er ihre äußeren Schamlippen sah.

Wieder musste er sich zusammenreißen. Bessere Kontrolle bedeutete besseren Sex, und diese Frau verdiente den besten Sex, den er ihr geben konnte.

»Jetzt komm hierher, und zieh deine Schuhe wieder an.«

»Wirklich?«

»Tu es. Und dann komm mit mir ins Schlafzimmer.« Er mochte Stiletto-Absätze, vor allem in Verbindung mit Strümpfen und Strapsen.

Sie tat, was er sagte, und stellte sich ans Fußende des Bettes. Er drehte sie so, dass sie sich im Spiegel über der Kommode selbst sehen konnte.

Ihre Augen weiteten sich bei dem Anblick. Ihre Haut war rosig, und ihre vollen Brüste hoben sich bei jedem Atemzug. Ihr Stringtanga glänzte vor Feuchtigkeit. Er tippte dagegen.

»Siehst du? So sehr möchtest du es jetzt. Warst du schon jemals so nass?«

»Nein, noch nie.« Sie bog sich seinem Finger entgegen und spreizte die Beine. Gierig schloss sie die Augen, als er sie sanft durch den feuchten, dünnen Stoff hindurch streichelte.

Sein Finger glitt in ihren Schritt und drückte sich auf ihre Klitoris.

»Lektion Nummer zwei«, sagte er. »Du solltest sagen, was du willst. Nicht nur darüber sprechen, sondern es dir vorstellen. Es in Gedanken vor dir sehen.«

»Ja.« Sie nickte.

»Was siehst du, wenn ich das tue?« Er ließ seinen Finger um ihre Klitoris kreisen.

»Mein Klitoris, rot und dick.« Ihre Hüften stießen wie von selbst.

»Siehst du, wie sie vor Feuchtigkeit schimmert?«

»Ja ...«

Er verstärkte den Druck und rieb ihre Klitoris hin und her. Sie erblühte unter seiner Hand und öffnete sich weiter.

Sein Schwanz drängte sich gegen den Reißverschluss, und er öffnete ihn, um sich zu erleichtern. Dann drückte er den Schwanz gegen ihren Arsch. Aber die Erleichterung dauerte nur fünf Sekunden an, dann wurde die süße Qual umso schlimmer. Er schob seinen Schwanz hin und her. Faye griff nach hinten und umfasste seine Eier. Sie öffnete die Augen, um im Spiegel neugierig zu beobachten, wie er reagieren würde.

»Drück sie«, sagte er mit zusammengebissenen Zähnen. »Aber vorsichtig, sonst spritze ich gleich ab.«

Sie beobachtete ihn im Spiegel, und als sie sich über die Lippen leckte, dachte sie schon, sie wäre verloren. »Oh, Scheiße, du bist so heiß.«

»Ja.« Ihre Finger glitten über seinen Schaft, und vor seinen Augen tanzten Funken.

Sie schloss wieder die Augen.

»Nein, lass sie offen. Du sollst alles sehen«, befahl er.

Sie gehorchte und blickte mit ihren strahlend blauen Augen wieder in den Spiegel. Er knabberte an ihrem Nacken, und als er ihre Klitoris zwischen den Fingern rollte, stöhnte sie und wand sich unter seinen Berührungen.

»Siehst du? Spürst du, wie du reagierst? Deine Muschi zuckt, du öffnest dich und bist so nass.«

»Ja.« Sie keuchte und spreizte die Beine weiter. Gleich würde sie über seine Hand kommen.

Er schob ihr den Schwanz zwischen die Beine, und sofort presste sie die Beine zusammen, so dass er sich nicht schnell genug bewegen konnte, um sie zum Orgasmus zu bringen. Aber das tat sie unbewusst, und er ließ ihr ihr eigenes Tempo.

Ihr Atem kam in keuchenden Stößen, und leises Grunzen signalisierte ihre Anstrengung. Sie bemühte sich sehr, aber der Höhepunkt war noch nicht erreicht.

Sie brauchte mehr direkte Aufmerksamkeit.

Er schob erst einen, dann einen zweiten Finger in sie hinein. Ihr Entzückensschrei feuerte ihn an, und er pumpte sie mit seiner Hand. Sie beugte sich vor und stützte sich auf der Kommode ab, den Arsch hoch in die Luft gereckt.

Er lächelte, als er ihre gierige, fordernde Haltung sah. Seinen Schwanz hatte sie längst vergessen, und sie bog sich seiner Hand entgegen.

Die Feuchtigkeit nahm zu, ihre Schamlippen bebten, während ihre inneren Muskeln sich zusammenzogen.

»Lass los, Faye. Komm für mich, komm über meine Hand.«

Das brachte ihr den ersehnten Höhepunkt. Sie bäumte sich wild auf und unterdrückte einen Schrei. »Komm, Baby, fick meine Hand. Komm jetzt, Faye.«

Sie stöhnte tief auf und erschauerte am ganzen Körper. Sie war prachtvoll, ungezähmt und mehr Frau, als er je erträumt hatte. Als das Zittern langsam nachließ, führte er sie zum Bett und ließ sie daraufsinken. »Nächste Lektion. Wie du noch einmal kommst.«

4

Mark streckte sich neben Faye auf dem Bett aus. Sie zitterte immer noch. »Das war unglaublich«, sagte sie und seufzte befriedigt. »Wie ist dir das gelungen?«

»Das lag nur an dir. Du reagierst sehr stark.«

»Für gewöhnlich nicht.«

Mark zog eine Augenbraue hoch. Der Mann war nicht nur begabt, er sah auch großartig aus. Zum ersten Mal in ihrem Leben hatte Faye genau ins Schwarze getroffen. Ihre Entscheidung, einmal Sex mit einem Fremden zu haben, war absolut richtig gewesen.

Sie legte ihm die Hand an die Wange. »Du bist toll. Ich habe ein Riesenglück gehabt, jemanden wie dich zu finden. Und dass alles so schnell und so …« Sie wurde rot. »… so vollständig passiert ist. Wir haben noch nicht einmal …« Sie plapperte Blödsinn.

»Miteinander geschlafen?«

»Ja.« Sie drehte sich auf den Rücken, spreizte die Beine, schloss die Augen und zog die Knie an. »Jetzt bist du an der Reihe.«

Sie wartete darauf, sein Gewicht auf sich zu spüren,

aber als nichts geschah, öffnete sie die Augen wieder. Er saß immer noch da wie vorher. Sein Schwanz drückte sich dick und fest gegen ihren Schenkel. Er sah nachdenklich aus. »Was ist los?«

»So gerne ich mich einfach auf dich legen, ihn hineinstecken und abspritzen möchte, du brauchst etwas Raffinierteres.« Er grinste. »Ich mag Vorspiel. Das macht die Sache spannender.«

»Ich glaube, noch mehr Raffinesse kann ich kaum ertragen.« Aber innerlich begann sie schon wieder zu beben.

»Lass uns mal versuchen, ob du noch mal zum Orgasmus kommen kannst, Faye. Du schaffst es bestimmt.«

»Glaubst du?«

Er nickte.

»Dann komme ich also zweimal, während du nur einmal kommst?« Das schien ihr nicht fair zu sein. »Bist du sicher?«

Er lächelte sie an. »Wie ich schon sagte, wir werden die ganze Nacht hier sein, ich komme also bestimmt auf meine Kosten. Mach dir keine Sorgen.«

Strahlend erwiderte Faye sein Lächeln. »Das ist die beste Nacht meines Lebens.«

Mark lachte.

»Ich könnte glatt lernen, dich zu mögen«, sagte sie leise.

»Ich mag dich schon.« Die Wärme in seinem Tonfall bestätigte, dass er die Wahrheit sprach.

»Das ist aber keine gute Idee.« Es war wahrscheinlich nicht klug, den Fremden, den man sich für Sex ausgesucht hatte, zu mögen. »Ich bin verlobt und werde heiraten.« Da, jetzt hatte sie es ausgesprochen.

Er runzelte die Stirn und betrachtete ihren nackten Ringfinger. »Und was machst du dann hier?«

»Ich versuche, etwas dafür zu tun, dass meine Ehe funktioniert. Wir ... ich«, korrigierte sie sich, »haben ein paar Probleme.«

Er schwieg so lange, dass sie schon glaubte, er wollte sie wegschicken. Wenn er das täte, würde sie ihm alles detaillierter erklären müssen, und das wollte sie nicht. Bis jetzt war sie mit ihren sexuellen Problemen alleine zurechtgekommen. Aber wenn es sein musste, würde sie natürlich alles gestehen. Das war ihre Ehe ihr wert.

Schließlich sagte er enttäuscht: »Na gut. Dann gehe ich also recht in der Annahme, dass unsere knospende Freundschaft morgen vorbei ist?«

»Das muss leider sein.«

Er nickte grimmig. »Ich würde vermutlich allem zustimmen, um meine Erektion loszuwerden. Also, abgemacht.«

»Danke.« Seine Erektion war prachtvoll. Eine leise Stimme in ihrem Kopf sagte zwar, Frauen sollten keine Vergleiche ziehen, aber das fiel ihr in diesem Fall schwer.

Sie fuhr mit der Fingerspitze um seine Eichel. Er schloss die Augen.

»Wie willst du denn deinem Verlobten erklären, was du bei mir gelernt hast?«

»Er erwartet von mir, dass ich zu einem Sex-Therapeuten gehe, den er für mich ausgesucht hat. Mir gefällt der Therapeut aber nicht, deshalb habe ich beschlossen, es erst einmal auf meine Art zu versuchen.« Nun, das stimmte zumindest teilweise. Sie sah keinen Grund, ihm ohne Not alles zu erklären.

Er lachte.

»Dann bin ich also jetzt ein Sex-Therapeut?« Er zog sie an sich, und sie kuschelte sich an ihn, zufrieden damit, dass die halbe Wahrheit ausgereicht hatte.

»Und ein hervorragender dazu.«

Als Faye sich am nächsten Morgen hinter das Steuer ihres Wagens setzte, waren ihr von der letzten Runde mit Mark noch die Knie weich. Er war eingeschlafen, während sie geduscht und sich ein frisches Höschen angezogen hatte. Sie hatte überlegt, ob sie ihm eine Nachricht hinterlassen sollte, aber es gab keinen Grund dazu.

Was hätte sie schreiben sollen? *Danke für den Unterricht?* Oder: *Der beste Sex, den ich je hatte? Toller Fick, hoffentlich können wir das noch einmal wiederholen?*

Sie ließ den Wagen an und fuhr vom Parkplatz. Die Nacht mit Mark war fantastisch und verwirrend gewesen, und das Verlangen, das sie seit Monaten verfolgt hatte, war verflogen, kaum dass seine Lippen sich auf ihre gesenkt hatten. Es war schwer zu glauben, aber allein die Aussicht auf Sex mit Mark hatte das Inferno der Lust besänftigt.

Aber statt das Geheimnis zu lüften, das ihr langweiliges Liebesleben mit Colin umgab, war Faye verwirrter denn je. Wie konnte denn Sex mit einem Fremden besser sein als mit dem Mann, den man heiraten wollte? Natürlich hatte sie auch mit Colin schon Orgasmen gehabt – aber nicht besonders denkwürdige.

Die letzten drei Monate waren sogar eine einzige Qual gewesen. Ihr Verlangen nach Sex hatte zugenommen, während Colin sie immer weniger befriedigen konnte. Er hatte auf seine mechanische Art versucht, sie zum Höhepunkt zu bringen, hatte sogar ein paar Sex-Spiele vorgeschlagen, aber nichts hatte funktioniert.

Und er hatte ihr die Schuld gegeben. Als er sie für kalt, herzlos und frigide erklärt hatte, hatte sie ihm zugestimmt.

Bei Mark jedoch hatte sie diese Probleme gar nicht erst gehabt. Er hatte es genossen, sie überall zu berühren, und sie hatte nichts schöner gefunden, als seinen Körper und seine Hände an sich zu spüren.

Sie hatten über ihre Wünsche gesprochen, sich ihre geheimsten Fantasien erzählt und körperlich ebenso wie verbal kommuniziert.

Sie konnte daraus nur schließen, dass ihr Liebesleben mit Colin sie zu Tode langweilte. Und wenn dies so weiterging, würde ihre Ehe vorbei sein, bevor sie überhaupt angefangen hatte.

Dabei wollte Faye die Ehe. Sie wollte die Stabilität und die Stetigkeit einer Ehe. Sie wollte eine richtige Beziehung.

Aber sie wollte auch guten Sex.

Wie sollte sie mit Colin finden, was sie mit Mark erlebt hatte? Sie brauchte Zeit, um nachzudenken, bevor die Hochzeitsvorbereitungen zu weit fortgeschritten waren und es zu spät war, um alles abzusagen.

Sie hatte sich zwei Wochen aus dem Terminplan, den Colin ihr aufgestellt hatte, herausgelöst. Mehr Zeit hatte sie nicht. Aber war es lang genug, um die Erinnerung an Mark McLeod zu löschen?

Der Brief von Watson, Watson und Sloane war genau zum richtigen Zeitpunkt gekommen. Unter dem Vorwand, Perdition House verkaufen zu wollen, nahm Faye sich zwei Wochen frei.

Ihr Verlobter würde ihr Bedürfnis, die eigene Sexualität vor der Ehe zu erforschen, nie verstehen. Aber das ginge wahrscheinlich den meisten Männern so, dachte sie. Faye jedoch musste sich um ihre persönlichsten Angelegenheiten selbst kümmern – was sollte sie bei einem Sex-Therapeuten? Dass sie jetzt Colins Wunsch umging, indem sie vorgab, sich um die familiäre Angelegenheit kümmern zu müssen, war schließlich keine richtige Lüge.

Teil eins ihres Plans war ein grandioser Erfolg gewesen. Sie hatte erfahren, dass guter Sex für sie anscheinend nichts mit dem Herzen zu tun hatte. Für Mark McLeod empfand sie nur mildes persönliches Interesse. Sie wussten voneinander nur die Namen, und trotzdem war der Sex großartig gewesen. Sie lächelte. Atemberaubend.

Teil zwei ihres Plans hatte sie noch nicht ganz ausgearbeitet. Aber es würde ihr schon noch etwas einfallen. Vielleicht musste sie ja mit Colin zusammen Pornos anschauen, um bei ihm kommen zu können. Sie dachte über die Fantasie nach, anderen Paaren beim Sex zuzuschauen – das konnte jedenfalls nicht schaden.

Ihre Ehe sollte einen guten Start haben, und es war keine glückliche Ausgangsbasis, wenn sie keinen Weg fand, Colin oder sich zu befriedigen.

Colin war eine sehr gute Partie. Als Zahnarzt verdiente er gut, und sie würden ein angenehmes Leben führen.

Ob er sie wohl auch mit dem Mund befriedigen würde? Nicht alle Männer mochten Oral-Sex. Na ja, auch nicht alle Frauen.

Aber sie liebte es! Und zwar aktiv wie auch passiv.

Und sie wollte nicht ohne diese Befriedigung leben. Das hatte ihr die letzte Nacht mit Mark bewiesen.

Ihr Verlobungsring glitzerte im Morgenlicht, als sie aus der Tiefgarage fuhr. Der Ring stammte von Colins Urgroßmutter, und er und seine Mutter hatten ihn ihr bei einem Familientreffen überreicht. Er war echt hässlich. Mit dem hoch gefassten Stein blieb sie überall hängen.

Für jemanden, der mit Kleidern arbeitet, war es idiotisch, einen so großen Ring zu tragen, aber Colin fand ihn schön und hatte sich geweigert, Geld für etwas Moderneres auszugeben.

Aber trotz ihrer Meinungsverschiedenheiten war Colin ein guter Fang. Sie sollte glücklich sein. Und das war sie doch auch. Ja, sie war glücklich.

Sie hatte zwei Wochen Zeit, um Perdition House zu verkaufen und die Familiengeheimnisse zu begraben. Das letzte Mal war sie mit sieben oder acht Jahren in der Villa gewesen. Sie konnte sich kaum vorstellen, wie es jetzt wohl dort aussah. Ihre Großtante war bei ihrem Tod hochbetagt gewesen, und wahrscheinlich hatte sie ein so großes Haus nicht mehr in Ordnung halten können. Soweit sie sich erinnerte, war auch der Garten riesengroß, mit einem wunderschönen Pavillon und hohen, alten Bäumen am Rand von weiten Rasenflächen. Das Haus stand genau in der Mitte, so dass niemand gestört wurde.

Sie wollte zumindest zwei Nächte dort verbringen, damit sie ein Gefühl dafür bekam, wie viel sie dafür verlangen konnte. Das hatte Perdition House verdient.

Das Geschäft, das dort betrieben worden war, hatte dem Rest der Familie erlaubt, sich zu etablieren.

Auch die Kunstgalerie ihrer Eltern ging darauf zurück.

Ja, die alte Villa sollte nicht sang- und klanglos vom Bulldozer dem Erdboden gleichgemacht werden.

Und inmitten dieser Aufgaben musste sie noch ihre eigene sexuelle Erfüllung finden, damit ihre Ehe ein Erfolg wurde. Wenn es weiter nichts war …

Faye fuhr auf den Parkplatz eines kleinen Einkaufscenters. Die Lage der Kanzlei von Watson, Watson und Sloane verwunderte sie. Ein simples Ladenlokal kam ihr kaum passend vor für einen Besitz wie Perdition House. Aber Tante Mae war vermutlich nie hier gewesen. Sie hatte zurückgezogen gelebt, sich die meisten Dinge nach Hause liefern lassen und war nur selten ausgegangen. Faye dachte voller Zuneigung an ihre Großtante. Anscheinend hatte das Gefühl auf Gegenseitigkeit beruht, denn trotz einer Vielzahl von Nichten und Neffen hatte Tante Mae ihr das Haus vermacht. In ihrem Testament hatte sie ausdrücklich erwähnt, dass Faye die Früchte des Hauses genießen sollte.

Sie hatte bei der Testamentseröffnung gedacht, dass die Wortwahl seltsam war, aber angesichts Tante Maes Alter ging sie davon aus, dass sie damit das Geld aus dem Verkauf gemeint hatte.

Colin hatte sie von der Größe des Besitzes noch nichts gesagt. Für ihn war es ein baufälliges altes

Haus, das abgerissen werden musste, und Faye hatte sich nicht die Mühe gemacht, ihn aufzuklären.

Warum, wusste sie eigentlich selbst nicht so genau. Wahrscheinlich wollte sie ihn überraschen.

Bevor sie aus dem Auto stieg, vergewisserte sie sich noch einmal, dass die Adresse auch stimmte. Es war tatsächlich der richtige Ort.

Aber sie brauchte jetzt sowieso nur die Schlüssel abzuholen.

Als sie jedoch die Kanzlei betreten hatte, musste sie ihre Meinung ändern. Das war kein heruntergekommenes Büro. Die Rezeption war modern und auf dem neuesten Stand der Technik, die Möbel waren gediegen, und an den Wänden hingen exquisite Gemälde.

Die Empfangsdame beendete gerade ihr Telefonat, und Faye trat zu ihr. »Mr. Watson erwartet mich zwar nicht, aber ich möchte auch nur den Schlüssel von Perdition House abholen. Mein Name ist Faye Grantham.«

Die Empfangsdame, die in den Dreißigern war, lächelte sie freundlich an. Schwarze Haare, die anscheinend nicht gefärbt waren, umrahmten ein Gesicht mit großen blauen Augen. »Ich sage Mr. Watson Bescheid, dass Sie hier sind.« Sie blickte auf ihren Monitor. »Es tut mir leid, der Senior ist gerade bei einem Mandanten, aber der Junior ist da. Wenn es Ihnen nichts ausmacht, kann er Ihnen sicher helfen.«

Anscheinend wurden hier die Dinge unkompliziert

gehandhabt. Das gefiel ihr. Sie begann zu verstehen, warum Großtante Mae gerade diese Kanzlei gewählt hatte. »Ich brauche nur den Schlüssel.«

Eine Bürotür ging auf, und Watson junior erschien. Oh, du liebe Güte!

Der Mann sah aus wie ein Filmstar. Sie hatte im Laden Filmplakate aus den 1940er und 1950er Jahren an den Wänden, und da gab es einen Schauspieler mit schwarzen, zurückgekämmten Haaren und eckigem Kinn. Sie überlegte, wie er geheißen hatte.

»Tyrone Power«, sagte die Empfangsdame augenzwinkernd.

»Ja!«

»Er war ein Onkel oder Vetter zweiten Grades.« Watson warf der Empfangsdame einen verweisenden Blick zu. »Und wenn das Personal nicht ständig seinen Namen erwähnen würde, würde es niemandem auffallen.«

»Es ist Ms. Grantham aufgefallen.«

»Ich liebe alles, was mit Hollywood zu tun hat«, warf Faye ein. »Und ich habe Filmplakate von Tyrone Power.« Sie hatte schon seit Jahren eine heimliche Schwäche für den Mann.

»So sehr sehe ich ihm auch nicht ähnlich«, erwiderte Watson der Jüngere.

Seine Haare waren hellbraun, nicht schwarz, und sie waren auch nicht mit Brillantine in Form gebracht.

Für einen Anwalt war er bemerkenswert lässig gekleidet, mit hellbraunem Polohemd, Khakihosen und Leder-Loafers.

Der Mann hatte offensichtlich keine Ahnung, wie heiß er war. Er war definitiv der Typ, den man anstandslos seiner Mutter vorstellen konnte. Und nachts konnte er einem die Laken verbrennen.

Auch sein Lächeln war warm und freundlich. Faye streckte die Hand aus und stellte sich vor. In ihren Fingerspitzen begann es zu prickeln, und sie wusste, dass die Wirkung ihrer wilden Sex-Nacht vorüber war. Das Verlangen war wieder da. Verdammt.

Watson junior hatte einen festen Händedruck, und sein Blick signalisierte männliches Interesse.

»Liam Watson, Ms. Grantham. Schön, Sie kennen zu lernen.«

»Liam«, sagte sie. »Es ist mir ein Vergnügen. Ich möchte Sie nicht aufhalten. Ich möchte lediglich die Schlüssel für das Haus abholen. Haben Sie sie?«

Er drückte ihre Hand noch einmal leicht und ließ sie dann los, blickte sie jedoch unverwandt an. »Ich hole sie Ihnen. Kaffee? Sie sind sicher müde nach der Fahrt. Ich nehme an, es war viel Verkehr?«

Er dachte bestimmt, sie käme von zu Hause. Aber sie war vom nahe gelegenen Sea-Tac Airport gekommen.

»Nein, danke, keinen Kaffee. Ich möchte nur so schnell wie möglich das Haus sehen. Ich war das letzte Mal als Kind dort. Ich durfte Eiscreme zum Frühstück essen und so viel fernsehen, wie ich wollte.«

»Das klingt nach einem Kinderparadies.«

Sie lachte. »Ja. Ich fand das Haus und den Park interessant und geheimnisvoll. Ich stellte mir vor, dass alle möglichen Leute dort ein und aus gingen. Damen in langen Kleidern und Männer mit Zylindern, Lederhosen und karierten Hemden. Bizarr, aber als Siebenjährige fand ich das lustig.« An diese Fantasie hatte sie seit Jahren nicht mehr gedacht! Kaum zu glauben, dass sie sie jetzt einem Fremden erzählte!

»Sie haben anscheinend viel Fantasie.« Er führte sie in sein Büro und öffnete eine Schublade an seinem Schreibtisch.

Sie lachte. »Damals wurde mein Interesse an Secondhand-Kleidung geweckt. Und jetzt habe ich meinen eigenen Laden und bin auf Hollywood-Kleidung spezialisiert.«

Watson nahm einen Schlüsselbund aus der Schreibtischschublade und reichte ihn ihr. Ihre Finger berührten sich, und einen Moment lang spürten sie die Hitze, die von ihnen beiden ausging.

»Bitte sehr. Das Tor ist rostig und muss dringend geölt werden. Rufen Sie mich an, wenn Sie Probleme haben. Ich werde sofort kommen.«

»Ja, danke«, erwiderte sie. Die Vorstellung, Zeit mit Watson junior zu verbringen, gefiel ihr. Auch dass er kommen würde.

»Möchten Sie noch über das Kaufangebot, das hereingekommen ist, sprechen?«, fragte er.

»Nein, noch nicht. Ich möchte es mir wirklich erst

einmal ansehen, es ist so lange her. Außerdem bin ich mir nicht hundertprozentig sicher, ob ich verkaufen möchte. Bevor ich es nicht gesehen habe, kann ich noch gar nichts entscheiden.«

»Sie haben doch nicht etwa vor, dort zu übernachten, oder?«

»Doch, natürlich. Spricht etwas dagegen?«

»Ihre Tante war eine Zeit lang sehr krank und konnte das Haus nicht instand halten. Es ist staubig und schmutzig, und ich bin mir noch nicht einmal sicher, ob es Strom oder fließend Wasser gibt. Ihre Tante war die Mandantin meines Vaters, und er hat alles veranlasst.«

»Wenn es unbewohnbar ist, suche ich mir ein Motel oder so. Ich sage Ihnen Bescheid. Morgen können wir dann über das Kaufangebot sprechen.« Colin würde es gar nicht gefallen, dass sie noch abwartete. Er würde bestimmt wissen wollen, wie viel Geld sie für das Haus erzielen konnte. Aber sie wollte wenigstens einen Abend lang in Kindheitserinnerungen schwelgen. Sie würde Colin morgen anrufen, wenn sie wieder mit Liam gesprochen hatte.

»Über das Kaufangebot müssen Sie mit meinem Vater sprechen. Er kennt alle Einzelheiten.« Liam wirkte enttäuscht.

Das gefiel ihr.

Faye hatte als Kind nicht auf den Weg nach Sunset Hills geachtet, aber sie folgte ihren Instinkten.

Als sie die gewundene schmale Straße erreichte, die zu der Villa führte, erinnerte sie sich wieder. Die Bäume waren höher geworden, und dafür wirkten die Häuser älter und kleiner. Aber es war die richtige Gegend. Langsam fuhr sie in Richtung des Hauses.

Einige Jahre vor Fayes Besuch war Tante May gezwungen gewesen, einige Hektar Land zu verkaufen. Aber sie war so klug gewesen, einen großen Teil zu behalten, damit das Anwesen abgeschieden genug lag. Die private Atmosphäre war das Markenzeichen von Perdition House. Darüber hatte sie sich häufig mit Faye unterhalten.

Natürlich war das ein seltsames Gesprächsthema für ein siebenjähriges Kind, aber Faye erinnerte sich noch gut daran, wie beeindruckt sie gewesen war.

Je näher sie dem Haus kam, desto prächtiger wurden die Villen in der Nachbarschaft. Faye lächelte, als sie all die schweren Autos in den Einfahrten sah. Sie konnte Tante Mae förmlich hören. Sie hatte etwas gebacken und sich über die Tür des Backofens gebeugt. Der Duft von Zimt erfüllte die Küche. »Ich weigere mich einfach, Nachbarn zu haben, die sich nicht mindestens zwei Autos und einen Swimming Pool leisten können. Mit den Leuten, die sich das nicht leisten können, will ich nichts zu tun haben.« Sie mochte ja gezwungen gewesen sein, ihr Land zu verkaufen, aber sie hatte Standards.

Als Faye an den Zimtduft dachte, lief ihr das Wasser im Mund zusammen. Tante Mae konnte fabelhaft backen. Torten, Kuchen, Plätzchen. An Desserts war nie Mangel gewesen.

Als sie einen großen Felsblock erspähte, nach dem sie Ausschau gehalten hatte, bog sie rechts ab. Die Villa lag am Ende einer langen Auffahrt auf einer Klippe über der Shilshole Bay. Daran konnte Faye sich noch erinnern. Was die sonstige Geschichte des Hauses betraf, so stammte ihr Wissen aus Familiengeschichten.

Es war 1911 erbaut worden, mit Anbauten aus den 1920er Jahren. Die Geschäfte gingen gut, und die ursprüngliche Bordellbesitzerin, Belle Grantham, hatte ein Vermögen hier verdient. Wie genau sie mit Belle Grantham verwandt war, wusste Faye nicht, weil Belle keine Kinder gehabt hatte.

Das Geld, das Belle, eine tüchtige Geschäftsfrau, mit Perdition House verdiente, floss in zahlreiche wirtschaftliche Unternehmungen ihrer großen Familie.

Aber letztendlich hatte sich die Familie gegen das Haus und das anrüchige Geschäft gewandt, das sie betrieb. Belle hatte das Haus Fayes Großtante Mae geschenkt, und vor drei Monaten schließlich hatte Faye das Haus geerbt.

Nach der Testamentseröffnung hatten zwei entfernte Cousins sie beiseitegenommen und ihr vorgeschlagen, sie solle das Haus abreißen lassen und das Grundstück an einen Bauunternehmer verkaufen.

Damit wäre die »Familienschande«, wie sie es nannten, ein für alle Mal getilgt.

Faye hatte nur freundlich lächelnd genickt und sich jedes Kommentars enthalten.

Die zwei Wochen, die sie bei Tante Mae zu Besuch war, hatten einen tiefen Eindruck bei ihr hinterlassen. Sie durfte zum Essen Cola trinken, hatte Geheimgänge entdeckt und sich in den großen Zimmern und dem schönen Park wohl gefühlt.

Ständig hatte sie Fantasien über elegante Damen und gut aussehende Männer gehabt. Sie hatte Paare in Abendkleidung gesehen, die zu blecherner, ferner Musik in einem Pavillon tanzten. Die Erwachsenen hatten sie freundlich und liebevoll angelächelt. Keine der Personen, die sich vorgestellt hatten, hatte je mit ihr gesprochen, aber sie wusste ganz genau, wenn sie sie jemals wieder träfe, würde sie sie bestimmt erkennen.

Als sie sich damals von ihrer Tante verabschiedet hatte, hatte Tante Mae sie eingeladen, sie im nächsten Sommer wieder zu besuchen, aber ihre Eltern hatten es ihr nicht erlaubt.

Als das Tor am Ende einer langen Sackgasse auftauchte, hatte sie das Gefühl, nach Hause zu kommen. Wie dumm, dass dieses Haus schon so lange leer stand. Sie hielt an.

Die hohen schmiedeeisernen Tore waren völlig verrostet, aber sie stieg trotzdem aus, um sie aufzuschließen. Mit ihren hohen Absätzen sank sie tief im Boden der ungepflasterten Auffahrt ein.

Zu ihrer Überraschung war das Schloss gut geölt, und der Schlüssel ließ sich mit Leichtigkeit drehen. Dabei hatte Liam sie doch extra darauf hingewiesen, in welch schlechtem Zustand das Haus und die gesamte Anlage waren.

Sie bückte sich und zog ihre unpraktischen Schuhe aus. Vielleicht hatte die Kanzlei ja jemanden geschickt, der das Tor in Ordnung gebracht hatte. Wirklich, eine sehr nette Geste.

Sie fuhr durch das Tor, stieg auf der anderen Seite erneut aus und schloss es wieder. Bevor sie das Haus nicht selbst in Augenschein genommen hatte, brauchte auch niemand anderer es zu sehen. Erneut dachte sie an die Gespräche mit ihrer Tante über die Abgeschiedenheit des Hauses.

Sie hätte sie wirklich öfter besuchen sollen.

Die Auffahrt war genau so, wie sie sie in Erinnerung hatte, überwuchert von den Ästen der Zedern, die den Weg säumten. Es war merkwürdig, dass sie ihren Wagen noch nicht einmal streiften, obwohl sie einander zu berühren schienen.

Faye blickte in den Rückspiegel. Hinter ihr hatten sich die Äste wieder geschlossen. Aber ihre Erleichterung darüber, endlich angekommen zu sein, überwog. Beinahe kam sie sich vor wie zu Hause.

5

Zwei Stunden später war dieses Gefühl sogar noch stärker. Faye griff zum Telefon, um bei Watson, Watson und Sloane anzurufen.

Die Empfangsdame stellte sie sofort zu Watson senior durch.

»Ms. Grantham«, sagte der Senior. »Sie sind wahrscheinlich enttäuscht über den Zustand des Hauses. Sie müssen entschuldigen, dass ich Sie nicht persönlich dorthin begleiten konnte.«

»Im Gegenteil, Mr. Watson, ich rufe an, um Ihnen zu sagen, wie wundervoll Haus und Garten aussehen. Sie müssen einen äußerst effizienten Reinigungs- und Reparaturdienst zur Verfügung haben.«

»Reinigung? Ist das Haus gereinigt worden?«

»Es ist makellos sauber. Die Kamine funktionieren, und die Vorhänge sind alle gewaschen. Die Holzböden glänzen. Es ist unglaublich schön, viel schöner als in meiner Erinnerung. Bitte, sprechen Sie demjenigen, der dafür verantwortlich ist, meinen herzlichsten Dank aus.«

Sie stand in der Küche und blickte aus dem Fenster auf Bainbridge Island, das auf der anderen Seite der Bucht lag. Hoffentlich würde Colin die Aussicht ebenso gut gefallen wie ihr.

Sie ging von Raum zu Raum, um alle Details des Hauses aufzunehmen.

»Die Firma, die am Kauf des Besitzes interessiert ist, hat angerufen. Sie möchten bald zu einem Abschluss kommen.«

»Jetzt schon?«

»Die Bauunternehmer haben schon zu Lebzeiten Ihrer Tante auf der Lauer gelegen, aber sie hat sich immer geweigert, den Besitz zu verkaufen.«

Faye gähnte und versuchte vergeblich, den Laut zu unterdrücken, aber Mr. Watson lachte. »Sie sind ja völlig erschöpft. Suchen Sie sich doch ein nettes Hotel, und wir reden morgen weiter. Oder soll ich Ihnen ein schönes Bed-and-Breakfast empfehlen?«

»Oh nein. Ich werde das Haus heute Abend nur noch verlassen, um mir etwas zu essen zu kaufen.«

»Dann sind die Schlafzimmer auch sauber?«

»Tadellos. Und die Betten sind frisch bezogen. Ich habe mir das große Schlafzimmer hinten im Haus ausgesucht, und ich freue mich schon darauf, dort zu schlafen. Das Bett ist riesig und komfortabel. Und dort gibt es sogar eine Treppe zu einer Dachterrasse.«

»Der Witwenausguck.« Er schwieg. »Seien Sie vorsichtig dort oben. Ich weiß nicht, wie stabil das alte Geländer noch ist.«

»Heute Abend gehe ich dort sowieso nicht mehr hinauf. Es ist ja schon fast dunkel.«

»Wenn Sie gerne im Haus bleiben möchten, werde ich nicht versuchen, Ihnen das auszureden. Ihre Tante dachte immer, dass Sie einmal dort wohnen möchten.«

»Sie hatte Recht. Schade, dass ich sie kaum gekannt habe.«

»Sie war eine reizende Frau. Sie fehlt mir.« Er schwieg. »Dann also gute Nacht, und denken Sie daran, die Alarmanlage einzuschalten. Das Haus hat so lange leer gestanden, dass es einige Einbrüche gegeben hat.«

»Davon ist aber nichts zu sehen. Aber morgen schaue ich mir das Grundstück gründlicher an. Gute Nacht, Mr. Watson, und vielen Dank!« Enttäuscht, weil sie nicht mit Liam gesprochen hatte, legte Faye auf. Sie konnte ja schließlich den Senior nicht nach dem Junior fragen, oder?

Sie blickte sich um und sah sich die Geräte in der Küche an. Alles aus den sechziger Jahren, dachte sie, aber anscheinend funktionierten sie alle. Als sie den Herd kurz einschaltete, um zu überprüfen, ob er angeschlossen war, wehte ein Hauch von Zimtduft durch die Küche. Auch der Kühlschrank sprang direkt an, aber das Gefrierfach musste abgetaut werden, deshalb beschloss sie, sich als Erstes einen neuen Kühlschrank zuzulegen.

Und eine Geschirrspülmaschine brauchte sie.

Das hieß, wenn sie hier wohnen wollte. Wenn Colin damit einverstanden war. Wenn ihr Laden, Time-Stop, einen Umzug verkraften würde. Es gab viele Wenns.

Die Speisekammer war voller Vorräte in Dosen und Gläsern. Pfirsiche, Kirschen, Birnen. Eingelegte Rote Bete und Gurken. Marmelade und Gelee. Man konnte sie bestimmt nicht mehr verwenden, aber sie sahen so frisch aus wie am ersten Tag.

Sie fuhr mit der Fingerspitze über einen Deckel. Kein Staub.

Es hatte bestimmt Tage gedauert, das alles so gründlich zu reinigen. Die Rechnung würde astronomisch hoch sein. Sie blickte sich um, aber sie fand keine frischen Lebensmittel. Kein Mehl, kein Salz, keine Milch, keine Eier, kein Kaffee.

Sie würde doch einkaufen müssen. Seltsam, dass der Reinigungsdienst nicht gebeten worden war, für frische Lebensmittel zu sorgen. Sie war zwar früher da als angekündigt, aber die Anwaltskanzlei hatte ja gewusst, dass sie ein paar Tage hier bleiben wollte. Colin war der Einzige, der davon nichts wusste.

Schuldgefühle stiegen in ihr auf. Wenn sie ihrem Verlobten gesagt hätte, dass sie über alles noch einmal nachdenken müsste, hätte das nur unnötige Probleme verursacht. Außerdem würde sie Colin ja sowieso heiraten.

Sie fuhr rasch in den Laden und kaufte das Nötigste ein. Als sie wiederkam, packte sie als Erstes ihre brandneue Kaffeemaschine aus und stellte sie auf die Küchentheke. Sie wirkte zwar viel zu modern, aber sie freute sich schon auf ihren Kaffee morgen früh.

Nachdem sie die Alarmanlage eingeschaltet hatte, lief sie nach oben in das Schlafzimmer, das sie sich ausgesucht hatte. Daneben lag ein großes Badezimmer mit einer großen, tiefen Wanne auf Klauenfüßen und glänzenden Messingarmaturen. Sie drehte das Wasser auf und ging wieder zurück ins Schlafzimmer, um ihre Reisetasche auszupacken.

Ihr Handy klingelte, und als sie es aus der Tasche nahm, sah sie Colins Nummer auf dem Display. Schuldbewusst nahm sie den Anruf entgegen. Sie hätte ihn zumindest anrufen sollen, dass sie gut angekommen war.

»Hi, Colin. Tut mir leid, dass ich nicht angerufen habe, aber ich hatte so viel zu tun.« Sie klang so natürlich wie möglich.

»Faye, du bist den ganzen Tag über nicht ans Telefon gegangen.«

»Ich hatte so viel zu tun, das habe ich doch gesagt. Wie geht es dir? Wie war es auf der Arbeit?« Er mochte es gern, wenn sie sich für seine Arbeit interessierte.

»Es geht mir gut.« Er klang aber nicht so, sondern eher ungeduldig und ärgerlich.

»Das ist ja wundervoll«, sagte sie fröhlich und ignorierte seinen Tonfall. Das hasste er.

»Ich bin ja heute Abend schon wieder allein. Aber

du natürlich auch«, fügte er schnippisch hinzu. Eines Tages würde sie ihn darauf hinweisen müssen, dass sein Tonfall ihr gegenüber nicht angebracht war.

»Es tut mir leid, aber du wusstest doch, dass das hier ein wenig Zeit beansprucht. Du kommst doch sicher zurecht.«

»Ja, natürlich.« Er klang beleidigt.

Sie ignorierte seinen vorwurfsvollen Ton. Er glaubte ja, sie wäre schon gestern angekommen. Von Mark wusste er natürlich nichts. »Fehle ich dir?«, fragte sie.

»Ich bin froh, wenn du morgen wieder nach Hause kommst. Um wie viel Uhr bist du da?«

»Darüber wollte ich auch noch mit dir sprechen.« Sie seufzte und bemühte sich, enttäuscht zu klingen. »Es wird länger dauern, als ich erwartet habe. Ich muss hier alles sauber machen, damit es bereit zum Verkauf ist.« Die Lüge ging ihr glatt über die Lippen. Sie hatte noch nicht einmal Gewissensbisse.

»Ich dachte, das Haus wäre eine Ruine, und es lohnte sich gar nicht, es herzurichten.«

»Das hatte die Kanzlei mir gesagt, ja. Aber es ist wunderschön, Colin, schöner, als ich es in Erinnerung hatte.« Sie nahm all ihren Mut zusammen. »Ich werde mindestens zwei Wochen hier bleiben.«

»Was? Und was ist mit den Hochzeitsvorbereitungen? Wer kümmert sich denn um alles, was erledigt werden muss?«

»Wir haben doch noch ein Jahr Zeit. Zwei Wochen Urlaub kann ich mir doch bestimmt leisten.« Sie zögerte, fuhr dann jedoch fort: »Ich habe schon einmal überlegt, ob deine Mutter sich nicht darum kümmern sollte. Sie will doch sowieso immer alles in der Hand haben. Und ich komme dann im Brautkleid und sage ja.«

Er schwieg. Dann sagte er: »Das ist merkwürdig. Ich dachte, du wolltest alles selbst machen, damit es dir gefällt.«

»Damit es uns gefällt. Aber ich bin es leid, ständig mit deiner Mutter zu streiten.« Plötzlich fiel ihr ein, dass ja das Wasser noch lief, und sie eilte ins Badezimmer. »Was ist das für ein Rauschen?«, fragte er.

»Ich habe mir gerade ein Bad eingelassen und stelle jetzt das Wasser ab. So. Besser?«

»Bist du sicher, dass die alten Rohre noch halten?«

Faye blickte auf die Kupferrohre, die aus dem Boden herauskamen und zu den Armaturen liefen. »Sie sehen gut aus. Nirgendwo ein Leck.« Auch seltsam, dachte sie. Aber hier im Haus war vieles merkwürdig.

Eine gute Reinigungstruppe war eine Sache, aber dieses Haus sah ja beinahe wie neu aus.

Sie gähnte wieder und versuchte gar nicht erst, es zu verbergen. »Ich lege mich jetzt in die Badewanne, und dann gehe ich ins Bett. Ich bin völlig erschöpft.«

»Ich rufe morgen früh wieder an, Faye. Ich bin nicht glücklich über deinen plötzlichen Entschluss.

Überhaupt nicht glücklich.« Wenn er wüsste, dass sie diesen Entschluss schon vor drei Monaten gefasst hatte, als sie von Tante Maes Tod erfuhr, hätte er wahrscheinlich noch schärfer reagiert.

»Es tut mir auch leid, Colin, aber ich muss mich selbst um alles kümmern. Letztendlich werde ich das Haus für wesentlich mehr Geld verkaufen, als du gedacht hast. Du wirst schon glücklich sein, ich verspreche es dir.«

»Soll ich nicht am Wochenende kommen, um es mir anzuschauen, wenn es tatsächlich so schön ist? Ich könnte mich um die Renovierungsarbeiten kümmern.«

»Nein, danke. Ich komme schon alleine zurecht. Außerdem hast du in deiner Praxis so viel zu tun, und hier ist ein ganzer Reinigungstrupp am Werk. Damit komme ich besser klar als du.«

»Na gut. Dann bis morgen früh. Nimm dein Bad und süße Träume.«

»Dir auch, Colin.« Sie zog sich rasch aus und stieg in die Wanne. Es war typisch für Colin, dass er gar nicht gefragt hatte, ob es ihrem Laden schadete, wenn sie zwei Wochen lang nicht da war.

Colin interessierte sich nicht für ihr Geschäft. Er hatte schon öfter gesagt, dass es sowieso nur ein Hobby sei, und wenn sie erst einmal verheiratet wären, sollte sie es aufgeben.

Aber TimeStop war ihr ganzer Stolz. Zum Glück hatte sie großartige Angestellte, die nach all der Zeit

Freundinnen geworden waren. Kim und Willa hatten sie ermutigt, sich Zeit für sich selbst zu nehmen. Sie hatten gemeint, dass Colin sie nach der Hochzeit noch genug in Anspruch nehmen würde. Bei dem Gedanken sank ihr das Herz, denn sie wusste, dass die beiden Recht hatten.

Das Wasser hatte die richtige Temperatur. Sie seufzte leise in Erinnerung an die Nacht mit Mark und ließ sich bis zum Kinn in das warme Wasser gleiten, das seidig ihren Körper umspielte. Sie schloss die Augen und atmete tief durch.

Himmlisch. Nichts störte diesen perfekten Augenblick.

Ein Schatten glitt über ihre geschlossenen Lider. Faye zuckte zusammen. Sie setzte sich auf und blickte sich um. Im Raum war alles noch wie vorher. Die dünnen weißen Vorhänge bauschten sich leicht in der Brise, die durch das geöffnete Fenster hereinwehte. Faye sank zurück ins warme Wasser. Natürlich war sie allein, wies sie sich zurecht. Das Haus stand seit Monaten leer.

In einem Drahtkörbchen, das ihr vorher gar nicht aufgefallen war, fand sie eine nach Rosen duftende Seife, mit der sie sich einseifte. Als sie sich ihren Brüsten widmete, wurden ihre Nippel hart. Sie musste daran denken, wie hungrig Mark sich darüber hergemacht hatte.

Sie hob das rechte Bein aus dem Wasser und seifte es ebenfalls ein.

Die Löckchen ihres Schamhaars schmiegten sich durch die Bewegung des Wassers an ihre Vulva, und wieder musste sie an Mark denken. Er hatte Recht gehabt, als er gesagt hatte, dass sie empfindsamer reagieren würde, wenn sie ihre sexuellen Aktivitäten verstärkte.

Sie zupfte an den Haaren zwischen ihren Beinen, und Lust stieg in ihr auf. Sie legte den Kopf zurück, um das Gefühl zu genießen.

Das Verlangen, das Mark gestillt hatte, baute sich erneut auf, und ihr Herz begann schneller zu schlagen. Sie streichelte sich, bis sie schließlich kam. Um den Höhepunkt so lange wie möglich zu halten, presste sie die Beine zusammen, bis schließlich das Pulsieren nachließ.

Als sie die Augen öffnete, sah sie einen altmodischen Duschkopf, der mit einem Gummischlauch an den Armaturen befestigt war. Sie hätte schwören können, dass er vorhin noch nicht da gewesen war. Aber sie brauchte jetzt einen harten Duschstrahl, der auf ihre Klitoris gerichtet war.

Ja, das würde funktionieren. Wasser, das pulsierend in sie eindrang, bis sie erneut zum Höhepunkt kam.

Das musste sie auch auf ihre Einkaufsliste schreiben.

Wenn sie beschloss, hier zu bleiben.

Plötzlich hörte sie in der Ferne Frauen lachen. Entschlossen verdrängte sie ihre Gedanken an Mark und einen weiteren Orgasmus und stieg aus der Wanne. Vielleicht hatte sie ja das Radio angelassen. Als sie sich in ein großes Badetuch gewickelt hatte, war das Lachen verstummt, dafür aber ihre Neugier geweckt.

Im Schlafzimmer war es still, und trotz der warmen Luft, die durch die Terrassentüren drang, fröstelte sie. Das Radio war ausgeschaltet, aber ihre Müdigkeit war stärker als ihre Neugier.

Sie gähnte. Der wundervolle Sex in der vergangenen Nacht forderte seinen Tribut, auch wenn sie durchaus noch Lust auf mehr verspürte. Sie lachte leise, als sie an ihre Reaktion in der Badewanne dachte.

Mark hatte sie in eine lüsterne, geile Persönlichkeit verwandelt.

Sie ließ das Badetuch zu Boden gleiten und schlüpfte zwischen die Laken des Vierpfostenbettes. Hier in diesem Raum sprach alles von Lust und Verlangen. Vielleicht sollte sie hier einmal einen Liebhaber empfangen. Sie kuschelte sich in die Kissen und war bald schon tief eingeschlafen.

Belle Grantham trat in ihr ehemaliges Schlafzimmer, in dem jetzt Faye in ihrem Bett lag, und betrachtete ihren Schützling mit zufriedenem Lächeln. Sie würde ihre Sache gut machen, dachte sie. Sehr gut.

Sie fuhr mit der Hand über das Gesicht der Schlafenden, das ihrem so ähnlich sah, und trat in ihre Träume.

»Faye«, rief sie. »Faye, ich bin es, Belle, deine Urgroßtante Belle, meine Liebe. Erinnerst du dich an mich?«

Fayes Geist wurde wach, während ihr Körper weiter schlief, und sie lächelte. »Ja, ich erinnere mich. Du hast mich willkommen geheißen, als ich als kleines Mädchen hier zu Besuch war.«

»Ich freue mich, dich wiederzusehen, Faye.«

»Ich bin auch froh, dass ich hier bin, Tante Belle, sehr froh. Ich fühle mich hier zu Hause.«

»Das freut mich. Du bist eine schöne Frau geworden. Auch intelligent. Ich bin stolz auf dich.«

»Danke, das ist sehr freundlich von dir.«

»Aber ich habe mir Sorgen gemacht, Faye.«

Ihre Urgroßnichte runzelte die Stirn. »Warum?«

»Wegen Perdition House.« Sie seufzte leise. »Darüber, wie du es wohl sehen würdest.«

»Es ist wunderschön.«

»Ja, jetzt. Aber es war nicht immer so. Deine Großtante Mae hat es nicht gut in Ordnung gehalten. Jetzt können wir beide uns gemeinsam darum kümmern.«

»Gemeinsam?« Belle sah, dass ihre Urgroßnichte auf einmal Angst wegen ihrer Zukunft bekam.

Sie schien ein vernünftiges Mädchen zu sein, das seine eigenen Bedürfnisse verleugnete, um sich sicher zu fühlen. Belle kannte dieses Verhalten von sich. »Ja, du bleibst hier bei mir, und wir kümmern uns um das Haus.«

»Warum?«

»Weil das Haus Geheimnisse hat, Faye. Geheimnisse, die niemals enthüllt werden dürfen.« Belle faltete die Hände im Schoß.

»Es war ein Bordell.« Über das Gesicht der jungen Frau huschte ein Schatten. Sie dachte an die Missbilligung der Familie. Belle fuhr mit der Hand darüber, und die Falten verschwanden.

»Es war mehr als ein Bordell, Kind, es war auch ein Heim. Voller Liebe und Liebender. Das Haus muss seine Geheimnisse bewahren, Faye. Du musst mir helfen.«

»Aber ich werde heiraten. Colin wird es nicht verstehen.« Angst schlich sich in ihren Tonfall. Erneut beruhigte Belle sie.

»Hör mir zu, meine Liebe. Du musst die Geschichten kennen. Lass mich dir zumindest zeigen, wie alles begann. Wenn dir die Geschichten nicht gefallen oder du nicht mehr wissen willst, werde ich deine Träume nicht mehr besuchen.«

»Das ist fair«, erwiderte Faye. »Ich kann ja zumindest zuhören.«

6

Faye wehrte sich nicht mehr gegen den Schlaf. Bei Tante Belle würde ihr nichts passieren, und sie wollte sich beim Erwachen an alle Einzelheiten des Traums erinnern.

Tante Belle setzte sich auf die Bettkante und lächelte sie liebevoll an. Seltsamerweise senkte sich die Matratze gar nicht unter ihrem Gewicht. Aber die Fingerspitzen ihrer Tante lagen kühl und beruhigend auf Fayes Stirn, und sie sank in einen leichten Schlummer.

Sie entspannte sich und erwiderte das Lächeln der Verwandten. Belle war groß und blond, wie Faye – eine Schönheit.

Durch das durchsichtige Seidenoberteil ihrer Tante konnte Faye die Brustnippel sehen, und unwillkürlich glitt ihre Hand zu ihren eigenen Nippeln. Sie zogen sich zusammen, als sie sie berührte, und Belle lachte. »Du machst das sehr gut, mein Mädchen.«

»Wie meinst du das?«

»Du wirst schon sehen. Aber zuerst musst du die Geschichten von Liebe, Verlust und Versuchung erfahren, Faye.«

»Ja.« Sie räkelte sich zufrieden. Die Geschichten von Perdition House wollte sie gern erfahren.

»Wenn du alle Geheimnisse weißt«, sagte ihre Tante als Erwiderung auf Fayes innerste Gedanken, »kannst du entscheiden, welche du für dich behalten und welche du weitererzählen willst. Das überlasse ich ganz dir. Du bist klüger, als dir bewusst ist, meine Liebe.«

Faye nickte und beschloss, ihre Gedanken für sich zu behalten. Aber das ging wahrscheinlich gar nicht, denn schließlich war der Gast auf ihrer Bettkante seit einer Ewigkeit tot.

»Ich erzähle dir, wie es zu meinem Entschluss kam, das Haus zu bauen, und danach werden dir die Frauen, die ich hierhin mitgebracht habe, ihre Geschichte erzählen. Bist du bereit, Faye?«

»Ja.«

»Entspanne deinen Geist und öffne dein Herz. Versuche, nicht zu hart zu urteilen, Liebes.«

Im Jahre 1910, erklärte Belle, war sie eine starke, unabhängige Frau, was damals in der Gesellschaft nicht unbedingt geschätzt wurde. Ihre früheste Erinnerung war, dass ihre Mutter die Freie-Liebe-Bewegung des ausgehenden 19. Jahrhunderts unterstützte und danach lebte. Belle wusste nicht genau, wer ihr Vater war, und ihre Mutter nahm das Geheimnis mit ins Grab.

Aber Belle war es sowieso gleichgültig, was andere Leute dachten. Nur auf die Meinung ihres Liebhabers Zeke Fontaine legte sie Wert.

Zeke besaß eine Kupfermine in Montana, war dick, reich und tat alles für Belle. Er bezahlte ihre Wohnung im feinsten Hotel in Butte und drängte sie nie, ihn zu heiraten. Geduldig lauschte er ihren Geschäftsplänen und bereitete ihr Liebesnächte voller Leidenschaft.

Allerdings erzählte er ihr nicht, dass er in der Nähe seiner Kinder sein wollte, die er sehr liebte.

Aber er liebte und brauchte auch Sex. Und in dem Jahr, als er sein neues Haus baute, besuchte er Belle ständig.

Eines Sommertags, als sein Haus gerade fertig geworden war, überbrachte sein Manager Belle einen Brief.

Sie erwartete, in das prächtige Haus eingeladen zu werden, fand jedoch stattdessen eine kurze Nachricht vor, dass Zekes Frau und seine drei Kinder eingetroffen seien und er ihr den Abschied geben müsse. So kam die Affäre mit Zeke zu einem abrupten Ende.

Überrascht ließ Belle den Umschlag fallen, und heraus flatterte ein Scheck. Zekes Manager hob ihn auf und überreichte ihn Belle, ohne sie dabei anzublicken.

»Wenn ich eine kluge Frau wäre, würde ich das Geld weise anlegen«, sagte sie, als sie die großzügige Summe sah.

»Eine kluge Frau würde ein eigenes Geschäft gründen«, erwiderte der Manager.

Belle dachte an die schäbigen Salons und die finsteren Absteigen in Butte. »Ja, aber nicht hier«, sagte sie. »Ich möchte mit den Bordellen in der Mercury Street nichts zu tun haben. Ich gehe nach Westen.«

Und so schmiedete Belle einen Plan für ihr ökonomisches Überleben. Zuerst einmal brauchte sie Frauen. Mindestens vier Schönheiten.

»Und die hast du in Butte in Montana gefunden?«, fragte Faye.

»Ja, jede einzelne«, erwiderte Belle. »Hier ist Felicity, die mir ins Ohr flüstern wird, damit du weißt, wie sie zu mir kam.«

Faye hätte gerne Einzelheiten über die Beziehung zwischen Belle und Zeke gewusst, aber ihre Tante warf ihr einen strengen Blick zu, also hob Faye sich ihre Fragen auf.

Eine junge Frau trat ins Schlafzimmer und kam ans Bett. Lockige kastanienbraune Haare, die sie mit Kämmen an den Seiten zurückgesteckt hatte, fielen ihr auf den Rücken. Sie war jung, vermutlich unter zwanzig.

Sie war schlank, größer als der Durchschnitt und hatte wache grüne Augen. Ihre kühle Eleganz und ihre selbstsichere Haltung deuteten auf eine gute Herkunft hin.

»Freut mich, dich kennen zu lernen, Faye.« Sie neigte leicht den Kopf.

»Ja, ich freue mich auch. Felicity?«

»Ja. Felicity Johnston. Ich hoffe, es macht dir nichts aus zu erfahren, wie Belle und ich uns kennen gelernt haben? Es ist eine recht lange Geschichte, aber wir haben die ganze Nacht lang Zeit.«

»Ich will sie hören. Ich will alles hören.«

»Das sollst du auch.« Sie beugte sich zu Tante Belles Ohr und begann zu flüstern, damit Belle die Geschichte weitergeben konnte.

Eine Hummel summte an Felicity Johnstons Kopf vorbei. Und so verging auch ihr Leben: ohne nennenswerte Ereignisse.

Felicity wollte gerne den stillen Nachmittag genießen, aber unter ihrer Haut wütete ein Inferno. Ein Feuer, das genährt werden wollte.

Sie klappte ihren verbotenen Groschenroman zu und stieß einen tiefen Seufzer aus. Sie brauchte mehr Western-Romantik in ihrem Leben. Sie war jetzt seit drei Wochen aus der Schule zu Hause, und es war noch nichts Aufregendes passiert.

Sie steckte den Roman unter ihr Strumpfband und ließ die leichte Baumwolle des Kleides darüber fallen. Papa verstand nicht, warum sie unbedingt Western-Romane lesen musste, und Mutter war viel zu sehr mit sich selbst beschäftigt, um ihr Beachtung zu schenken.

Felicity hatte jetzt schon seit Tagen gebettelt, nach Boston zum Einkaufen fahren zu dürfen, aber immer noch verbrachte sie ihre Nachmittage auf der vorderen Veranda. Mutter hingegen machte an jedem Nachmittag Besuche.

Papa weigerte sich, sie nach Boston in die Fabrik mitzunehmen, damit sie ihm beim Führen der Bücher zuschauen konnte. Er war über ihr Ansinnen außer sich gewesen, und ihr brannten jetzt noch die Ohren, so hatte er sie ausgeschimpft.

Sie wollte Papa nicht wütend machen, aber er konnte sich doch bestimmt noch daran erinnern, wie schnell sie als Kind Rechenaufgaben gelöst hatte. Sie verfügte über eine so rasche Auffassungsgabe, dass ihre Lehrer schon Angst gehabt hatten, es würde ihrer damenhaften Ausstrahlung schaden.

Sie hatte geglaubt, ihr Vater würde es verstehen, dass sie von ihm lernen wollte, wie man Bücher führte, aber sie hatte sich geirrt.

Um sich abzulenken, las sie Romane und träumte von Männern und Abenteuern.

Ihre Nächte waren noch langweiliger als die Stunden, die sie auf der Veranda verbrachte. Hier hatte sie nicht einmal mehr ihre Schulfreundinnen, mit denen sie plaudern konnte.

In der letzten Zeit hatten sie anregende Gespräche geführt. Wenn es in den Schlafsälen dunkel geworden war, waren geheimnisvolle Informationen ausgetauscht worden. Informationen über Männer und was sie mit ihren Frauen machten.

Und wenn sie sich darüber unterhalten hatten, hatte sie ein warmes Prickeln zwischen den Beinen verspürt. Sie freute sich schon darauf, die Geheimnisse alle zu lernen. Die Flamme, die sie in ihrem Inneren spürte, wenn über solche Dinge geredet wurde, hielt sie wach, indem sie sich vorstellte, wie es ablief.

Nach einer Weile drangen nämlich aus den umstehenden Betten die seltsamsten Geräusche, Seufzer und Keuchen, aber sie hatte sich nie getraut zu fragen, was das bedeutete.

Sie war eine gut erzogene junge Dame, und sie konnte warten, bis sie verheiratet war. Dann würde ihr Mann ihr schon alles beibringen, was sie wissen musste.

Es war nicht fair von Mutter, dass sie sie vom aufregenden Leben in Boston fernhielt. Sie war achtzehn und alt genug, um einen Mann kennen zu lernen und zu heiraten.

Sie zog den Roman wieder unter dem Kleid hervor und legte ihn auf ihren Schoß. Eine harte Ecke drückte sie auf ihren Bauch und ließ sie tiefer gleiten. Da unten zwischen den Beinen war ein Punkt, den sie beim Baden entdeckt hatte. Wenn sie ihn mit einem rauen Waschlappen abrubbelte, stieg ein himmlisches Gefühl in ihr auf.

Ihre Wangen färbten sich rot, während sie auf der Veranda-Schaukel hin und her schaukelte und dabei den empfindlichen Punkt mit dem Buchrücken rieb. Es duftete nach Geißblatt, und sie schloss die Augen und rieb noch fester, so dass die Empfindungen zwischen ihren Beinen immer heftiger wurden.

Niemand würde merken, was sie hier machte. Feuchtigkeit sammelte sich zwischen ihren Beinen, und immer noch wuchs die Spannung. Und dann keuchte sie auf. Erschreckt hielt sie inne. Was sie da machte, war eine Sünde.

Aber es fühlte sich gut an, ob es nun Sünde war oder nicht.

Heute Abend, im Bett, wollte sie mit ihren Fingern erforschen, was sich noch zwischen ihren Beinen verbarg.

Die Stille des Nachmittags wurde von Hufgeklapper durchbrochen. Blake Hawthorn ritt auf dem großen Wallach ihres Vaters auf den Hof. Blake war der Buchhalter ihres Vaters, und beide Eltern mochten ihn gerne.

Wenn er nur den Mund aufgemacht hätte, hätte auch Felicity ihn gerne gehabt. Wenn ihre Eltern dabei waren, sprach Blake sie jedoch nie direkt an.

Und wenn sie, selten genug, einmal alleine waren, starrte er sie nur stumm an. Er begehrte sie, das wusste sie, und zwar ebenso wie sie ihn.

Blake tippte an seinen Hut, als er vorbeiritt. »Guten Tag, Miss«, sagte er.

Sie nickte. »Hatten Sie einen guten Ritt, Mr. Hawthorn?«

»Sehr schön, Miss, sehr schön.« Der Wallach blieb vor dem Stall stehen, und Blake stieg vom Pferd. Statt jedoch das Tier in den Stall zu führen, blieb er stehen und glotzte sie an.

Sehr kühn. Mit der behandschuhten Hand strich er über das Leder des Zügels, und Felicity wurde es bei dem Anblick ganz warm.

So deutlich hatte Blake seine Bewunderung noch nie gezeigt. Sie schmolz innerlich dahin, und ihr war klar, dass er sie aufforderte, den nächsten Schritt zu tun.

Sie wedelte sich mit der Hand Luft zu. Ihr war auf einmal so warm.

»Gutes Buch?«, rief er.

»Ja, es war recht anregend.« Sie legte die Hand über das Buch. Was würde er wohl denken, wenn er wüsste, was sie gerade mit dem Buchrücken gemacht hatte? »Danke.«

Er drehte sich um und verschwand im Stall.

Felicity blickte sich um. Niemand war in der Nähe. Wenn sie Blake im Stall besuchte, würde niemand es jemals erfahren.

Mutter würde wütend sein, wenn sie es erführe. Aber das war Felicity egal.

Der zuverlässige Blake. Er sah gut aus, und er war viel männlicher als andere Männer.

Er ritt so wie einer der Helden in ihren Romanen, und das Pferd gehorchte auf den leisesten Druck seiner Schenkel. Das war eher Western-Stil als englischer Reitstil, und davon träumte Felicity.

Entschlossen stand sie auf.

Sie wollte Blake Hawthorn küssen. Und dann wollte sie von ihm so angesehen werden, wie ein Mann die Frau ansah, die er liebte.

Ja, so wollte sie angeschaut werden. Und sie wollte wissen, wie es war, wenn man von einem Mann berührt wurde, wenn man seinen Körper spürte.

Ihr Innerstes brannte vor Sehnsucht, und rasch warf sie einen Blick zum Hof. Niemand war da. Niemand würde sehen, wie sie Blake in den Stall folgte.

Niemand brauchte zu wissen, dass sie allein waren an diesem Nachmittag.

7

Der Groschenroman brannte in Felicitys Hand, als sie Blake in den Stall folgte. Der Umschlag versprach *Abenteuer! Romantik! Leidenschaft!* Die Geschichte hielt dieses Versprechen.

Aber es war Zeit für ihr eigenes Abenteuer.

Im Stall war es kühler als draußen; Staubflöckchen tanzten im Sonnenlicht, das durch die hohen Fenster drang. Felicity folgte den Geräuschen von Blake und dem Pferd. Sie waren in der letzten Box, die am weitesten von den Türen entfernt lag.

Er warf gerade eine Hand voll Hafer in den Futtereimer des Tieres, das er mit unverständlichen Lauten beruhigte.

Felicity räusperte sich. Sie legte die Hände auf den Rücken, damit ihre Figur besser zur Geltung kam, und wippte auf den Fersen.

Blake ließ sich Zeit, ehe er den Kopf hob, um sie anzusehen, was sie irritierend und erregend zugleich fand. Sie war daran gewöhnt, dass Männer sie anschauten und versuchten, ihre Aufmerksamkeit zu erregen. Normalerweise liefen sie hinter ihr her.

»Guten Tag, Miss. Mächtig heiß heute«, sagte Blake. Falls jemand in der Nähe sein sollte, so klang dies harmlos genug. Aber er brauchte sich keine Sorgen zu machen, sie hatte sich vergewissert, dass sie allein waren. Sein Hemd war aufgeknöpft, und sie konnte seine Brusthaare sehen. Anscheinend hatte er sich einen Eimer Wasser über den Kopf gekippt, weil sein Hemd durchnässt war und Wassertropfen in den Löckchen glitzerten.

Felicity leckte sich über die Lippen. Am liebsten hätte sie den Tropfen, der gerade ganz langsam den Hals hinunterrann, abgeleckt. Sie sah zu, wie er durch das Gewirr von Haaren auf der Brust zur Taille lief und schließlich unter seinem Gürtel verschwand.

»Was gibt es da zu sehen?«, riss Blake sie aus ihrer Erstarrung, gerade als sie die Ausbuchtung unter seiner Hose entdeckt hatte.

»Oh!« Verlegen schlug sie die Hände vors Gesicht. »Es tut mir leid. Ich wollte Sie nicht anstarren.«

»Das haben Sie aber getan«, erwiderte er und wandte sich ab, um den Pferdesattel auf ein Gestell vor der Box zu legen.

Dann drehte er sich zu ihr um und stemmte beide Hände in die Hüften. Die Ausbuchtung in seiner Hose schien noch größer geworden zu sein.

Felicitys Nasenflügel bebten, als ihr der verführerische Duft nach Pferd und Mann in die Nase stieg. Sie fächelte sich Luft zu. »Es ist heute sehr warm.«

»Ja, das stimmt. Brauchen Sie etwas, Miss?«

»Felicity. Sie können mich Felicity nennen.«

»Felicity«, wiederholte er. »Was führt Sie in den Stall?«

»Sie. Und ich möchte gerne die kleinen Kätzchen sehen.«

Er lachte, und sie fand, er sah aus wie einer der Helden in ihren Romanen, wild und ungezähmt. Und er trug sogar solche Stiefel mit Fransen.

»Die Kätzchen sind doch schon längst groß. Das kann doch kein Grund sein, hierherzukommen, oder?«

Die Vorstellung, ihn zu küssen, hatte sie schon gereizt, als sie vor drei Wochen aus der Schule nach Hause gekommen war. Jetzt würde dieser Wunsch in Erfüllung gehen.

»Deshalb bin ich hier, Mr. Hawthorn, und das wissen Sie auch.« Kühn trat sie vor ihn und küsste ihn mitten auf den Mund.

Er erwiderte ihren Kuss und schlang seine starken Arme um ihren Rücken. Er schmeckte nach Fleisch und Ale, eine deftige Mischung für ein Mädchen, das an Tee und Kuchen gewöhnt war.

Er schmeckte wie ein Mann, roch wie ein Mann und küsste wie ein Mann, stellte sie fest, als seine Zunge zwischen ihre Lippen drang. Es gefiel ihr, wie kräftig sich die Zunge dieses Mannes in ihrem Mund bewegte.

Zögernd versuchte sie ebenfalls eine solche Annäherung. Blake lachte leise in ihren Mund und drückte sie fester an die Ausbuchtung in seiner Hose.

Seit Wochen schon wollte sie nichts anderes. Kühne Finger glitten in ihr Mieder, und sie seufzte, als sie an ihren Nippeln zupften. Und dann begann er, ihr Kleid aufzuknöpfen.

»Ich möchte dich anfassen«, sagte er zwischen zwei Küssen. »Ich möchte dich sehen.« Und immer weiter knöpfte er ihr Kleid auf, bis sie mit nacktem Oberkörper vor ihm stand und er sich am Anblick ihrer Brüste weiden konnte.

Sie warf den Kopf zurück, und sein Mund senkte sich auf ihre Brüste. Sie spürte, wie sich Feuchtigkeit zwischen ihren Beinen sammelte, als er mit Lippen und Zähnen an ihren empfindlichen Nippeln knabberte und saugte.

»Oh, Blake, wir sollten besser aufhören«, rief sie aus, ohne es wirklich zu meinen. Am liebsten hätte sie dieses wundervolle Gefühl immer weiter gespürt.

»Ja, wir sollten aufhören, aber wir können es nicht mehr«, sagte er. »Deine Haut ist so weich und süß.« Er ergriff ihre Hand und legte sie auf seine Männlichkeit.

Rasch zog sie sie wieder weg. »Bitte, mach langsamer.«

»Du bist doch hierhergekommen, Felicity. Ich habe versucht, dir aus dem Weg zu gehen, aber du bist so schön.« Genau diese Worte wollte sie hören. Sie gab sich Blakes Verlangen hin und griff nach der Ausbuchtung in seiner Hose.

Selbst durch den leichten Wollstoff hindurch spürte sie seine Hitze und sein schweres Fleisch. Er war heiß. So heiß.

Er biss sich auf die Lippe, als sie ihn streichelte und ihn durch den Stoff der Hose hindurch in die Eier kniff. Dann zog er sie an sich und küsste sie.

Entzückt über seine Reaktion umschloss sie den Schaft mit den Fingern. Der dicke Kopf überraschte sie. Und das alles sollte in sie hineinpassen?

Sie erschauerte. Zuerst würde es bestimmt wehtun, zumindest hatten die Mädchen in der Schule das erzählt.

Er ergriff ihre Hand und zog sie in die Sattelkammer hinten am Stall. Gehorsam folgte sie ihm. Seine rauen, schwieligen Hände auf ihrer zarten Haut erregten sie, und sein harter Schaft brachte sie zum Erbeben.

Er riss sich das Hemd herunter, und sie schmiegte sich an die Kräuselhaare auf seiner Brust. Er hatte Haare, wo sie keine hatte, war hart, wo sie weich war, war ein Mann, wo sie eine Frau war. Sie leckte an einem seiner Nippel, und er zog überrascht die Luft ein. Es schien ihm zu gefallen, also leckte sie auch am anderen Nippel.

Blake kniete sich vor sie, hob ihren langen Rock bis zur Taille hoch und nestelte am Taillenband ihrer Unterhose. Er streifte sie ihr bis auf die Knöchel herab, dass sie heraussteigen konnte. Mit einem Knie drückte er ihr die Beine auseinander, und dann fand seine Zunge sie. Ihr wurden die Knie weich, so heftig schoss die Lust in ihr empor. Sie schloss die Augen.

Er erregte sie so sehr, dass sie keuchte. Sie hielt sich an einem Bock fest, auf dem die meisten Sättel lagen. Der Geruch von Leder stieg ihr in die Nase, während der Mann zwischen ihren Beinen an Körperteilen saugte, die sie bisher noch nicht gekannt hatte.

Vor Lust und wildem Verlangen zitterte Felicity am ganzen Körper. Sie machte die Beine noch breiter, damit Blake besser an sie herankam. Seine Zunge drang in ihren geheimsten Ort, leckte und saugte und erzeugte Wirbel von Empfindungen, die sie sich in ihren kühnsten Träumen so nicht vorgestellt hätte.

Sie drückte sich seinem Mund entgegen und packte seine Haare mit den Händen, um seinen Kopf besser dirigieren zu können. Und schließlich erreichte sie einen Höhepunkt, wie sie ihn noch nie erlebt hatte. Sie schrie auf, als die Wellen des Orgasmus über sie hereinbrachen und sie mit sich rissen. Sie presste seinen wundervollen Mund an ihre geheimsten Stellen, und ihr Höhepunkt wollte gar nicht mehr enden.

Schließlich verebbten die letzten Wogen, und Felicity musste sich festhalten, weil sie sonst zu Boden gesunken wäre.

Blakes Lippen und sein Kinn glänzten von ihren Säften, als er sich wieder aufrichtete. Er küsste sie auf den Mund, und sie konnte sich selbst schmecken. Ihre Säfte, salzig und süß zugleich, erfüllten ihre Sinne, während er erneut begann, ihre Brüste zu streicheln.

Als er wieder ihre Hand an seinen Schritt zog, wusste sie, was er wollte, und begann, seinen schweren Schaft zu streicheln.

»Ich möchte dich sehen«, sagte sie. Das Herz schlug ihr bis zum Hals.

»Ja, das wirst du. Du sollst für mich das tun, was ich auch für dich getan habe«, befahl er.

Sie keuchte. »Mein Mund? Dort?« Wenn sie ihm nur halb so viel Lust bereiten konnte wie er ihr, dann wäre sie froh.

Bei dem Gedanken daran, ihn zu schmecken, lief Felicity das Wasser im Mund zusammen. Sie kniete sich hin, und als er die Hose öffnete, sprang ein dunkelroter Fleischspeer heraus. Oben an der Spitze saß ein kleiner Tropfen klarer Flüssigkeit. Ob er wohl schmeckte wie ihr Saft?

Er umfasste ihren Kopf und drückte ihn sanft auf sich zu. »Nimm ihn in den Mund, Felicity. Fahr mit der Zunge um die Schwanzspitze.«

Aus dieser Perspektive wirkte sein Schaft riesig. Zögernd berührte sie den Kopf mit der Fingerspitze und stellte fest, dass sich die Haut samtig anfühlte. Sie verteilte den winzigen Tropfen auf der Spitze, dann leckte sie ihren Finger ab. Nektar, anders als ihrer, aber köstlich.

»Saug an mir, Felicity. So wie ich es bei dir gemacht habe. Ich habe gesaugt und geleckt.«

Sie blickte zu ihm hoch. Groß und herrisch stand er über ihr und blickte sie fordernd an. Bei seiner männlichen Stärke fühlte sie sich auf einmal weiblich und schwach. Sie gehorchte und fuhr mit der Zunge über seine Eichel.

»Öffne deinen Mund«, sagte er.

Als sie es tat, stieß er seinen Schwanz in ihren Mund. Sie würgte, weil er so groß war, aber bald gewöhnte sie sich an die rhythmischen Stöße. Und sie stellte fest, dass es sie ebenso erregte wie ihn.

Sie wurde schon wieder feucht, deshalb glitten ihre Finger wie von selbst zu der kleinen, harten Knospe, die er mit seiner Zunge berührt hatte, und streichelten sie.

Während sie sich rieb und Erregung in ihr aufstieg, ließ sie ihre Zunge um seinen Schwanz wirbeln und saugte immer fester an ihm. Immer schneller pumpte ihre Hand, und Blake überschüttete sie mit Wörtern, die sie noch nie gehört hatte.

Plötzlich zog er seinen Schwanz aus ihrem Mund und spritzte ihr eine weiße Flüssigkeit über das Gesicht. Sie schloss die Augen. So erregt war sie noch nie gewesen.

»Meine Schöne«, sagte er. »Und jetzt stell dich hin und beug dich über den Bock.«

Mit dem Saum ihres Hemdchens wischte sie sich sein Sperma aus dem Gesicht, dann stand sie auf. Lächelnd und ein wenig scheu wartete sie auf ein liebes Wort.

Aber Blake schaute sie nur warm an, und sie küssten sich, als wäre es das letzte Mal.

Er drehte sie so, dass sie ihm den Rücken zuwandte, und sie fragte sich, welche Freuden er ihr wohl jetzt zeigen mochte.

»Du machst deine Sache gut«, meinte er und versetzte ihr einen leichten Klaps auf das Hinterteil.

»Mir gefällt alles, was du mit mir machst. Es ist aufregend, und ich möchte gerne noch mehr lernen.« Die Luft kühlte ihre heiße Haut. Sie war jetzt für seine Augen völlig entblößt, aber es war ihr gleichgültig.

Er zog ihre Hinterbacken auseinander und blies in ihre Feuchtigkeit. Das erregte sie nur noch mehr. »Was für eine Teufelei hast du jetzt für mich bereit?«, fragte sie und warf ihm einen Blick über die Schulter zu.

Er sah so gut aus. Und er gehörte ihr, da war sie sich jetzt sicher. Er drückte ihr die Lippen auf den Nacken. Es prickelte, und sie kicherte.

Er biss sie sanft in den Hals, damit sie mit ihrem mädchenhaften Gekicher aufhörte. Sie war jetzt kein Mädchen mehr, sie war jetzt eine Frau.

Blake Hawthorns Frau.

»Ist hier zum ersten Mal ein Mann?«, fragte er und drückte seine Fingerspitze zwischen ihre Falten.

»Ja.« Frustriert stieß sie die Luft aus, als er den Finger wieder wegzog.

»Hat es dir gefallen, mich zu lecken?«

»Ja, es war wundervoll.«

»Dann bekommst du jetzt deine Belohnung.« Endlich drang sein Finger in ihren engen Kanal ein, und ein quälend süßer Druck baute sich auf. Ihre inneren Muskeln zogen sich zusammen und hielten den Finger fest umschlossen.

Er lachte leise. »Was für eine hübsche, gierige Möse.«

Das Wort kannte sie nicht, aber sie wusste gleich, was es bedeutete. Von jetzt an wollte sie es auch benutzen. »Warte«, flüsterte sie und stellte die Beine breiter, damit er besseren Zugang hatte.

»Braves Mädchen«, sagte er und bewegte den Finger in ihr. Seltsame Empfindungen erfüllten sie.

»Oh, das ist schön, Blake. Mach weiter. Meine Möse will mehr.«

Er lachte. »Ah, du bist eine Lüsterne. Deine Möse will mehr? Etwas Dickeres vielleicht?«

»Ja!«, schrie sie und bog sich seiner Hand entgegen. Sie spürte, wie er einen weiteren Finger in sie hineinschob, und wäre vor Lust fast ohnmächtig geworden.

Hin und her bewegte er die Finger, und sie erschauerte, als er auch noch einen dritten in sie steckte.

»Du bist nass und bereit für mehr«, sagte er mit seiner schönen Stimme.

»Ja, ja«, bettelte sie. »Mehr.«

Er drehte sie um und führte sie durch den Raum zum Schreibtisch. Dort setzte er sie ab, sie zog die Beine hoch und stützte sich mit den Fersen ebenfalls auf der Schreibtischplatte ab. Er ließ seine Hand über seinen erigierten Schwanz gleiten.

»Steck ihn in mich hinein, Blake. Ich will ihn spüren.«

Er drang in sie ein, und sie schaute fasziniert zu, wie er in sie hineinglitt. Oh, was für ein Gefühl!

Während Blake seinen riesigen Schwanz langsam in ihr Loch gleiten ließ, stieß sie mit den Hüften, um ihn so weit wie möglich aufzunehmen. Sie kam sich vor wie aufgespießt. Es war ein unglaubliches Gefühl.

»Fühlst du das?«, stieß er hervor.

»Ja, ja, ja.« Wieder bog sie ihm die Hüften entgegen. Ein leichtes Ziehen im Innern sagte ihr, dass sie ihre Jungfernschaft verloren hatte, aber sie fand es wunderbar. Wenn ein Mann sie so beglücken konnte, dann brauchte sie keine falsche Tugend. Sie stöhnte leise auf.

Blake stieß zuerst noch vorsichtig in sie hinein, zog seinen Schwanz ganz heraus, um ihn dann langsam wieder in ihren Kanal hineinzuschieben. Felicity spürte, wie sie immer feuchter wurde, und ihre Perle wurde gegen die krausen Löckchen seines Schamhaars gedrückt.

Ein vertrautes Gefühl stieg in ihr auf, und sie griff erneut nach der Stelle, die er ihr gezeigt hatte. Sie kam in einer Explosion aus Lust, und auch er spritzte in sie ab, während er seine Lippen auf ihren Hals senkte und sie küsste.

8

Am nächsten Tag traf Felicity sich erneut mit Blake im Stall. Die Stelle zwischen den Beinen war wund, aber sie hatte Verlangen nach mehr. Ihre Träume waren so skandalös gewesen, dass sie im hellen Tageslicht gar nicht daran denken konnte.

Er striegelte gerade sein Pferd, als sie die Tür hinter sich schloss.

»Du musst morgen früh nach Boston zurück«, sagte sie. »Ich wünschte, du würdest hier leben und arbeiten statt in der Stadt.«

»Es ist sehr großzügig von deinem Vater, dass ich am Wochenende hier reiten darf.«

»Kommst du wirklich nur wegen der Pferde?«

»Ach, schönes Mädchen, du bist der Grund, warum ich hier bin. Nur du.«

Sie befingerte ihre Bluse, die zum Glück die Stelle verbarg, an der er gestern gesaugt hatte. Der Beweis seiner Liebe.

Sie trat neben ihn und ließ ihre Hand kühn über seinen Rücken gleiten. »Ich trage keine Unterwäsche«, flüsterte sie. »Es fühlt sich so köstlich ungezogen an.«

Er hielt im Striegeln inne und griff nach ihr. »Du bist lüstern.«

»Wenn das so ist, dann nur, weil du mich dazu gemacht hast.« Sie küsste ihn.

»Nein, ich habe dich nicht lüstern gemacht. Du bist von Natur aus so.«

»Wie meinst du das?«

Aber statt einer Antwort küsste er sie nur leidenschaftlich und zog sie auf das Stroh in einer leeren Box.

Sie knöpfte seine Hose auf und nahm ihn wie gestern in den Mund. Sie schloss die Augen, streichelte mit seiner samtigen, heißen Eichel über ihre Stirn bis hinunter zu ihrem Mund und schloss dann die Lippen darum.

Sie saugte und leckte so lange an ihm, bis er sie schließlich auf den Rücken drehte und in ihr enges Loch eindrang. Stöhnend stieß er in sie hinein und flüsterte ihr Liebesworte ins Ohr, was sie über die Maßen erregte.

Mit jedem Stoß wuchsen ihre Lust und ihr Verlangen, bis sie sich schließlich ineinander verströmten.

Ihre gemeinsame Zeit an den Wochenenden war kurz, aber leidenschaftlich. Der Sommer ging in den Frühherbst über, und schließlich wurde Felicity wieder ruhelos. Es reichte ihr nicht mehr, Blake so selten zu sehen. Sie brauchte mehr an Erregung.

Außerdem brauchte sie neue Kleidung für den nahenden Winter. Sie hatte vor ein paar Tagen die neueste Mode in einem Katalog gesehen. Ihre Kleider waren völlig unmodern. Mittlerweile waren viel schmalere Röcke in Mode, und sie wollte doch bei Blakes Wochenendbesuchen so vorteilhaft wie möglich aussehen.

Während der Woche sehnte sie sich nach Blakes Berührungen, nach seinem Mund und seinem harten, schlanken Körper. Ihr ganzes Sein richtete sich auf ihre gemeinsame Zeit, in der sie sich so lebendig fühlte, wie sie es nie für möglich gehalten hatte.

Aber die Langeweile der einsamen Wochen nagte an ihr, und sie wartete sehnsüchtig darauf, dass Blake ihr seine Liebe erklärte, damit sie eine gemeinsame Zukunft planen konnten.

Eines Freitagabends wartete sie im Wintergarten darauf, dass ihr Vater und Blake zum Wochenende nach Hause kamen. Ihre Mutter war nicht zu Hause, sie besuchte wie üblich irgendeine Freundin. Sie nahm Felicity zu diesen Besuchen nie mit, und sie begann sich zu fragen, ob ihre Mutter vielleicht Geheimnisse hatte.

Der Wintergarten war ihr Lieblingsraum im Haus, vor allem wenn es stürmte. Dann rann der Regen an den hohen Glasscheiben herunter, und Felicity kuschelte sich in eine warme Decke und vertiefte sich in ihren Lieblingsroman. Das tat sie auch jetzt, zugleich lauschte sie aber auf das Ticken der Uhr. Jede Minute brachte Blake näher zu ihr.

Männerstimmen erregten ihre Aufmerksamkeit,

und dann traten Blake, so attraktiv wie eh und je, und Papa in den Wintergarten. Neugierig blickte Felicity auf, weil sie hoffte, dass er heute vielleicht ihrem Vater seine Absichten erklärte, aber die beiden Männer redeten über das Geschäft. Sie hatten sie noch gar nicht bemerkt.

»Ich verstehe gar nicht, warum Ogilvy nie die Liefertermine einhält«, sagte Papa gerade.

Blake erwiderte: »Das nächste Mal bekommt er eine Mahnung von uns und muss Zinsen in Höhe der Verzögerung bezahlen.«

Papa nickte stirnrunzelnd. Anscheinend dachte er über den Vorschlag nach.

Felicity fand jedoch, er sollte sich einen anderen Lieferanten suchen, einen, der ihm Liefergarantien gab. Und das sagte sie.

Die beiden Männer zuckten zusammen.

»Felicity! Ich habe gedacht, du bist in deinem Zimmer«, sagte Papa.

»Ach, Papa, ich habe doch wilde Stürme schon immer geliebt.« Sie lächelte. »Hallo, Blake.«

»Miss.« Er nickte freundlich, aber sie vermisste die persönliche Wärme ihr gegenüber.

»Entschuldige uns bitte, Felicity. Wir sind mitten in einem Geschäftsgespräch.«

Aber sie wollte nicht ignoriert werden. »Warum suchst du dir nicht einen anderen Lieferanten, Papa? Oder sag zumindest Ogilvy, du würdest dir einen anderen suchen.«

Er schmunzelte nachsichtig. »Liebes, überlass die Geschäfte besser den Männern. Wir sind mehr daran gewöhnt.« Er wandte sich Blake zu.

»Ich bin kein dummes Kind mehr, Vater«, erwiderte Felicity aufgebracht. »Ich kann einem Gespräch über Rechnungen und Lieferanten durchaus folgen.«

»Dass du dir solche Gespräche anhören möchtest, zeigt schon, dass du noch ein dummes Mädchen bist.« Der Tonfall ihres Vaters duldete keinen Widerspruch. Diesen Kampf hatte sie verloren. Ein weiteres Mal.

Blake blickte sie über die Schulter des Vaters hinweg lächelnd an, um sie zu trösten. Ihr Vater bemerkte es und fragte erstaunt: »Was ist das?«

Einen Herzschlag lang dachte sie, jetzt würde Blake sich erklären, aber als er schwieg, erwiderte sie enttäuscht: »Nichts, Papa. Blake und ich haben beide Interesse an Pferden, sonst nichts.«

»Und an den Katzen im Stall«, fügte Blake hinzu. Er räusperte sich.

Verletzt stand Felicity auf und verließ den Raum. Von Papa war sie ja nichts anderes gewöhnt, aber von Blake hatte sie mehr erwartet.

Morgen, wenn sie seinen Schwanz in der Hand hielt, würde sie von ihm verlangen, dass er mit ihrem Vater sprach. Sie kannte sich mittlerweile mit den schwachen Momenten von Männern aus. Blake war ein guter Lehrer gewesen.

Der Sturm wütete die ganze Nacht hindurch, während Blake auf das leise Klopfen an seiner Tür wartete. »Komm«, sagte er leise, als es endlich ertönte.

Die Tür ging auf, und Miranda trat ein. Beide kamen sie bereitwillig zu ihm. Die Mutter im Haus und die Tochter im Stall. Miranda blieb am Fußende des Bettes stehen und ließ ihren Morgenmantel zu Boden gleiten. Stumm hob sie die Decke an und saugte an seinem großen Zeh. Sie wusste, was er mochte, und gab ihm, wonach er sich sehnte.

Ihre weichen, schweren Brüste legten sich um seine Wade, als er das Bein hochhob. Bald würde sie sich mit ihrer Spalte auf seine Kniescheibe setzen und sie reiten, während sie ihn mit dem Mund befriedigte.

Wenn er kam, würde sie sein Sperma schlucken und sich danach die Lippen lecken wie eine Katze, die an der Sahne genascht hatte.

Miranda liebte es grob. Wenn ihre Zähne an seinem Schaft kratzten, war es Zeit, sie zu besteigen.

Er warf sie auf den Rücken und spreizte ihre Schamlippen, um besser in sie eindringen zu können. Er stieß sie hart, und sie kam rasch zum Höhepunkt. Danach verlangsamte er sein Tempo, spielte mit ihren Titten und kniff sie fest in die Nippel.

Sie tat gerne so, als ob er sie zwingen würde, und er spielte mit. Fest rammte er seinen Schwanz in sie hinein.

Wenn sie wimmerte und miaute und sich ihm hingab, drehte er sie auf den Bauch. Ihre Handgelenke hielt er fest, und sie hob bereitwillig die Hüften, damit er sie von hinten nehmen konnte.

»Das gefällt dir, was, Miranda? Grob und hart und schmutzig«, flüsterte er ihr ins Ohr. Dann hockte er sich auf die Fersen und zog sie, aufgespießt auf seinen Schwanz, mit hoch. Sie ritt ihn, während er von hinten so fest in ihre Nippel kniff, dass es wehtat. Aber sie schrie nur vor Entzücken.

»Härter, schneller, tu mir weh!«, schrie sie. Und er rammte seinen Schwanz immer schneller und fester in sie hinein.

Ihre hübsche Tochter war genauso geil. Aber bei Felicity musste er langsamer und zärtlicher vorgehen. Mit der Zeit würde sie sich in die gleiche Richtung entwickeln wie ihre Mutter, aber das würde noch dauern.

Während Felicity schlank war, war Miranda mollig; Miranda war weich, wo Felicity fest war, aber beide Frauen kümmerten sich hingebungsvoll um seinen Schwanz.

Der Schweiß brach ihm aus, als er sich vorstellte, wie Mirandas Muschi sich um seinen Schwanz schloss, während er Felicitys saftige Möse ausleckte.

Er kam heftig und spritzte in Miranda ab.

»Du Narr! Du hättest mich warnen sollen«, knurrte Miranda. »Jetzt muss ich den alten Bastard ficken, diesen eingetrockneten Vorwand eines Mannes.«

»Du überwältigst mich eben«, sagte er und glitt aus ihr heraus.

»Ja, mach dir keine Gedanken, ich kümmere mich morgen um ihn. Aber jetzt musst du auch mich befriedigen.«

Sein Schwanz richtete sich schon wieder auf. »Du bist ein Teufelsweib im Bett, Miranda. Ich wünschte, es gäbe zwei von dir.«

Sie kicherte und begann, seinen Schwanz zu lecken. Kurz darauf wurde sie fordernd, und Blake stieß in sie hinein, bis sie vor Lust schrie.

Am Montagmorgen sah Felicity, die sich mit Blake in der brandneuen Garage geliebt hatte, zu, wie er die Schutzbrille aufsetzte und in Papas Automobil stieg.

Papa saß neben Blake und hielt sich am Türgriff fest.

»Ich glaube, Papa wird sich nie an das Automobil gewöhnen, Mutter, aber mir gefällt es.« Sie träumte davon, eines Tages selbst fahren zu lernen. Welche Freiheiten sie dann erwarten würden!

Jeden Montag stand sie mit ihrer Mutter auf der Veranda und verabschiedete die Männer. Als das Automobil auf die Straße abbog, winkte Blake und blies einen Kuss zum Haus. Felicity war so hingerissen von diesem Zeichen der Zuneigung, dass sie es erwiderte. Zuerst blickte ihre Mutter sie überrascht an, aber dann wurde ihr Gesichtsausdruck grimmig.

»Du darfst keinen Gedanken an Angestellte verschwenden, Felicity. Das ist für ein Mädchen deines Standes nicht klug.«

»Wenn du nicht willst, dass ich Gedanken daran verschwende, Mutter, solltest du mir vielleicht erlauben, häufiger nach Boston zu fahren. Wenn du mich hier einsperrst, engst du nur meinen Horizont ein.« So kühn hatte sie noch nie mit ihrer Mutter gesprochen, aber sie wurde langsam auch verzweifelt. Seit Wochen trieb sie es mit Blake im Stall, ohne dass er sich erklärt hätte.

Sie bedeutete ihm doch sicher mehr?

Die Vorstellung, mit so einem Mann verheiratet zu sein, reizte sie. Ihre Nächte würden voller Lust sein, und tagsüber würde sie sich um Haus und Kinder kümmern. Wenn er doch nur endlich mit Papa sprechen würde.

Ihre Mutter lächelte kühl. »Ich muss mich heute Abend mit deinem Vater treffen. Komm doch für ein paar Tage mit mir in die Stadt. Es gibt ein neues Stück, das wir uns anschauen könnten, und am Mittwochnachmittag gibt Mrs. Polson eine Teegesellschaft. Ich glaube, ihre Söhne sind gerade aus Europa zurückgekehrt und wollen den anwesenden Damen ihre Fotografien zeigen.«

Felicity warf ihrer Mutter einen erfreuten Blick zu. »Ja, ich komme schrecklich gerne mit. An die Polson-Zwillinge kann ich mich noch gut erinnern.« Als Kinder hatten sie beim Sprechen immer gespuckt, und etwas weniger Angenehmes als einen Nachmittag in ihrer Gesellschaft konnte sie sich kaum vorstellen.

Aber es wäre wundervoll, wenn sie sich mit Blake in

seiner Wohnung treffen könnte. Sie musste nur einen Weg finden, sich aus dem Stadthaus zu schleichen.

Zum Glück zogen sich ihre Eltern früh zurück. Das Stadthaus war kleiner als ihr Haus auf dem Land, und ihre Eltern teilten ein Zimmer. Felicitys Zimmer war am anderen Ende des Gangs.

Aber sie ging erst gar nicht hin. Sie warf sich einen dunklen Umhang über ihr weißes Tageskleid aus Baumwolle. Es würde Blake bestimmt gefallen. Es war modisch kurz und endete über ihren Knöcheln, so dass man ihre Schuhe aus Ziegenleder sehen konnte.

Das Stadthaus lag in einer der elegantesten Gegenden Bostons, deshalb hatte sie keine Schwierigkeiten, eine Droschke zu finden. Sie wies den Fahrer an, zur Fabrik ihres Vaters zu fahren.

Dort bewohnte Blake eine Wohnung über dem Büro, in der schon ihr Vater gelebt hatte, als er als junger Mann sein Geschäft aufgebaut hatte. Das war lange, bevor er ihre Mutter geheiratet hatte.

Blake öffnete die Tür und schrie überrascht auf, als er sie sah. Rasch zog er sie hinein und schloss die Vorhänge, bevor er sie in die Arme zog.

»Mein schönes Mädchen, du hättest nicht herkommen dürfen. Wie bist du nur auf diese Idee gekommen?« Er blickte ständig zur Tür, als ob er jemanden erwartete.

»Ich bin dir verfallen«, sagte Felicity kühn. »Mit Körper und Seele. Das weißt du doch.« Sie leckte ihn am Nacken.

»Ja, aber, Felicity, es ist dumm, deinen guten Ruf zu riskieren.« Er wirkte nervös, und gerührt stellte sie fest, wie sehr er sich um sie sorgte.

Entschlossen griff sie nach seinem Schwanz, der sich ihr bereits entgegenreckte. »Niemand wird erfahren, dass ich hier war. Ich habe das Stadthaus heimlich verlassen und dem Fahrer ein Trinkgeld gegeben, damit er den Mund hält.«

»Du wohnst im Stadthaus?«

»Ja. Mutter und ich sind die Woche über hier. Wir haben eingekauft.« Sie legte ihren Umhang ab und drehte sich vor ihm, um ihm ihr neues Kleid zu zeigen. »Siehst du, wie schmal der Rock ist?«

»Und kurz«, sagte er und legte ihr die Hand auf die Taille. »Ich kann deine Knöchel sehen.« Seine Augen glitzerten vor Leidenschaft. Er beugte sich vor und flüsterte: »Die Knöchel sollten völlig unbedeckt sein!«

Sie errötete.

Er ergriff ihre Hand und führte sie durch den Salon nach hinten in seine Wohnung. Sie folgte ihm fröhlich und erregt.

»Heute wälzen wir uns nicht im Heu, Sir. Ich schlage vor, du ziehst mich vorsichtig und langsam aus, wobei du aufpasst, dass du mein neues Kleid nicht zerreißt.«

Blake lachte. »Dann wollen wir doch mal sehen, ob ich das überhaupt kann.«

Er begann die Knöpfe auf ihrem Rücken aufzuknöpfen, und Felicity wurde es heiß. »Beeil dich«, flüsterte sie.

Langsam schob er ihr das Kleid über die Schultern herunter. Seine Daumen glitten über ihre Unterarme, und ihre Haut begann zu prickeln. Ihre Nippel wurden hart, und sie wurde feucht.

Sie drehte sich um und blickte ihn an, während sie das Kleid ganz herunterzog und es vorsichtig über die Kommode legte.

»Gleich sind wir zum ersten Mal in einem Bett«, sagte er. »In meinem Bett.«

»Ja.« Sie blickte sich in dem kleinen Zimmer um. Ein eisernes Bettgestell, fast zu schmal für zwei, eine Waschschüssel in der Ecke und eine Kommode mit einem angelaufenen Spiegel waren die einzigen Möbel.

»Es tut mir leid, dass die Umgebung nicht prächtiger ist«, sagte er.

»Wenn es gut genug für meinen Vater war, dann ist es auch gut genug für mich«, erwiderte sie. »Er hat Jahre hier verbracht und hart gearbeitet, damit er schließlich um die Hand meiner Mutter anhalten konnte. Er hat immer gesagt, sie verlangte nur das Beste, und er konnte sie nicht heiraten, bevor er es nicht bezahlen konnte.«

Ein Schatten glitt über Blakes Gesicht.

»Mein schönes Mädchen, manchmal sagst du seltsame Dinge.« Ohne seinen Kommentar zu erklären, küsste er sie, und Felicity gab sich seinem harten Körper und seiner fordernden Zunge hin.

Sie entkleideten sich gegenseitig, und die Bettfedern quietschten, als sie auf das Bett sanken. Felicity spürte, wie sie sich in ihren Rücken bohrten, aber ihre Liebe zu Blake war viel zu groß, als dass es sie gestört hätte. Es spielte auch keine Rolle, dass die Bettwäsche nicht besonders frisch roch oder dass das Kissen unter ihrem Kopf klumpig war. Wichtig war nur, dass sie hier war mit ihrem Liebsten, ihrer Liebe, mit Blake.

Er hinterließ Liebesmarken auf ihren Brüsten, auf ihrem sanft gerundeten Bauch und den Innenseiten ihrer Oberschenkel. Und er trieb sie in Höhen der Leidenschaft, von denen sie nichts geahnt hatte.

Sie schrie, als der Orgasmus sie überwältigte. Im Stall hatten sie immer leise sein müssen, aus Angst, dass jemand sie überraschen könnte, aber hier konnte sie so laut stöhnen, wie sie wollte.

Blake überschüttete sie mit Worten, skandalösen Worten voller Lust und schmutziger Begierden. Sie lauschte und lernte.

Sie hielt seinen Schwanz dicht vor ihre Lippen und fuhr mit der Zunge um die Eichel. Als er in ihren Mund stoßen wollte, presste sie die Lippen zusammen und schüttelte den Kopf.

»Erst musst du mir etwas versprechen«, sagte sie.

»Was soll ich dir versprechen?« Er schob seine Finger zwischen ihre Beine und rieb ihre brennende Knospe. Sie wand sich, nahm aber seinen Schwanz nicht in den Mund.

»Du musst mit meinem Vater über deine Absichten sprechen.«

»Meine Absichten?«

»Dass du mich heiraten willst, natürlich.« Sie konnte nicht mehr widerstehen und nahm seinen Schwanz in den Mund. Vor Lust stöhnte sie tief auf, als seine Finger in ihre Möse stießen.

Eine Zeit lang pumpte er sie mit festen Bewegungen, während sie sich aufbäumte und stöhnte.

»Blake! Runter von meiner Tochter!«

9

Es dauerte eine Weile, bis Felicity die Stimme erkannte. Sie blickte über die Schulter und sah das wütende Gesicht ihrer Mutter.

Blake rollte sich von ihr herunter und zog die Decke über ihre Nacktheit. Felicity hatte keine Angst. Im Gegenteil, sie war froh. Jetzt würde sie endlich bekommen, was sie wollte.

Rasch stand sie auf und wickelte die Decke um sich, während Blake nach seiner Unterhose griff. »Es ist Liebe, Mutter«, sagte sie. »Davon verstehst du nichts.«

»Warte draußen auf mich. Um dich kümmere ich mich später«, sagte Miranda im Befehlston.

»Es ist wahr, du hast noch nie jemanden geliebt, weder meinen Vater noch mich!« Sie warf Blake einen Blick zu, sah seinen empörten Gesichtsausdruck und ergriff ihr hübsches, neues Kleid.

Sie würde die Angelegenheit Blake überlassen. Rasch eilte sie in den Salon und zog sich an.

Papa würde bestimmt wütend sein, aber letztendlich würde er sich wieder beruhigen. Was Miranda dachte, war ihr egal.

Aber sie war auch froh. Jetzt musste Blake seine Liebe zu ihr offenbaren.

Sie wartete auf der vorderen Veranda auf ihre Mutter, aber die Wohnungstür blieb lange Zeit geschlossen.

Felicity zählte jede Sekunde. Vielleicht hörte Miranda ja Blake zu, hoffte sie. Und vielleicht verstand sie ja, dass man der Liebe nachgeben musste, und würde Felicity und Blake unterstützen, wenn sie ihrem Vater sagten, dass sie heiraten wollten.

Als ihre Mutter jedoch immer noch nicht herauskam, versuchte sie, an der Tür zu lauschen. Aber sie war verschlossen. Die Lampen im Salon brannten nicht, und sie konnte auch nichts sehen.

Allerdings hörte sie erregte, böse Stimmen. Blake war anscheinend genauso wütend wie ihre Mutter. Vielleicht war ja Miranda wirklich enttäuscht darüber, dass Blake Hawthorn in ihre Familie einheiraten sollte.

Aber Papa würde es doch sicher gutheißen. Blake hatte doch sein Vertrauen, und er würde zwar zornig darüber sein, wie die Hochzeit zustande gekommen war, aber letztlich würde er akzeptieren, dass die Liebe gesiegt hatte.

Als Miranda Johnston schließlich aus der Wohnung trat, hatte sie die Lippen fest zusammengepresst. Sie packte Felicity am Ellbogen und zerrte sie die Treppe hinunter. Sie hielten eine vorbeifahrende Droschke an und fuhren in eisigem Schweigen nach Hause.

Am nächsten Morgen wartete Felicity, bis ihr Vater in die Fabrik gefahren war, und begab sich erst dann an den Frühstücktisch. Ihre Mutter erwartete sie bereits, einen strengen, hasserfüllten Ausdruck im Gesicht.

»Er ist weg, Felicity. Zum Glück!«

»Wer ist weg?«, schrie sie. Sie befürchtete das Schlimmste.

»Was glaubst du? Wenn dein Vater ins Büro kommt, wird er eine Nachricht vorfinden, in der steht, dass er in dringenden Familienangelegenheiten nach Hause fahren musste und nicht mehr zurückkommt. Und das ist das letzte Wort in dieser Angelegenheit.« Sie wandte sich zum Kamin.

Felicity schaute sie verständnislos an. »Was für eine dringende Familienangelegenheit? Blake hat doch gar keine Familie.« Sie versuchte, ihrer Mutter ins Gesicht zu blicken, aber Miranda drehte sich nicht um.

»Das ist nur einer der Gründe, warum er völlig ungeeignet für dich ist. Er kommt nicht aus gutem Haus.«

Felicity sah, wie ihre Mutter Papierfetzen ins Kaminfeuer warf.

»Nein! Blake würde nie einfach so fortfahren! Er würde mich nie verlassen! Er liebt mich.«

Ihre Mutter hob den Kopf, und rote Flecken zeigten sich an ihrem Hals. »Blake Hawthorn liebt niemanden, Felicity. Eines solch edlen Gefühls ist er nicht fähig. Er ist ein Vieh!«

Entsetzt wich Felicity zurück und floh aus dem Zimmer. Sie warf sich auf ihr Bett und weinte, bis ihre Augen rot und verquollen waren. Was für grässliche Lügen verbreitete ihre Mutter!

Schließlich meldete sich ihr gesunder Menschenverstand zu Wort. Etwas fehlte in Blakes Gefühlen für sie. Er war zärtlich, fordernd und lustvoll gewesen, aber er hatte nie Liebesworte zu ihr gesagt. Immer wieder hatte er sie mit Händen und Mund verführt, aber nie hatte er die Worte gemurmelt, nach denen sie sich sehnte.

Sie versuchte, die Stimme in ihrem Kopf zum Schweigen zu bringen, die ihr sagte, dass er nie zu ihr gekommen war. Stattdessen war er im Stall geblieben, so dass sie zu ihm gehen musste.

Nach einer Stunde hörte sie Papas Stimme von unten.

»Miranda!«, schrie er. »Komm herunter. Ich habe schreckliche Nachrichten.«

Felicity rannte zum Treppengeländer und spähte in die Eingangshalle. Ihre Mutter trat mit steinernem Gesicht aus dem Salon. Sie ging steifbeinig, als wäre sie über Nacht alt geworden. »Was ist los? Was ist passiert?«

Papa wedelte mit einem Blatt Papier. »Hawthorn! Er ist mitten in der Nacht auf und davon! Er hat den gesamten Safe leer geräumt!«

»Nein!«, schrie Felicity. »Das würde er niemals tun.«

»Der Schurke!«, rief Miranda aus. Sie blickte zu Felicity hinauf und warf ihr einen strengen Blick zu.

Felicity wollte ihren Liebsten verteidigen, aber etwas im Blick ihrer Mutter brachte sie zum Schweigen.

Blake hatte den Safe bestimmt nur leer geräumt, weil er Geld brauchte, um ein neues Leben mit ihr anzufangen. Außerdem hatte er ja für das Geld gearbeitet. Er hatte die Fabrik in ein neues Jahrhundert gebracht, die Produktion gesteigert und die Löhne niedrig gehalten. Ein Großteil des Profits war auf seine Bemühungen zurückzuführen, deshalb hatte er eigentlich nicht gestohlen. Er hatte ein Recht darauf, die Früchte seiner Arbeit zu genießen.

Es war dumm von ihm gewesen, wegzulaufen, aber Papa kam bestimmt darüber hinweg.

Sie konnte jetzt nur noch auf einen Brief von ihm warten. Leichteren Herzens ging Felicity in ihr Zimmer und begann ihre Zukunft zu planen.

An jenem Nachmittag warf jemand Kieselsteine an ihr Schlafzimmerfenster, und sie öffnete es eilig. Unten stand ein Junge von etwa zwölf Jahren. »Ja?«, flüsterte sie.

»Ein Brief für Sie, Miss.« Er schwenkte einen Umschlag.

Rasch lief sie hinunter und riss dem Jungen den Brief aus der Hand. Blake wollte nach Westen, nach Montana! In eine aufstrebende Minenstadt namens

Butte, von der sogar sie schon etwas gehört hatte. Es tat Blake leid, dass alles so geendet hatte, und er hoffte, ihr Ruf habe keinen Schaden genommen. Sie könne sicher sein, dass er kein indiskretes Wort über ihre Affäre verlieren würde. Deshalb war er auch gegangen, dachte sie, weil er nicht wollte, dass Gerüchte über ihre Eheschließung entstanden.

Das Geld, das er genommen hatte, erwähnte er nicht, aber ihr Ruf und ihre Gefühle waren ihm ja sowieso wichtiger.

Jedenfalls spürte sie sofort, dass er wollte, sie sollte ihm folgen, auch wenn er zu ehrenhaft war, sie darum zu bitten. Es dauerte bestimmt eine Weile, bis er in Montana sein Auskommen hatte, aber sie wollte nicht, dass er wie ihr Vater erst jahrelang schuftete, bevor sie zusammen waren. Das war Zeitverschwendung, und außerdem kümmerte Felicity ihre Stellung in der Gesellschaft nicht.

Sie war jung und verliebt, und ihr Mann rief sie. Sie musste ihm einfach folgen.

Butte, Montana, entsprach überhaupt nicht Felicitys Erwartungen, als sie aus dem Zug ausstieg. Es wimmelte von Menschen, und die Luft war trocken und rußig von den Minen.

Sie fragte einen Bahnhofsangestellten nach einem ehrenwerten Hotel, in dem sie übernachten konnte. Seine Mahnung, sich vom Tenderloin und Etablissements wie dem Dumas und den Hotels auf der Mercury Street fernzuhalten, jagte ihr Angst ein. In was für ein Höllenloch hatte Blake sie geholt?

Die Stadt war viel größer, als sie sich vorgestellt hatte, und sie wusste gar nicht, wo sie ihn suchen sollte.

Sie fuhr mit der Droschke zu dem Hotel, das der Bahnhofsvorsteher empfohlen hatte, und nahm sich dort ein Zimmer. Nachdem sie sich eine Weile ausgeruht hatte, ging es ihr besser.

Sie würde eine Anzeige in der Lokalzeitung aufgeben, und vielleicht wusste ja schon der Gesellschaftsreporter der Zeitung, wo sie Blake finden konnte. Ein Mann seines Aussehens und seiner Fähigkeiten musste doch in einer Stadt voller Minenarbeiter und Raufbolde auffallen.

Als Felicity zwei Tage später die Lobby des Hotels betrat, sah sie Blake an der Rezeption stehen. »Blake!«

Er drehte sich um, lächelte und war mit zwei Schritten bei ihr. »Meine Schöne! Du stehst hier vor mir wie eine Vision!«

Sie schmiegte sich an ihn. »Oh Blake, ich bin so froh, dass ich dich gefunden habe. Du hättest mir schreiben sollen, wo du wohnst.«

»Das wusste ich doch selbst noch nicht.«

Zärtlich küsste er sie auf die Wange, und sie fiel beinahe in Ohnmacht, so sehr freute sie sich, ihn zu sehen. »Aber was ist das? Deine Augen sind ja blutunterlaufen. Bist du krank?«

Er wischte sich über die Stirn. »Nein, nur müde. Ich arbeite nachts.« Er blickte sich verstohlen um.

»Papa hat schreckliche Dinge über dich gesagt, als du weg warst, Blake. Wir müssen zu Hause alles klarstellen.«

»Ja, natürlich, aber jetzt möchte ich erst einmal mit dir allein sein. Wir sind seit Wochen getrennt, und ich brauche dich.«

Sein Geständnis erregte sie, und Röte stieg ihr in die Wangen. Sie gab ihm ihre Zimmernummer, und sie trennten sich in der Lobby. Blake verließ das Hotel, während Felicity zum Aufzug eilte.

In weniger als einer Stunde war Blake bei ihr. Sie legte den Finger auf die Lippen, als er das Zimmer betrat. »Die Wände sind dünn«, sagte sie.

»Dann komm mit mir ins Dumas. Die Wände dort geben nichts preis.« Seine Hände glitten bereits in ihre Bluse und streichelten ihre Brüste.

Ihr lief das Wasser im Mund zusammen, als sie daran dachte, wie sie sich gleich küssen würden. Und was spielte es dann für eine Rolle, wie er aussah! Sie hatte ihn gefunden, das allein zählte.

Sein Liebesspiel war rauer und intensiver, als sie es in Erinnerung hatte. Aber als sie kam, sah sie Sterne, und es war ihr egal, dass die Wände Ohren hatten. Auch Blake kümmerte sich nicht darum. Er schrie seinen Orgasmus heraus und stieß so fest in sie hinein, dass das Kopfende des Bettes gegen die Wand schlug.

Kurz darauf weckte sie ein diskretes Klopfen an der Tür.

»Zum Teufel, wer ist das denn?« Blake schlüpfte in seine Unterhose und öffnete die Tür nur einen Spalt breit. Felicity konnte nichts sehen, sie hörte nur zwei Männerstimmen.

Sie wurden des Hotels verwiesen!

Jemand hatte sich über den Lärm beschwert, den sie machten!

Sie errötete vor Verlegenheit, aber ihr Stolz kam ihr zu Hilfe. Sie liebte Blake, und es war ihr egal, was diese Leute dachten.

Blake wandte sich zu ihr, als er die Tür wieder geschlossen hatte. »Sobald es dunkel ist, ziehen wir ins Dumas, Felicity.«

»Aber ich habe gehört, dass das Dumas ein Bordell ist. Nicht geeignet für Damen.«

Grinsend zwinkerte er ihr zu. »Aber für unsere Bedürfnisse hervorragend geeignet.« Er umfasste ihr Gesicht und küsste sie auf die Nasenspitze. »Mein schönes Mädchen, würde ich dich jemals in Gefahr bringen?«

»Nein, natürlich nicht.« Aber der Bahnhofsvorsteher hatte sie doch gewarnt!

Sie packte ihre Sachen, und sie machten sich zu Fuß auf den Weg. Der Weg dorthin war verschlungen, und sie war sich nicht sicher, ob sie jemals wieder alleine dort herausfinden würde. Aber sie sah denselben Kolonialwarenladen zweimal auf ihrem Weg und merkte ihn sich. »Wir laufen im Kreis, Blake. Ich bin ganz durcheinander.«

»Ich hatte gehofft, jemandem zu begegnen, der uns etwas Besseres anbieten kann, Felicity, aber es ist wahrscheinlich noch zu früh.«

Es war bereits nach sechs Uhr. Um diese Uhrzeit waren doch die meisten Leute unterwegs, sofern sie nicht krank waren. Blake und seine Kollegen hatten wirklich seltsame Arbeitszeiten.

Das Dumas überraschte sie. Es war kleiner, als sie erwartet hatte, ein zweistöckiger Ziegelbau mit zwei Fenstern zur Straße unten und zwei Fenstern oben. Das Hotel hatte nur eine einfache Eingangstür. Irgendwie hatte sie etwas Prächtigeres erwartet.

»Hier arbeitest du?«

»Ich arbeite und wohne hier. Ich kümmere mich um die Mädchen hier.«

»Mädchen? Meinst du das Personal?«

Er legte den Arm um sie und führte sie zur Eingangstür. Zum ersten Mal verspürte Felicity so etwas wie Alarm und blieb stehen. Blake warf ihr einen finsteren Blick. »Komm weiter, Felicity«, fuhr er sie an.

»Nein. Ich will erst wissen, was das heißt, dass du dich um die Mädchen kümmerst. Sind das Prostituierte?«

»Ja.« Er nahm sie in die Arme und tätschelte ihr den Rücken. »Ich werde nicht zulassen, dass dir etwas passiert, Felicity, mein schönes Mädchen.«

Natürlich würde Blake sich um sie kümmern. Er liebte sie. Sie blickte sich um und betrachtete die Frauen, die sich in den Fenstern offenherzig präsentierten. »Die Kleider sind so dünn, dass ich hindurchsehen kann«, flüsterte sie. Eigentlich fand sie das ein wenig erregend. Die Frauen kamen ihr so kühn vor und so frei. »Warum klopfen sie an die Fensterscheibe, wenn Passanten vorbeikommen?«

»Um Besucher zu ermutigen. Sie verdienen ihren Lebensunterhalt auf die einzige Art, die sie beherrschen, Felicity. Und was ist falsch daran, Lust zu schenken?«

Sie dachte an ihre geheime Affäre. Blake ließ ihr Herz höher schlagen, und sie brannte vor Verlangen. Rasch gab sie ihm einen Kuss. Sie würde ihm überallhin folgen. Niemand schenkte ihr so viel Lust wie er.

»Du kennst alle Frauen auf der Straße. Sag mir, bereiten sie dir so viel Lust wie ich?« Ihre Frage erschreckte sie, aber sie war jetzt so lange von ihm getrennt gewesen, dass sie es wissen musste.

Lächelnd erwiderte er: »Nicht eine von ihnen kann dir das Wasser reichen, mein schönes Mädchen.«

»Daran solltest du besser immer denken.«

Er zog sie mit sich. »Komm jetzt, lass uns hineingehen.«

Felicity ließ sich in das berüchtigte Hotel ziehen. Wenn sie ehrlich war, erregte es sie insgeheim auch. Endlich hatte ihr Wildwest-Abenteuer begonnen.

10

Drinnen herrschte eine verblasste Pracht. Die Samtvorhänge hätten dringend mal gelüftet werden müssen, und die schweren Teppiche hatten lange keinen Teppichklopfer mehr gesehen. Aber Blakes Zimmer im ersten Stock war sauber und hell. Felicity beruhigte sich, weil sie wusste, dass er von nun an immer bei ihr sein würde. Sie würde schon dafür sorgen, dass er nicht zu den Frauen in den Fenstern gehen musste.

Blake stellte ihre Koffer ab und entschuldigte sich, damit sie Zeit hatte, auszupacken und sich ein wenig zu erfrischen. »Ich komme so schnell wie möglich wieder zurück. Fühl dich wie zu Hause, Felicity.«

»Das werde ich«, entgegnete sie eifrig und blickte sich im Zimmer um. Das würde also ihr Zuhause sein, bis Blake ein Vermögen gemacht hatte und sie weiterziehen konnten. Endlich war sie dort, wo sie sein wollte, mit Blake Hawthorn in der Wildnis von Montana.

Sie schlüpfte aus ihrer Jacke und trat an den hohen Spiegel am Fußende des Bettes.

Sie steckte ein paar Haarsträhnen fest, die sich gelöst hatten, und kniff sich in die Wangen, damit sie rot wurden. So einen großen Spiegel im vergoldeten Rahmen hatte sie noch nie gesehen. Er war genauso breit wie die Matratze des Bettes.

Sie legte sich auf das Bett und betrachtete sich erneut im Spiegel. Sie konnte ihren ganzen Körper sehen. Und wenn Blake hier wäre, könnten sie alles sehen, was sie taten. Die Vorstellung erregte sie. Sie konnten sich im Spiegel sehen, wenn sie Liebe machten!

Dieses Hotel war ein kleines Juwel. Es zeigte ihr, dass sie noch viel lernen musste.

Die Frauen hier im Hotel wussten bestimmt Geheimnisse, die sie in Bezug auf Männer noch nicht kannte. Sie würde sich mit ihnen anfreunden, und Blake würde sich sicherlich über ihre neuen Erfahrungen freuen.

Sie zog ihre Bluse aus und wusch sich an der Waschschüssel. Das allgemeine Badezimmer war hinten am Gang. Sie beschloss, dorthin zu gehen und nach einer Frau Ausschau zu halten, die sie ansprechen konnte. Die Vorstellung, mit einer anderen Frau zu sprechen, die alles über Sex wusste, reizte sie sehr.

Sie wusste, was ihr und Blake gefiel, aber sie wollte gerne erfahren, ob alle Männer und Frauen die gleichen Dinge mochten. Sie konnte sich zwar nicht vorstellen, was es sonst noch geben könnte außer dem, was sie machten, aber sie besaß ja auch noch nicht allzu viel Erfahrung.

Der Flur vor ihrem Zimmer war offen, so dass sie alle anderen Türen sehen konnte. Sie beugte sich über das Geländer und sah, wie Männer den Saloon unten betraten. Der Mann am Empfang hatte alles im Blick.

Frauenlachen drang nach oben, laut und ordinär. Dazwischen hörte man die blechernen Töne eines Pianos. Es war aufregend, hier zu sein, in dieser exotischen Atmosphäre.

Ein gut gekleideter Mann trat aus dem Zimmer neben Blakes. Sie hatte nicht gewusst, dass sich dort jemand aufhielt. Sie nickte ihm höflich zu, und er tippte an seine Hutkrempe. Dabei musterte er sie von Kopf bis Fuß.

Auf einmal wurde ihr klar, dass sie in diesem Hotel wohl oder übel am Leben teilhaben musste. Aber sobald Blake genug Geld beisammen hatte, würden sie weggehen, und dieser Ort würde nur noch eine Erinnerung sein.

Schüchtern lächelte sie den Mann an, ging aber weiter den Flur entlang, um ihn nicht zu ermutigen.

»Sie sind neu hier«, sagte er.

»Ich bin nicht so hier, wie Sie es glauben.« Züchtig faltete sie die Hände.

Er blickte sie aus seinen schokoladenbraunen Augen amüsiert an. »Ach nein? Und wie sind Sie hier?«

»Nur zu Besuch.« Um die Sache klarzustellen, fügte sie hinzu: »Bei Blake Hawthorn.«

Der Mann mit den warmen braunen Augen beugte sich so weit vor, dass er sie hätte küssen können. Er hatte strahlend weiße Zähne. In seinem Kinn war ein Grübchen, was ihr gut gefiel. »Sagen Sie Blake, er ist ein glücklicher Mann.«

Sie errötete, und Feuchtigkeit sammelte sich zwischen ihren Beinen. Himmel! Er war aber auch attraktiv! Und dem kühnen Blick nach zu urteilen, mit dem er sie bedachte, fand er sie genauso anziehend.

Lächelnd öffnete Felicity die Badezimmertür und trat ein, wobei sie ihn unverwandt ansah. Sie brach den Blickkontakt erst ab, als sie die Tür schließen musste. Grinsend zwinkerte er ihr zu und eilte die Treppe hinunter.

Felicity wurde es ganz warm. Noch nicht einmal bei Blake stieg so schnell das Verlangen in ihr auf.

Sie hatte nicht erwartet, Aufmerksamkeit zu erregen, aber jetzt wurden ihre Fantasien geweckt. Sie war, wie Blake immer sagte, ein schönes Mädchen, und die Vorstellung, dass auch andere Männer sie anziehend fanden, schmeichelte ihr.

Das war natürlich mädchenhafter Unsinn, und sie wusste ja, dass ihr Herz Blake gehörte, aber es schürte ihre Erregung.

Blake kam eine ganze Weile nicht zurück, und als Felicity ihres Groschenromans überdrüssig geworden war, schob sie sich einen Stuhl ans Fenster und blickte auf die Straße. Es wurde bereits dunkel, die Schatten wurden länger. Der Ruß von den Minen störte sie nicht mehr so wie am Anfang, aber sie vermisste die feuchte Luft und den salzigen Duft des Ozeans zu Hause. Vielleicht konnten sie ja an die Küste ziehen. Nach New Orleans vielleicht. Dort war es auch schön.

Sie dämpfte das Licht der Lampe, damit niemand von der Straße aus sie irrtümlich für eine der Frauen hielt, die ihre Reize so freizügig am Fenster darboten.

Sie begann zu überlegen, was in den Zimmern vor sich gehen mochte. Ihre Suche nach einer Frau, mit der sie sprechen konnte, hatte sie abrupt beendet, als unten an der Treppe ein Streit ausgebrochen war. Rasch hatte sie sich wieder in die Sicherheit ihres Zimmers geflüchtet, als die Frauen, die daraufhin im Flur aufgetaucht waren, die Streithähne mit lauten Rufen anfeuerten. Mit ihr hatte jedoch niemand gesprochen.

Sie hatte noch nie so viel Unterwäsche in der Öffentlichkeit gesehen! Aber das schien niemanden zu stören, und auch die Männer, die die Treppe heraufkamen, wirkten völlig normal.

Die Minenarbeiter konnte man sofort erkennen. Sie trugen grobe Kleidung und hatten rußgeschwärzte Haut. Viele Kunden jedoch waren elegant gekleidet und konnten durchaus Bankiers oder Anwälte sein. Männer, mit denen sie sich in jedem Salon unterhalten hätte.

Und es waren Männer, die ihr interessierte Blicke zuwarfen. Kühne Blicke, die ihr schmeichelten.

Ob die Frauen auf der Straße auch so intensive körperliche Lust empfanden wie sie mit Blake? Ihre Gedanken gingen zu dem Mann, dem sie im Flur begegnet war. Er hatte sie unverhohlen anerkennend gemustert.

Sie wurde feucht zwischen den Beinen, als sie daran dachte, mit dem Fremden ins Bett zu gehen. Es war ein verlockender Gedanke, einen Mann in ihr Zimmer zu locken, ohne dass sie mehr tun musste, als ihm einen Blick zuzuwerfen.

Die Nacht brach herein, und es wurde lauter, als sie es sich je vorgestellt hätte. Zu Hause bei ihr auf dem Land und auch im Stadthaus der Familie war es still, wenn es draußen dunkel war. Passanten strömten über die Bürgersteige und riefen den Frauen in den Fenstern Anzüglichkeiten zu.

Vor ein paar Monaten noch wäre Felicity errötet bei den Dingen, die sie sagten. Aber mittlerweile wusste sie, wie lustvoll Worte sein konnten, und sie kannte die tiefen Küsse zwischen Mann und Frau. Es war doch nichts Falsches daran, wenn diese Männer in den Armen der bereitwilligen Frauen Erleichterung suchten.

Sie konnte niemanden verurteilen. Sie hatte mit Blake die Lust kennen gelernt, und wenn er ihr plötzlich genommen würde, würde sie bald wieder einen anderen Mann im Bett brauchen.

Der körperliche Liebesakt bedeutete ihr mehr, als sie für möglich gehalten hätte. Die Mädchen in der Schule hatten getuschelt und geflüstert, aber sie hatten immer so getan, als ob eheliche Pflichten nur mit viel Mut ertragen werden könnten. Und deshalb hätte sie auch nie gedacht, wie lustvoll es sein konnte, miteinander zu schlafen.

Sie zog sich aus, um ins Bett zu gehen, und wartete noch eine Stunde darauf, dass Blake endlich zurückkam. Schließlich schlüpfte sie unter die Decke, um zu schlafen.

Er hatte aber auch einen langen Arbeitstag! Andererseits verstand sie jetzt auch besser, was er gemeint hatte, als er sagte, er müsse sich um die Mädchen kümmern. Im Laufe der Nacht wurden die Männer auf der Straße unten immer lauter und betrunkener, und einige der Frauen brauchten bestimmt Schutz vor den Trunkenbolden.

Sie versuchte zu schlafen, aber es war einfach zu laut. Männer lachten, Mädchen kicherten. Ab und zu hörte sie streitende Stimmen.

Schließlich ging die Tür auf, und Blake trat mit einem Tablett ins Zimmer. Er setzte sich auf die Bettkante.

»Blake! Bleibst du jetzt hier?«

»Nein, ich muss wieder zur Arbeit, aber ich dachte, es fällt dir vielleicht schwer, hier alleine einzuschlafen. Deshalb habe ich dir etwas zu trinken gebracht.«

»Das ist lieb von dir. Danke.« Sie hatte gehofft, er könnte das Feuer ihrer wilden Fantasien löschen.

»An den Lärm gewöhnst du dich schon noch.« Er reichte ihr ein Glas mit einer dunkelroten Flüssigkeit.

Das Getränk schmeckte süß und brannte in der Kehle.

»Es ist Sherry, mit einem Schlafmittel. Du kannst jetzt sicher schlafen.« Seine Hand glitt unter ihr Nachthemd zwischen ihre Beine. Felicity sank zurück auf das Bett.

»Mein schönes Mädchen, du reizt mich.«

Lachend beobachtete er, wie sie ihr Nachthemd hochzog und ihm ihre Geheimnisse enthüllte. Er neigte den Kopf über sie.

Dunkelheit umhüllte ihn, und beinahe konnte sie sich vorstellen, er wäre der Mann, dem sie im Flur begegnet war. Das verstärkte ihre Erregung noch.

»Mach deine Beine breit«, sagte er zu ihr. »Nimm deine Finger, um deine Schamlippen auseinanderzuziehen.«

Sie gehorchte, und während sie mit den Fingern an sich herumspielte, glitt seine Zunge über ihre Klitoris. Sie bäumte sich auf.

»Was willst du, meine Schöne? Willst du mehr von meiner Zunge? Oder soll ich dich ficken?«

Sie bog sich ihm entgegen. Er wusste doch, was sie wollte.

»Sag es mir, Felicity, sonst bekommst du nicht, was du willst.«

Stöhnend wand sie sich.

»Sag es mir«, beharrte er.

»Fick mich«, sagte sie. »Jetzt.«

Rasch drang er in sie ein, und sie schlang ihm die Beine um die Taille. Mit wenigen Stößen brachte er sie zum Höhepunkt.

Als er anschließend aus ihr herausglitt, griff sie nach seinem Schwanz. Sie wollte mehr.

»Später. Später bekommst du mehr«, versprach er ihr und küsste sie auf die Stirn. »Schlaf jetzt, Felicity. Bald bin ich zurück und ficke dich wieder.«

Vertrauensvoll kuschelte sie sich in die Kissen und war bald eingeschlafen.

Als ein warmer Männerkörper sich neben sie legte, erwachte Felicity. Sie schlang die Arme um ihn und erwiderte die Küsse. Eine starke Hand glitt zwischen ihre Beine und rieb ihre feuchte Möse. Stöhnend reagierte sie so leidenschaftlich, wie ihre Schlaftrunkenheit es erlaubte.

Eine Zunge leckte über ihren Nabel, und ein Finger glitt in ihre nasse Muschi. Lippen saugten an ihren Nippeln, und ein weiterer Finger drang in sie ein.

»Fick mich noch einmal, Blake«, flüsterte sie.

Sie hörte leises Lachen.

»Leck mich auch. Ich liebe das«, sagte sie.

»Was liebst du sonst noch?«, kam eine Stimme aus der Dunkelheit.

»Deinen Schwanz in meinem Mund. Gib ihn mir.«

Die Bettfedern quietschten, als Blake sich auf sie setzte. Sein Schwanz kitzelte ihre Lippen, und sie öffnete den Mund, um ihn aufzunehmen. Sie merkte sofort, dass er anders schmeckte als sonst, aber es erregte sie.

Wieder dachte sie an den Mann im Flur. In ihrer Fantasie gehörte der Schwanz, den sie leckte, ihrem Bewunderer, und sie ließ ihn tief in ihre Kehle gleiten.

Zugleich glitten seine Finger in sie hinein, während er mit dem Daumen über ihre Klitoris rieb, und sie kam mit einem Schrei der Befriedigung.

Und dann kam sie noch einmal, als der Mann aus dem Flur seinen riesigen Schwanz in sie hineinsteckte und pumpte, bis auch er abspritzte. Erst da wurde ihr klar, dass der Mann in ihrem Bett nicht Blake war.

11

Der Mann, der sie gerade so wundervoll zum Orgasmus gebracht hatte, war nicht Blake. Er roch anders, schmeckte anders, und auch sein Rhythmus war anders.

Sie hatte es eigentlich die ganze Zeit schon gewusst. Erregt verdrängte sie ihre Angst.

Der Fremde legte sich schwer auf sie. Sie schlang die Arme um ihn und knabberte an seinem Ohrläppchen.

»Wer bist du?«, flüsterte sie. Halb hoffte sie, er würde zugeben, der Mann aus dem Flur zu sein.

Aber statt ihr zu antworten, stand der Mann auf und begann sich anzuziehen.

Felicity verstand instinktiv, dass dies der Beginn eines neuen Lebens war, das Blake für sie eingeleitet hatte. Und er hatte ja keine Ahnung, wie sehr sie es genoss.

»Wie viel hast du bezahlt?«, fragte sie.

Als sie die Summe hörte, schwirrte ihr der Kopf. »Bist du zufrieden?«, fragte sie.

Der Mann beugte sich über sie und streichelte ihr

über die Wange. »Du bist die schönste Frau, mit der ich jemals geschlafen habe. Und du hast so intensiv reagiert. Einen Augenblick lang habe ich geglaubt, du liebst mich tatsächlich.«

»Einen Moment war es auch so.« Das war die Wahrheit, stellte sie fest. Sie liebte den Akt, sie liebte die Lust und die Fantasien, die sie in ihr entzündete. Als der Fremde schließlich den Raum verließ, ging ihr durch den Kopf, dass sie selbst viel Geld verdienen konnte. Sie brauchte dazu Blake eigentlich nicht.

Drei Wochen später war die Tugendkämpferin Carry Nation im Viertel unterwegs und stritt sich mit einer Madam. Die beiden Frauen kämpften miteinander, und obwohl Carry Nation unterlag, fand Felicity, dass sie das Dumas verlassen wollte.

Sie hatte gehört, dass Belle Grantham einige der besseren Mädchen diskret befragte, und Felicity hatte sich mit ihr zum Mittagessen verabredet.

Als Blake ins Zimmer kam, probierte sie gerade einen neuen Hut, den sie sich von ihrem eigenen Geld gekauft hatte. »Ich habe dir einen Vorschlag zu machen, Blake.«

Er zog sein Jackett aus und löste die Hosenträger. Er brauchte dringend ein wenig Entspannung und wollte ein Mittagsschläfchen halten.

»Die lange Arbeitszeit hier erschöpft dich zu sehr. Ich finde, wir sollten Butte verlassen und mit Belle Grantham nach Seattle gehen. Sie hat dort ein brandneues Haus eröffnet. Erstklassig, sagen alle.«

Er setzte sich auf die Bettkante, rollte mit den Schultern und sagte: »Nein.«

»Butte steht unter Beschuss, Blake. Hier wird sich alles ändern, jetzt, wo Carry Nation hier war. Immer mehr Häuser werden geschlossen werden. Ich finde, wir sollten jetzt gehen.«

»Ich gehe nirgendwohin.« Er legte sich ins Bett und zog sich die Decke bis zum Kinn. »Und du auch nicht.«

Bei seinem Tonfall stieg Wut in ihr auf. »Du klingst wie Papa«, erklärte sie. »Glaubst du etwa, ich habe mir das nicht gründlich überlegt? Wir können bei Belle viel mehr Geld verdienen und mit diesem Leben viel früher aufhören. Du musst nicht die ganze Nacht hindurch schuften.«

Blake stützte sich auf den Ellbogen. »Es gefällt mir aber. Ich kann jederzeit jede Frau haben, die ich will. Und wenn mir danach ist, auch zwei oder drei gleichzeitig. Warum sollte ich das deinetwegen aufgeben?«

»Wie meinst du das?«

»Du hast gehört, was ich gesagt habe. Und jetzt lass mich schlafen.« Er schob sich das Kissen unter den Kopf. »Weck mich in einer Stunde.«

»Nein, das werde ich nicht. Zuerst sagst du mir, was du gemeint hast. Du warst doch nicht mit anderen Frauen zusammen!« Sie zog ihm die Bettdecke weg.

»Deine Mutter hätte nicht so ein Theater gemacht, Felicity«, knurrte er. »Und jetzt lass mich in Ruhe.«

»Meine Mutter? Du? Und meine *Mutter*?« Ihr drehte sich der Magen um, und sie schlug sich die Hände vors Gesicht, aus Angst, sie müsste sich übergeben. »Deshalb hat sie uns in der Fabrik entdeckt! Sie ist mir gar nicht dorthin gefolgt, dazu waren wir viel zu lange alleine.« Sie umklammerte einen Bettpfosten, weil ihr schwindlig wurde. »Sie ist zu dir gekommen!«

»Kluges Mädchen«, murmelte er. Die Augen fielen ihm zu.

Felicity überlegte nicht lange und machte sich sofort auf den Weg zu Belle.

»Und das war es!«, sagte Belle mit Nachdruck.

»Felicity, du hattest bestimmt schrecklichen Liebeskummer«, sagte Faye mitleidig.

Die schöne Brünette seufzte. »Ja, aber es wurde wieder gut.«

Belle schnaubte.

»Wir wurden Partner«, sagte sie. »Wir waren zwei Frauen, die ihr Leben in die eigene Hand nahmen, um Erfolg zu haben.«

»Erzähl ihr von Papa«, warf Felicity ein.

Belle lachte. »Felicitys Vater hatte sich geirrt, als er meinte, Buchhaltung sei nichts für sie. Sie hatte viel Sinn für Zahlen und kümmerte sich um die Bücher. Sie war brillant, was Finanzen anging.«

Faye spürte den Stolz ihrer Urgroßtante Belle und schlief erneut ein.

Belle erhob sich vom Bett ihrer Urgroßnichte und

lächelte Felicity an. »Ich habe dir doch gesagt, dass sie genau die Richtige ist.«

»Ja. Soll ich ihr morgen den Rest meiner Geschichte erzählen?«

»Nein, morgen ist Lizzie an der Reihe.«

»Aber ich werde ihr doch bestimmt von Jackson erzählen, oder? Sie sollte darüber Bescheid wissen, wie ich letztendlich hier in Perdition House die Liebe fand.«

»Ja, aber zuerst stellen wir ihr die anderen Mädchen vor, damit sie alle kennt. Dann fühlt sie sich wohler.«

»Du konntest schon immer gut mit Menschen umgehen, Belle, du wusstest immer schon, was sie hören wollten.«

»Deshalb haben wir uns ja auch so gut verstanden. Du hast die Bücher geführt, und ich habe mich um die Mädchen gekümmert.« Belle lächelte, und Arm in Arm verließ sie mit Felicity das Zimmer. Ihre Nichte brauchte ihren Schlaf. Morgen würde ein interessanter Tag für sie werden.

Faye wachte früh auf. Sie war noch müde und hatte das vage Gefühl, etwas Erregendes geträumt zu haben. Sie räkelte sich und fuhr mit der Hand über die seidigen Löckchen auf ihrem Venushügel. Verlangen stieg in ihr auf, als sie sich berührte, und ihre Gedanken glitten zurück in eine sinnliche Fantasie aus ihren Träumen.

Ein geheimnisvoller Fremder schlüpfte in ihr Bett und streichelte ihre Klitoris. Die federleichten Bewegungen ließen sie schneller atmen. Sie schob einen Finger in ihre Spalte und rieb fester. Und als sie kam, keuchte sie Marks Namen.

Marks – nicht Colins Namen.

Verträumt blieb sie anschließend im Bett liegen und blickte sich im Schlafzimmer um. Die Balkontüren standen offen, und eine leichte Brise vom Ozean her bauschte die dünnen weißen Vorhänge.

Alles war so hübsch.

In der Ferne schrien die Möwen, und die Wellen schlugen an die Klippen. Noch nie hatte sie sich sexuell so lebendig gefühlt. Noch nicht einmal vorgestern Abend, als sie in die Hotelbar gegangen war.

Ihr fiel ein, dass Mark ihr ja seine Visitenkarte gegeben hatte. Rasch sprang sie aus dem Bett, um sie in ihrer Tasche zu suchen. Als sie sie gefunden hatte, ging sie nackt ins Badezimmer und steckte die Karte an den Spiegel. Dann begann sie mit ihrer Morgentoilette. Sie war sich ihrer eigenen Sexualität bewusst wie noch nie zuvor.

Das hatte Mark mit seiner Zunge bewirkt, mit seinen Küssen, seinen Berührungen und jedem Wort, das er zu ihr gesagt hatte.

Sie blickte wieder auf seine Karte. Vielleicht wollte er ja wissen, was sie bei ihm gelernt hatte. Das wollte doch jeder gute Lehrer. Er war bestimmt noch im

Hotel, schließlich musste er ja mindestens einen Monat lang in Seattle bleiben.

Sie beschloss, ihn erst am Ende des Tages anzurufen. Wenn sie ihn dann immer noch wollte, würde sie ihn anrufen.

Er wäre zwar sicherlich überrascht, würde sich aber bestimmt freuen, sie wiederzusehen. Vor allem, wenn sie ihm sagte, was sie mit ihm anstellen wollte.

Lachend blickte sie in den Spiegel. Ihre neu gefundene Freude am Sex überwältigte sie. Plötzlich schwebte das lächelnde Gesicht einer Frau über ihre linke Schulter. Erschreckt drehte sie sich um, aber es war niemand da.

Natürlich nicht, dachte sie. Sei nicht so albern! Die Vorhänge, die sich im Wind bauschten, warfen Schatten.

Sie spülte ihre Zahnbürste aus und marschierte dann zurück ins Schlafzimmer, um die Balkontüren zu schließen. Sie verriegelte sie sogar, damit sie sich auf keinen Fall mehr öffneten.

Den Rest des Morgens verbrachte Faye damit, die Außenmauern des Hauses und das Grundstück auf Zeichen von Vandalismus hin zu untersuchen. Aber sie fand nichts von dem, was Watson senior erwähnt hatte. Alles war makellos sauber und ordentlich.

Das Grundstück war so bezaubernd, dass sie leise Gewissensbisse verspürte, weil sie Colin angelogen hatte. Wenn er unerwartet auftauchen würde, würde er sie bei dieser Lüge ertappen. Es war ganz offensichtlich, dass dieses Haus absolut gepflegt war.

Sie sollte Colin besser anrufen, damit er nicht auf die Idee kam, sie zu überraschen. Als sie an der vorderen Veranda um die Ecke bog, sah sie den Pavillon, an den sie sich von ihrem früheren Besuch her noch gut erinnerte.

Von hier bot sich ein perfektes Bild. Der sechseckige Bau wurde von einem waldgrünen Dach gekrönt, und durch die Flechtzäune sah sie die niedrigen Bänke im Inneren. Dort hatte sie immer gesessen und den Tanzenden zugeschaut.

Sie hörte die Musik im Kopf, als sie daran dachte, wie die gut gekleideten Gentlemen die schönen Damen herumgewirbelt hatten. Es war ihr vorgekommen wie ein Märchen.

Allerdings hatte niemand je mit ihr gesprochen; sie sah sie nur tanzen. Wenn die Musik vorbei war, schlenderten die Paare Arm in Arm zu den Bäumen am Rand der Rasenfläche. Faye folgte ihnen nie, weil sie instinktiv wusste, dass sie dort allein sein wollten.

Der Pavillon zog sie unwiderstehlich an, und sie schob den Anruf bei Colin erst einmal auf. Sein Terminkalender war immer so voll, und es war unwahrscheinlich, dass er sie ohne Ankündigung besuchte. Spontan war er eigentlich nie.

Als sie näher kam, fiel ihr ein, dass der Pavillon damals von Rosenbüschen umgeben gewesen war. Sie hatten so stark geduftet, dass sie davon müde geworden war. Aber jetzt gab es keine Rosen mehr, und nichts behinderte die freie Sicht.

Faye überquerte den Rasen, wobei sie versuchte, sich an die Melodien zu erinnern, die sie vor all den Jahren in ihrer Fantasie gehört hatte, aber sie fielen ihr nicht ein.

Eine leichte Brise fuhr durch ihre Haare, spielte mit den Falten ihres Rockes. Leicht, aus hellgrauer Wolle, mit Plisseefalten über den Knien, war er ein Lieblingskleidungsstück von Joan Crawford gewesen.

Dazu hatte sie eine Jane-Russell-Bluse gewählt. Faye hatte eine volle Brust, und es fiel ihr oft schwer, passende Oberteile zu finden. Aber Jane Russell war ein ähnlicher Typ gewesen wie sie, und deshalb war deren Bluse perfekt für sie.

Die feminine Bluse erinnerte sie an die vergangenen Zeiten, als Frauen noch mit Zartgefühl und Respekt behandelt wurden, so wie die Frauen, denen sie beim Tanzen zugeschaut hatte. Sie meinte, helles Frauenlachen zwischen den Bäumen zu hören, aber als sie hinschaute, sah sie nichts.

Schon wieder.

Sie ging die zwei Stufen zum Pavillon hinauf und setzte sich auf die Bank. Es war wirklich alles in bemerkenswert gutem Zustand, alles wirkte solide und frisch gestrichen. Sie würde bequeme Kissen in Sommerfarben auf die Holzbank legen.

Sie schloss die Augen und sah erneut die Tanzenden herumwirbeln. Schwingende Röcke, glitzernder Schmuck.

Mark würde bestimmt auch so tanzen. Er wirkte äußerst selbstbewusst. Bei dem Gedanken an ihn wurde ihr ganz heiß, und sie spürte ihn tief in sich. Ja, Kissen würden ganz praktisch hier sein. Vor allem, wenn sie einen männlichen Gast hatte.

Sie streckte sich auf der Bank aus und ließ ihre Gedanken treiben. Sie zog die Knie an und spreizte die Beine. So konnte sie über einen Mann fantasieren, der an ihren Brüsten saugte und dabei ihre Klitoris mit den Fingern reizte. Sie spürte, wie nass sie war, als ihre Hand über ihr Höschen glitt.

Gerade wollte sie das störende Höschen ausziehen, als eine Stimme sie aufhielt.

»Hallo! Ms. Grantham?«

Sie drehte sich um, ließ jedoch ihre Finger, wo sie waren. Ihr wurde noch ein bisschen heißer. Liam! Wie wundervoll!

Er sah so gut aus! Er trug eine beigefarbene Hose und einen dunkelblauen Pullover. Lässig kam er über den Rasen auf sie zu geschlendert.

Faye setzte sich auf.

Als er näher kam, begannen ihre Finger zu prickeln, und sie wusste, dass sie ihn wollte. Hier, jetzt, auf der Stelle. Das Blut rauschte durch ihre Adern, und sie hatte auf einmal das Gefühl, keine Luft mehr zu bekommen.

O Gott, sie wurde noch wahnsinnig! Ihr Verlangen

explodierte förmlich aus ihr heraus, und ihr ganzer Körper pulsierte vor Erregung.

Sie leckte sich über die Lippen. Ihre Nippel richteten sich noch härter auf, und sie rutschte auf der Bank hin und her.

»Hi!«, sagte er und streckte die Hand aus, als er den Pavillon betrat. »Ich ... äh ...« Er stockte, als er ihre harten Nippel und ihr schweres Atmen bemerkte. »Ich wollte mir Haus und Grundstück einmal ansehen.«

Am liebsten hätte sie den Rock gehoben, aber sie reichte ihm nur die Hand. Er hielt sie ein wenig länger fest als nötig. »Ja, natürlich. Es ist wunderschön, nicht wahr?«

Er blickte sich um. Hübscher Hintern. Er trug eine Cordhose, der Pullover war teuer, und sie vergewisserte sich, dass er tatsächlich keinen Ehering trug. Nein. Allerdings begehrte sie ihn so sehr, dass ihr das auch egal gewesen wäre. Sie würden einfach hervorragend zusammenpassen.

Er hatte prachtvolle Zähne, schöne Augen, gute Manieren. Ja, sie würden großartig zusammenpassen.

Am liebsten hätte sie ihn auf der Stelle gefickt.

Was waren das nur für beunruhigende Gedanken? Sie sollte wirklich zu einem Therapeuten gehen. Anscheinend erlitt sie gerade eine Sexualpsychose.

Colin würde es nie verstehen, wenn sie so sexbesessen war. Und befriedigen konnte er ein so starkes Verlangen auch nicht. Das konnte kein Mann.

»Unglaublich!«, sagte Liam, als er sich umgeschaut hatte. »Mein Vater hat mir erzählt, was Sie über den gepflegten Zustand gesagt haben, aber ich musste mich mit eigenen Augen überzeugen.«

Hitzeschauer liefen über ihren Rücken. Selbst ihr Kopf stand in Flammen, ihr ganzer Körper schrie nach Erlösung.

Mühsam riss sie sich zusammen und betrachtete ebenfalls das Haus. Es war wirklich makellos mit seinen Veranden und den Türmchen an jeder Ecke.

Liam warf ihr einen verstohlenen Blick zu und schaute dann wieder weg. Kurz darauf jedoch sah er sie erneut an.

Brennend vor sexuellem Verlangen erwiderte sie seinen Blick. Sie konnte an nichts anderes mehr denken, als ihn hier und jetzt sofort zu spüren.

Ihre Nippel waren steinhart, und er leckte sich unwillkürlich über die Oberlippe, als er das sah. Sie öffnete und schloss die Beine, ein leiser Hinweis darauf, dass ihre Möse in Flammen stand. Wusste er es? Merkte er es?

Er kniff die Augen zusammen. Mit seinem jungenhaften Tyrone-Power-Gesicht sah er ganz anders aus als Mark. Ganz anders.

Aber sie wollte ihn, und er wollte sie auch.

»Kommen Sie«, sagte sie und klopfte einladend auf die Bank neben sich. »Setzen Sie sich.« *Greif mir unter den Rock und zieh mir mein nasses Höschen aus. Berühr mich. Leck mich. Fick mich.*

12

»Möchten Sie mir das Grundstück zeigen? Das Haus?«, fragte Liam Watson und starrte dabei abwechselnd auf Fayes Knie und ihre Nippel, die durch den dünnen Stoff der Bluse hindurch stachen. Seine Hose wies eine beachtliche Ausbuchtung auf, und Faye hielt lächelnd ihr Gesicht in die Sonne.

»Nein! Noch nicht, Liam.« *Fick mich, fick mich, fick mich, fick mich!*, flehte eine Stimme in ihrem Kopf. »Später«, fügte sie mit erstickter Stimme hinzu. »Ich zeige Ihnen das Haus später.«

Er lächelte. »Ja, klar.«

Er setzte sich so neben sie, dass sein Oberschenkel ihren streifte. »Entschuldigung, habe ich Sie erschreckt?«

Sie schüttelte den Kopf. Ihre Hand glitt zu seinem Bein und streichelte über den Cordsamt.

»Du bist so hart.«

Seine Pupillen weiteten sich, als er sich zu ihr beugte. Sie erbebte vor Lust.

Ihr Atem ging rascher, und als sie den Kopf drehte, trafen sich ihre Lippen.

Sofort glitten seine Hände unter den Saum ihres Rockes. Ihre Schenkel brannten, und als seine Finger über das heiße Fleisch ihrer Möse glitten, schrie sie vor Verlangen auf.

»Du bist so weich, so heiß«, sagte er staunend. »Ich kann nicht aufhören.«

»Hör nicht auf! Fick mich!« Sie küsste ihn leidenschaftlich, und er erwiderte ihren Kuss. Die Stimme in ihrem Kopf klang jetzt zufrieden, wo das Feuer zwischen ihnen entzündet worden war.

Faye öffnete die Bluse und bot ihm ihre Brüste dar.

Liam nahm sie in beide Hände. Er zog ihre Nippel zwischen die Lippen und begann daran zu saugen.

Faye versuchte, sich auf der harten Bank auszustrecken, aber sie war zu schmal.

»Ich muss in dich hinein.« Er drückte sie auf den Boden, und sie tat, was er verlangte, glücklich darüber, dass er sie genauso begehrte wie sie ihn.

»Ja! Ja!« Sie schlüpfte aus Rock und Bluse, während er Pullover und Hose auszog. Mit den Kleidern bereiteten sie sich ein notdürftiges Lager auf dem Boden. Kissen, sie brauchte definitiv Kissen.

Sie legte sich auf den Rücken und hob die Hüften an, damit er ihr das Höschen herunterziehen konnte. Es blieb an ihren Knien hängen, und er lachte.

»Beeil dich!«, drängte sie. Sie brannte darauf, seinen steifen Schwanz zu spüren.

Er war groß und dick. Der größte Schwanz, den

sie jemals gesehen hatte. Mindestens fünfundzwanzig Zentimeter lang. An der Spitze glitzerte ein Lusttropfen. Sie schmolz dahin.

»Ich möchte dich lecken«, sagte sie.

Er setzte sich auf ihre Brust, und sie konnte den Duft seiner Lust riechen. Als ihre Zunge seitlich über seine Kniescheibe glitt, schloss er die Augen.

Er stupste mit seiner Eichel an ihre Lippen, und Faye ließ den Schaft tief in ihren Mund gleiten. Er war so groß und dick. Liam stöhnte, als er beobachtete, wie sein Schwanz in ihren Mund stieß.

Faye griff nach seiner Hand und führte sie an ihre Muschi.

Sie zog die Knie an und machte die Beine breit, damit er wusste, wie sehr sie ihn brauchte. Mit der Handfläche strich er über ihre Spalte, und sie stöhnte zustimmend.

»Deine Muschi ist ja klatschnass.« Er schob zwei Finger in sie hinein. »Ich muss in dich hinein! Ich muss einfach!«

Sie nickte und ließ seinen Schwanz los. Er suchte etwas unter ihrem Hintern und zog dann triumphierend eine Packung Kondome aus seiner Hosentasche. »Ich bin nicht unvorbereitet zu dir gekommen. Erst habe ich geglaubt, ich bin verrückt, aber jetzt bin ich froh, dass ich zugehört habe.«

Er riss das Päckchen auf.

»Zugehört?«, fragte sie.

»Es war so eine Art Bauchgefühl. Irgendetwas

sagte mir, ich solle Kondome einpacken. Ich habe mich gerade rasiert, und ich … ich wusste einfach, dass ich welche mitnehmen musste.«

Um sie herum wurde die Luft plötzlich kühl, und Liam blickte über die Schulter. »Hast du das gehört?«

»Lachen?«

»Nein, eher ein Streit. Streitende Frauen.«

»Seit ich hier bin, höre ich ständig so was.« Sie fuhr mit den Händen über seinen Schenkel und seinen Arsch, während er sich das Kondom überstreifte.

Mit einer Hand umfasste sie seinen erigierten Penis, und die andere legte sie unter seine Eier und drückte leicht. Er war hart und bereit. »Du bist ganz schön schwer. Zeit, dich ein wenig zu erleichtern.«

»Aber zuerst möchte ich dich schmecken. Dein Honig ist überall auf meiner Hose, und da möchte ich doch wenigstens einmal probieren.« Er beugte den Kopf über ihre Möse. Ein langer Zungenschlag von ihrer Poritze zu ihrer Klitoris, und beinahe wäre sie auf der Stelle gekommen.

Ihr Atem ging rascher, sie schloss die Augen und warf den Kopf zurück. »Komm, fick mich!« Er tat, was sie verlangte, und vergrub seinen Stab bis zum Anschlag in ihr. Ihre inneren Muskeln umschlossen ihn fest, und am liebsten hätte sie ihn für immer in sich behalten.

»Fick mich, Liam! Fick mich hart.« Er stieß tief in sie hinein, und sie bäumte sich auf, rieb sich an ihm.

Sie kam, und ein Kaleidoskop von Farben explodierte vor ihrem geistigen Auge. Das Herz schlug ihr bis zum Hals, und ihre Beine zitterten, so heftig war der Orgasmus.

Er stieß so tief in sie hinein, wie er konnte, und dann spürte sie, wie er in sie abspritzte.

Als die letzten Zuckungen verebbt waren, rollte Liam sich von ihr hinunter. Mit weit ausgebreiteten Armen lag er auf dem Rücken und blickte an die Decke des Pavillons. »Was zum Teufel war das denn?«

»Das war wundervoll. Schnell und gut und …« Sie setzte sich auf. »Hast du *das* gehört?«

»Ich schwöre bei Gott, wir hatten Publikum.« Er stützte sich auf einen Ellbogen und blickte sich um. »Aber ich hätte gar nicht aufhören können, selbst wenn ich gewollt hätte.«

Sie blickte ihn an. »Ich auch nicht.«

»So etwas ist mir noch nie passiert.« Er runzelte die Stirn. »Alles in Ordnung?«

»Ja, mir geht es gut. Besser als gut.« Ihre Beine waren schwach, und sie hatte das Gefühl, ihre Wirbelsäule würde aus Gelee bestehen.

»Oh, Mann, das ist vielleicht eine verflixte Sache. Ich darf meine Mandanten nicht ficken.«

»Theoretisch bin ich doch die Mandantin deines Vaters.«

»Netter Versuch.« Er lächelte schief. Liam Watson war nicht nur ein attraktiver, er war auch ein anständiger Mann. Und er versuchte erst gar nicht, ihr die Schuld zuzuschieben.

»Ich könnte schwören, dass ich die ganze Zeit über Stimmen gehört habe«, sagte er, »aber ich habe niemanden gesehen, und ich kann mir auch nicht vorstellen, wo sich hier jemand verstecken sollte.«

»Was haben die Stimmen gesagt?«

Nachdenklich rieb er sich das Kinn. »Du wirst mich für verrückt halten, aber ich meine, sie hätten die ganze Zeit über gesagt: ›Fick sie.‹ Immer und immer wieder. ›Fick sie hart und schnell.‹«

Bei den Worten wurde ihr erneut heiß. »Das ist seltsam. Nein, ich halte dich nicht für verrückt.«

»Die ganze Geschichte ist seltsam.« Er wurde rot. »Natürlich bist du echt heiß, und ich wollte ...«

Sie verstand seine Verlegenheit und winkte ab. Erleichtert verstummte er.

»Hattest du das Gefühl, die Dinge nicht unter Kontrolle zu haben?«, fragte sie.

Er nickte. »Und wie war es bei dir?«

»Ja, mir ging es genauso.« Sie hängte sich ihre Bluse um die Schultern. »Ich weiß jedenfalls nicht, was ich sagen oder denken soll. So etwas passiert mir eigentlich auch nie.« Zu Mark hatte sie dasselbe gesagt.

Lange Zeit blickten sie einander an. Schließlich schlüpfte Faye in ihre Bluse. »Ich nehme an, du möchtest gern das Haus sehen?«

»Ja. Ich weiß immer noch nicht, wieso es so sauber ist.«

»In mir steigt so langsam ein Verdacht auf.« Vielleicht war sie gar nicht sexbesessen. Vielleicht wurde sie nur von Geistern beherrscht. Die Sauberkeit, die frische Bettwäsche, die funktionierenden Armaturen, der tadellose Zustand eines Hauses, das fast hundert Jahre alt war. Gelächter in den Bäumen und ein Gesicht im Spiegel. Irgendwas war hier los.

Aber das konnte sie ihm nicht so einfach erzählen. Während sie sich anzogen, überlegte sie, was sie ihm am besten sagte.

Sie konnte behaupten, Colin hätte es veranlasst. Aber dann müsste sie ihm erzählen, dass sie verlobt war, und dann würde Liam sich wahrscheinlich Vorwürfe machen, weil er ihrem Verlobten Hörner aufgesetzt hatte.

Als sie zum Haus gingen, stieg schon wieder Verlangen in ihr auf. Mit jedem Schritt wurde ihre Erregung größer. Kurz blieb sie stehen und warf einen finsteren Blick in die Büsche.

Hört sofort damit auf!

Liam wandte sich zu ihr. »Spürst du das auch?« Unter seiner Kordhose zeichnete sich schon wieder eine beachtliche Erektion ab.

Bei dem Gedanken daran, vor ihm auf die Knie zu sinken und ihn in den Mund zu nehmen, wurde sie feucht. Mit letzter Kraft kämpfte sie um Kontrolle.

»Erregt? Ja. Kämpfst du auch dagegen an?« Sie warf ihm einen Blick von der Seite zu.

Er blickte sie gierig an. »Ich fahre jetzt in die Kanzlei und rufe dich von dort aus an.« Er zupfte an seiner Hose. »Das ist sicherer.«

»Gute Idee.« Sie reichte ihm die Hand.

Er hob die Hände mit den Handflächen nach oben. »Tut mir leid, aber wir sollten uns besser nicht berühren.«

»Ja, du hast Recht. Ruf mich an.«

»Mit Sicherheit.« Er warf ihr noch einen lusterfüllten Blick zu und ging um das Haus herum zu seinem Wagen.

»Belle«, flüsterte sie.

Ein leises Kichern ertönte. Wer denn, wenn nicht sie? »Wer bist du?«

Sie hörte den Motor von Liams Auto, das sich durch das Tor entfernte. Als das Geräusch nicht mehr zu hören war, erstarb auch ihr Verlangen.

Sie konnte wieder klar denken.

Faye betrat das Haus durch die Küche, wobei sie feststellte, dass sie mindestens eine Stunde lang mit Liam im Pavillon gewesen war. Liam war schon ein toller Mann. Er hatte den größten Schwanz, den sie je gesehen hatte, und sie war erstaunt, wie gut sie ihn in sich aufgenommen hatte.

In der Küche war es still, man hörte nur das Ticken der Uhr über dem Fenster.

Es duftete nach Kaffee und nach Zuhause. Sie schenkte sich noch eine Tasse ein und gab Milch hinzu. Mit leisem Schaudern fiel ihr ein, dass sie Colin anrufen musste.

Aber jetzt ging sie erst einmal am Telefon vorbei durch die Halle in den vorderen Salon. Im Raum roch es muffiger als bei ihrer Ankunft, und sie sah, dass sich auf den Möbeln bereits wieder eine dünne Staubschicht gebildet hatte. Sie betrachtete den Kamin mit seiner reich geschnitzten Umrandung. Langsam fuhr sie mit den Fingern an der Seite herunter und zuckte überrascht zusammen, als ihre Finger über einen riesigen, erigierten Penis glitten. Ein Penis, der von einer üppigen Frau gelutscht wurde. Zwischen ihren Beinen war das Gesicht eines zweiten Mannes vergraben.

Die Schnitzereien zogen sich um den gesamten Kamin herum. Die Figuren waren so lebendig dargestellt, dass sie beinahe ihre orgasmischen Freuden spüren konnte.

Sie blickte sich wieder um. Der Staub war merkwürdig, aber ihr Verhalten Liam gegenüber war noch merkwürdiger. Wie lange mochte es wohl noch dauern, bis er sie anrief? Sie beschloss, ihm den Zustand des Hauses nur zu erklären, wenn er danach fragte.

Er war so scharf auf sie gewesen. Genauso scharf wie sie auf ihn.

Die Vorstellung, einen Mann wie Liam in den nächsten zwei Wochen in der Nähe zu haben, gefiel ihr. Mark war viel weiter weg.

Sie musterte die Brokatvorhänge an den Fenstern.

Gestern waren sie ihr noch frisch und neu vorgekommen, aber heute sah sie, wie fadenscheinig und verblichen sie waren. Als sie mit der Hand darüberfuhr, stieg eine Staubwolke auf.

Sie hustete und hörte deshalb nur undeutlich die Schritte im ersten Stock. Sofort lief sie in die Halle, entschlossen, die Ursache für die Geräusche zu finden.

Vielleicht bekam sie ja die Antworten, nach denen sie suchte. Den Beweis dafür, dass sie nicht völlig verrückt war. Vielleicht war sie wirklich nur sexbesessen.

Faye durchsuchte jedes Zimmer im ersten Stock, konnte jedoch nichts finden. Alles war so, wie sie es zurückgelassen hatte. Marks Karte steckte immer noch am Spiegel im Badezimmer. Alle Schlafzimmer und Schränke waren leer.

Niemand war hier oben herumgelaufen. Vermutlich hatte sie doch nur den Wind gehört oder vielleicht einen Ast, der gegen die Außenmauer geschlagen hatte.

Sie trat auf den Balkon ihres Schlafzimmers hinaus und blickte auf den Garten. Kein Lüftchen regte sich. Die plötzliche Stille beruhigte sie. Sie gähnte.

In der Ferne lag Bainbridge Island, und in Shilshole Bay direkt unterhalb der Klippen schaukelten Kabinenkreuzer und Segelboote auf den Wellen. Erneut blickte sie über die Bucht, und für den Bruchteil einer Sekunde verschwanden alle Häuser und gegenwärtigen Erscheinungen, und sie hatte das Gefühl, den Ausblick zu sehen, den Belle zu ihrer Zeit von hier aus gehabt hatte. Faye blinzelte, und dann war alles wieder so wie vorher.

Erneut gähnte sie. Sie fühlte sich auf einmal völlig erschöpft. Sie musste sich hinlegen und schlafen.

Das Telefon auf dem Nachttisch klingelte. Benommen nahm sie ab.

»Hallo?«

»Ich bin es, Liam. Wir können reden.« Seine Stimme klang so warm, und sie wünschte sich, er wäre hier, damit sie sich im Bett an ihn kuscheln könnte.

»Danke, dass du angerufen hast, Liam.«

»Ich weiß gar nicht, was ich sagen soll«, begann er. »Es war großartig. Du bist toll.«

Beim Klang seiner Stimme wurde ihr heiß. »Du auch.«

»Ich bin zum Haus gekommen, weil ich mich selbst davon überzeugen wollte, ob alles so aussieht, wie du es meinem Vater beschrieben hast. Ich weiß immer noch nicht, wer den Reinigungstrupp bestellt hat, aber ich forsche gerne nach, wenn du möchtest.«

»Nein, mach dir keine Mühe. Jetzt, wo ich alles bei Tageslicht sehe, glaube ich, ich habe mich geirrt.« Die Vorhänge waren so staubig gewesen …

»Wenn du meinst. Es war auf jeden Fall eine große Ausgabe für ein Haus, das abgerissen werden soll.«

Fayes Müdigkeit war schlagartig verschwunden. »Hat der Käufer das vor?« Aber das war ihr doch schon vorher klar gewesen. Das Grundstück eignete sich perfekt für eine Teilung. Sie war auf einmal hellwach.

»Ja. Das Gebäude steht ja nicht unter Denkmalschutz. Das hat deine Großtante Mae schon versucht, aber jeder weiß ja, was für ein Etablissement dort war. Die meisten Leute möchten, dass das Haus abgerissen wird.«

Ihre eigene Familie auch. Vielleicht hatten sie ja alle Recht. Vielleicht sollte Perdition House wirklich abgerissen werden.

»Ein Bauunternehmer müsste aber eine ganze Menge dafür hinlegen.« Sie dachte daran, wie bedeutend sich Colin vorkommen würde, wenn er eine reiche Frau hätte. Er hatte ihren kleinen Laden nie geschätzt. »Ich hätte wahrscheinlich ausgesorgt.«

»Zweifellos. Du müsstest nie wieder arbeiten.«

»Aber ich liebe meinen Laden«, erwiderte sie. Und das stimmte auch.

»Hast du eine Ahnung, wer Perdition House haben will? Und was er dafür bietet?«

»Ich werde es herausfinden. Aber dieser Typ wollte es schon seit Jahren kaufen. Ich habe ihm gesagt, ich sei nicht sicher, ob du es überhaupt verkaufen willst. Deine Tante wollte Haus und Grund schützen, aber ich war mir nicht sicher, wie du das siehst.«

»Ich weiß es auch nicht genau. Bevor ich hierherkam, wollte ich verkaufen, aber jetzt …«

Sie blickte sich im Zimmer um. »Ich werde zwei Wochen hierbleiben. Das hat das alte Haus verdient, und meine Tante Mae auch.«

»Faye? Aber halt dich bitte von den Bäumen fern, ja?« Seine Stimme klang auf einmal ganz besorgt.

Sie lachte. »Okay. Und wenn du noch einmal herkommen möchtest, sag Bescheid. Ich bin bereit für dich …«

»Du warst unglaublich«, unterbrach er sie. »Ich würde dich gerne häufiger sehen, solange du hier bist.«

»Das nächste Mal komme ich zu dir«, bot sie ihm an. Ob sie wohl außerhalb von Perdition House ebenso viel Verlangen nach ihm verspüren würde?

Erneut gähnte sie. »Ich muss mich ein wenig hinlegen. Anscheinend brauche ich hier viel Schlaf.«

»Ja, ruh dich aus. Wir reden wieder.«

Sie verabschiedete sich und legte auf. Sie sollte wirklich Colin anrufen und ihm von dem Angebot erzählen. Aber das Bedürfnis nach Schlaf war stärker.

Ihre Augenlider wurden schwer, ihr Herzschlag verlangsamte sich, und sie konnte keinen klaren Gedanken mehr fassen.

Nach ihrem Mittagsschlaf würde sie Colin anrufen, aber jetzt würde sie sich erst einmal ins Bett kuscheln.

Sie hörte Stimmen näher kommen, aber da es Frauenstimmen waren, war sie nicht beunruhigt, sondern lauschte einfach.

»Du solltest sie nicht drängen, Lizzy. Du hast es immer so eilig. Du hättest alles mir überlassen sollen.«

Sie erkannte Belles Stimme. Aber wer war Lizzie?

»Es tut mir leid, aber es ist schon so lange her. Und dieser Liam war so männlich. Ich musste einfach.«

Faye schlug die Augen auf, während ihr Geist schlief. Belle lächelte sie warm an. »Es ist alles in Ordnung, Kind. Dies ist eine ganz kurze Geschichte, und Lizzie wollte dich unbedingt kennen lernen. Sie ist immer so ungeduldig. Ich hoffe, es macht dir nichts aus.«

»Nein, Tante Belle, ich freue mich, sie kennen zu lernen.« Faye blickte an ihrer Tante vorbei auf eine zierliche, anmutige Frau. Sie trug die Haare wie ein Gibson Girl mit Löckchen an den Schläfen und blickte sie besorgt an.

»Hallo«, sagte die kleine Frau. Ihre Stimme klang atemlos. »Das mit Liam tut mir leid. Bist du mir böse?«

»Böse? Nein, es war wundervoll.« Tief im Innern war sie erleichtert. Sie war nicht verrückt. »Ich habe ihn vom ersten Moment an begehrt.« Faye wandte sich an ihre Tante. »Werde ich wieder träumen? Ich mag die Träume, sie machen mich so scharf.«

Belle verdrehte die Augen. »Man sollte meinen, Liam reicht fürs Erste.«

Lizzie kicherte, und Faye erkannte das Lachen, das sie aus den Bäumen gehört hatte.

»Lass uns keine Zeit verschwenden, Lizzie«, sagte Belle. »Flüstere mir ins Ohr, und ich erzähle meiner Urgroßnichte, wie wir uns kennen gelernt haben. Schließlich hält sie nur einen kurzen Mittagsschlaf.«

Lizzie beugte sich vor und begann, Belle etwas ins Ohr zu flüstern. Belle lauschte einen Augenblick lang, und dann erzählte sie Faye die Geschichte.

Lizzie Hendersons Ehemann polterte in ihre schäbige Wohnung. Er war schon wieder betrunken. Sie hörte es an seinen unsicheren Schritten.

Ihre Hand schloss sich fester um den Stiel ihrer schweren gusseisernen Bratpfanne. Unwillkürlich zog sie die Schultern hoch. Sie hatte Angst und hasste sich dafür.

Garth war ein Trinker, was nicht so schlimm wäre, wenn er dann nicht immer so brutal würde. Seitdem sie in Butte waren, verprügelte Garth Henderson sie ohne jede Scham. Wahrscheinlich war er schon vorher so gemein gewesen, aber er hatte es gut verborgen.

Sie rührte die Bratkartoffeln um. Wenn sie doch nur ein wenig Speck gehabt hätte, aber Garth hatte ihr schon seit Tagen kein Geld mehr gegeben, und so hatte sie heute Abend nur noch Kartoffeln gehabt.

Die Tür zu ihrem Wohnschlafzimmer knallte zu, und sie zuckte zusammen. Garth stand wie ein wütender Bär in ihrer kleinen Wohnung. Seine Schultern waren so breit, dass er den Türrahmen fast ganz ausfüllte.

»Frau! Wo ist mein Abendessen?«

Sie blickte auf, entschlossen, nicht zu zittern. »In der Pfanne. Es ist gleich fertig.«

Er verzog das Gesicht. »Es stinkt nach Scheiße! Was willst du mir heute Abend wieder als Essen andrehen?«

Er packte sie an der Schulter und wirbelte sie herum. Da sie immer noch den Griff der Bratpfanne festhielt, flogen die Kartoffeln durch die Küche auf den Boden.

»Sieh dir diese Schweinerei an!«, schrie er. Er drückte sie zu Boden, mit dem Gesicht beinahe mitten in die heißen, fettigen Kartoffeln.

Ihr drehte sich der Magen um. Seit Wochen schon, eigentlich seit ihrer Hochzeitsnacht, hatte sie an nichts anderes als an Flucht gedacht.

Garth Henderson war nicht der Mann, der zu sein er vorgab, aber er hatte alle, sogar ihren Vater getäuscht. Alle glaubten, er wäre ein guter Mann.

Aber in Wirklichkeit war er böse.

Er hatte sie in dieses gottverlassene Nest gebracht, wo das Laster regierte. Die Minen bezahlten gut, aber was nützte das, wenn das Geld gleich wieder in den Spielhöllen und Bordellen ausgegeben wurde?

Garth drückte weiter ihren Kopf herunter. »Auf die Knie, Mädchen!«

13

Lizzie weigerte sich, vor Garth zu knien. Das würde sie nie tun, und er wusste das. Er versetzte ihrem Kopf einen schmerzhaften Stoß, aber sie wich nicht zurück.

»Fahr zur Hölle, Garth Henderson«, sagte sie laut und deutlich. Sie war es leid, den Betrunkenen ständig zu besänftigen.

Brüllend hob er die Faust, um zuzuschlagen, und ohne nachzudenken schlossen sich ihre Finger erneut um den Stiel der Bratpfanne.

Sie holte aus, um seinen Schlag abzumildern. Zumindest glaubte sie das, denn die Bratpfanne entwickelte auf einmal ein Eigenleben und landete an seinem Kopf.

Sie erstarrte, als sie das dumpfe Geräusch hörte und das Blut sah.

Ihr Mann sank zu Boden.

Als sie den Schock überwunden hatte, tätschelte sie ihm die Wange. Er war ohnmächtig.

Er wachte nicht auf, er stöhnte noch nicht einmal.

Sie rang die Hände. Was sollte sie nur tun, was sollte sie nur tun? Nervös drehte sie ihren Ehering am Finger. Aber dann hörte sie auf. Sie hatte keine Zeit zu verlieren.

Das war die Chance, auf die sie gewartet hatte. Sie durchwühlte Garths Taschen und fand ein Bündel Geldscheine. Er hatte lang und hart in der Mine gearbeitet und wesentlich mehr verdient als das bisschen, das sie jetzt fand, aber es musste reichen.

Sie packte ihre Habseligkeiten in den einzigen Koffer, den sie besaßen, und nahm das einzige Erinnerungsstück mit, das sie noch von zu Hause hatte: ihren Teddybären.

In ihr Elternhaus konnte sie nicht zurück, dafür hatte Garth gesorgt.

Wahrscheinlich würde er jeden Moment aufwachen. Sie musste zusehen, dass sie dann weg war.

Sie hatte keine Ahnung, wohin sie gehen sollte, aber draußen an der frischen Luft konnte sie bestimmt besser nachdenken. Vorsichtig stupste sie ihren Mann mit der Fußspitze an. Er sah aus wie tot, aber seine Brust hob und senkte sich bei jedem Atemzug. Mehr Blut, als sie je für möglich gehalten hätte, sammelte sich auf dem Fußboden neben seinem Kopf.

Sie war frei, und plötzlich konnte sie seinen Anblick nicht mehr ertragen. Er lebte, und solange er lebte, würde sie nicht in Sicherheit sein. Aber obwohl sie das wusste, brachte sie es nicht über sich, ihn zu töten.

Nicht so. Nicht kaltblütig.

Sie musste jedoch auf jeden Fall fliehen. Dorthin, wo er sie nie suchen würde.

Sie hatte von den Frauen im Haus gehört, dass Belle Grantham Angestellte suchte. Schöne, vornehme Frauen. Sie wollte ein Haus am Pazifischen Ozean bauen.

Ans Meer hatte Lizzie schon immer gewollt. Garth hatte ihr versprochen, eines Tages mit ihr dorthin zu fahren. Auch eine der vielen Lügen, mit denen er sie und ihren Vater getäuscht hatte.

Nun, Pa würde nie erfahren, was Garth seiner Tochter angetan, wie er sie gedemütigt und gequält hatte.

Lizzie warf noch einen letzten Blick auf den atmenden, blutenden Mann und ging.

Sie eilte zu dem Restaurant zwei Türen weiter, wo Belle oft ihr Abendessen einnahm. Lizzie hatte die ältere Frau dort ein paarmal durch das Fenster gesehen. Sie war unglaublich schön und trug elegante Kleider und Hüte. In der letzten Zeit jedoch hatte es geheißen, sie wolle nach Seattle ans Meer gehen.

Lizzie hustete, als die rußige Luft von Butte in ihre Lungen drang. Aber sie ließ sich nicht beirren und lief weiter.

Sie war auch einmal hübsch gewesen. Hübsch und gepflegt und verhätschelt. Das würde Belle doch bestimmt erkennen.

»Miss Grantham?«, fragte sie den Kellner im Restaurant. Beinahe hatte sie Angst, er würde sie wieder wegschicken. Aber in Butte war man daran gewöhnt, dass Frauen allein unterwegs waren. Ohne mit der Wimper zu zucken, führte der Kellner sie zu einem Tisch in der Ecke, wo Belle Grantham am Fenster saß. Sie hielt eine Tasse mit einem dampfenden Getränk in der Hand, trank aber nicht, sondern betrachtete das Treiben um sich herum.

Als sie Lizzie sah, lächelte sie sie freundlich an.

Lizzies Angst ließ ein wenig nach. Aber sie musste sich beeilen. Wenn Garth aufwachte und auf der Straße tobte, dann würde er sie bestimmt erwischen. Halb erwartete sie, ihn jeden Moment durch das Fenster zu sehen, blutend und außer sich vor Wut.

»Möchten Sie sich zu mir setzen, Miss?« Belles Stimme war so warm wie ihr Lächeln. Sie bemerkte Lizzies Anspannung und zog fragend eine Augenbraue hoch.

»Ich bin verheiratet, aber wenn ich es mir recht überlege, wäre Miss sicher besser.«

»Ah, ich verstehe. Dann also Miss. Aber wir wollen nicht so förmlich sein, Schätzchen. Ich bin Belle, und ich freue mich, Sie kennen zu lernen.« Sie streckte ihre Hand aus, und Lizzie ergriff sie.

»Ich bin Lizzie Henderson, und wenn wir unser Treffen an einem anderen Ort fortsetzen könnten, wäre ich Ihnen sehr verbunden.«

Belle kniff die blauen Augen zusammen. »Werden Sie verfolgt?«

Lizzie beugte sich vor und flüsterte: »Es wird nicht mehr lange dauern, Miss Grantham, und wenn er mich hier findet, wird es nicht angenehm.«

»Ralph?«, sagte Belle zum Kellner. »Wir gehen durch die Hintertür. Und ich war allein.«

»Ja, Ma'am. Das sind Sie doch immer.« Ralph nahm ein Trinkgeld von Belle entgegen und steckte es in die Brusttasche seines Hemdes.

»Schicken Sie mir das Essen nach Hause, ja? Zwei Portionen, bitte.«

Lizzie neigte dankbar den Kopf.

Eine Stunde später war Lizzie schon wesentlich ruhiger geworden. »Himmel, so gut habe ich seit meinem Hochzeitsessen vor sechs Wochen nicht mehr gegessen.« Sie legte die Gabel nieder und genoss das Gefühl, einen vollen Magen zu haben.

Lächelnd zündete Belle sich eine Zigarette an. »Manchmal kann es für eine Frau ungesund sein, an einem öffentlichen Ort zu essen.«

»Ja. Wenn Garth mich mit Ihnen gesehen hätte, hätte er gleich gewusst, welchen Plan ich verfolge.«

»Und wie passt Ihr Plan mit meinen Plänen zusammen?«

»Ich habe gehört, dass Sie Frauen für Ihr neues Haus in Seattle suchen. Ich möchte gerne mit Ihnen gehen.« Das war die einzige Möglichkeit für sie, Garth aus dem Weg zu gehen.

»Nun, darüber möchte ich gerne mehr wissen. Wie kommen Sie auf die Idee?«

Lizzie stand auf und zog die Haarnadeln aus ihren Haaren, die ihr wie ein schimmernder Wasserfall bis zu den Knien fielen. Sie hob das Kinn und zeigte Belle ihre Zähne – weiß und kräftig. »Ich bin jung, stark und gesund. Ich habe eine gute Haut, Verstand und eine gute Figur.« Ihre Unterlippe bebte. »Und ich bin neu … im …« Sie brach ab, weil sie nicht wusste, wie sie es ausdrücken sollte.

»Ehebett?«, half Belle spöttisch grinsend aus.

»Ja. Was ich davon weiß.«

»Trink ein Glas Sherry mit mir, Kind. Das erleichtert das Gespräch.«

»Nein, danke. Ich bin zu nervös, um etwas zu trinken. Außerdem bin ich nicht daran gewöhnt.« Ihr Vater war Temperenzler gewesen, und sie konnte es immer noch nicht fassen, dass Garth ihm hatte vormachen können, dass er keinen Tropfen Alkohol trank.

»Erzähl mir von deinem Mann. Ich muss alles wissen, bevor ich entscheiden kann, ob ich dich nehme.«

»Wir haben uns vor drei Monaten auf der Farm meines Vaters kennen gelernt. Mein Vater war in der letzten Zeit zu krank, um sich richtig um die Farm zu kümmern, und unsere Knechte waren faul geworden. Einer nach dem anderen ist gegangen. Dann tauchte Garth auf und versprach meinem Vater, ihm das Land abzukaufen, so dass er einen sorglosen Lebensabend genießen konnte.

Er machte mir den Hof, und Vater glaubte, mich an einen guten Mann zu verheiraten. Garth versprach zu bleiben und die Farm wieder richtig zu führen. Aber er log und verkaufte sie für weniger, als sie wert war, schon eine Woche, nachdem wir verheiratet waren.

Der Schock brachte meinen Vater um, und seitdem suche ich nach einer Gelegenheit, von Garth Henderson wegzukommen. Mein Vater ist tot, mein Zuhause gibt es nicht mehr, und ich werde wahrscheinlich in der Hölle schmoren für das, was ich Garth angetan habe, aber ich schwöre, ich gehe nicht mehr zu ihm zurück. Und wenn Sie mich nicht mitnehmen, dann bleibe ich hier, um zu arbeiten.« Sie holte tief Luft. »Und wenn Garth mich findet, wird einer von uns beiden sterben.«

Belle blies nachdenklich einen Rauchring in die Luft. »Ich verstehe. Du willst also auf jeden Fall weg von ihm.«

»Ja.« Lizzie nickte.

»Nun.« Belle schwieg so lange, dass Lizzie schon wieder nervös wurde. »Ich nehme dich gerne mit, Lizzie Henderson.«

Lizzie streckte die Hand aus. »Calhoun. Miss Elizabeth Calhoun.«

»Warte, wir müssen noch über die Bedingungen sprechen. Und ich muss wissen, wie viel du über Sex weißt.« Belle lachte leise. »Schau mich nicht so entsetzt an, Schätzchen, darum geht es doch schließlich.«

Lizzie errötete. »Na ja, wenn ich nicht darüber sprechen kann, werde ich wahrscheinlich nie etwas taugen, oder?«

Belle lachte laut, und sie sah schöner aus denn je.

»Vielleicht trinke ich jetzt doch ein Glas Sherry«, meinte Lizzie.

»Gute Idee. Das macht dich locker. Ich habe noch nie eine Frau erlebt, die so nervös war wie du.« Belle trat an die Anrichte und zog den Stöpsel aus der Sherry-Karaffe.

»Du kennst ja sicher auch keine Frau, die ihren Mann gerade mit der Bratpfanne niedergeschlagen hat.«

Belle schenkte Sherry in zwei Likörgläser ein. »Nein, da hast du wohl Recht.« Sie warf Lizzie einen amüsierten Blick zu.

Lizzie griff nach dem Glas und trank einen Schluck. Die Flüssigkeit rann süß über ihre Zunge und brannte leicht. Ihr wurde ganz warm.

»Heute Nacht bleibst du hier«, sagte Belle, »und morgen früh finde ich heraus, was mit deinem Mann ist, ob du ihn nur niedergeschlagen oder ob du ihn umgebracht hast.« Nachdenklich trommelte sie mit den Fingern auf der Tischplatte. »Aber wenn es Mord ist, Lizzie, muss ich dich anzeigen.«

»Als ich gegangen bin, hat er gleichmäßig geatmet, aber er war ohnmächtig.« Wenn sie ihn getötet hatte, würde sie ihr Schicksal akzeptieren. »Wenn er tot ist, habe ich der nächsten Frau einen Gefallen getan.«

»Apropos, erzähl mir, was Garth dir beigebracht hat.«

Lizzie trank noch einen Schluck Sherry und zuckte mit den Schultern. »Er hat mein Nachthemd hochgezogen und ist in mich eingedrungen.«

»Im Dunkeln, unter der Decke?«

»Ja.«

»Hat es wehgetan?«

»Manchmal, ja.« Ihre Miene hellte sich auf. »Aber es hat nie lange gedauert. Es war immer ziemlich schnell vorbei. Das hat mir gefallen.«

Belle lachte wieder. »Oh, Lizzie, du musst noch viel lernen.«

»Bring mir alles bei, Belle. Ich möchte genügend Geld verdienen, weil ich eines Tages die Farm meines Vaters wieder zurückkaufen möchte. Und dazu muss ich lernen, wie ich einen Mann dazu bringen kann, an Sex zu denken.«

Belle tätschelte ihr die Hand. »Trink aus, Mädchen. Du wirst es brauchen.« Sie lächelte freundlich. »Als Erstes musst du wissen, dass ein Mann immer an Sex denkt.«

»Oh.«

»Hast du Garth jemals nackt gesehen?«

»Nein.«

»Er dich?«

»Nein.«

»Hast *du* dich schon mal gesehen? Ich meine, zwischen den Beinen?«

»Nein!«

»Dann fangen wir damit an. Geh hinter den Wandschirm, wenn du allein sein möchtest. Dort liegt ein Handspiegel. Nimm ihn.«

Es entsetzte Lizzie, dass sie etwas so Intimes tun sollte, während noch jemand im Zimmer war, aber der Gedanke an Garth ließ sie gehorchen.

Hinter dem Wandschirm hob sie die Röcke und setzte sich auf den Hocker, der dort stand. Sie zog ihr Höschen herunter, spreizte die Beine und hielt sich den Spiegel vor.

Viel konnte sie nicht sehen, außer Haaren mit einer Spalte in der Mitte. »Ich bin bereit«, flüsterte sie.

»Zieh die Lippen auseinander und schau gut hin. Das ist dein Honigtopf, Mädchen. Dein goldenes Schatzkästlein. Siehst du die fleischige rosa Knospe oben?«

»Ja.«

»Berühr sie.«

Sie gehorchte. »Sie ist feucht.« Sie tippte mit der Fingerspitze darauf, und seltsame Empfindungen durchzuckten sie.

»Das ist gut. Der ganze Bereich wird noch nasser, wenn du aufgewärmt bist. Das hat Garth falsch gemacht.«

Lizzie versuchte es mit einer erneuten Berührung. Dann noch eine. Hitzewellen durchfluteten sie und breiteten sich warm in ihrem Bauch aus.

Sie spreizte die Beine noch ein bisschen mehr und

experimentierte mit festen und leichten Berührungen. Ihr ganzer Körper begann zu prickeln.

»Lass dir Zeit, Lizzie. Je mehr, desto besser. Sex sollte man nie zu hastig betreiben.«

»Ich dachte, je schneller man ist, desto mehr Geld kann man verdienen, weil man mehr Kunden hat.«

»In den meisten Etablissements ist das auch so. Aber so ein Haus will ich nicht führen. Ich bin eine Anhängerin der freien Liebe.«

»Freie Liebe?« Die Vorstellung war skandalös, aber auch verlockend. Jeder wusste, dass die Männer die Zügel in der Hand hielten. Manche waren sanft, wie ihr Pa, und manche grausam wie Garth. Bei einem sanfteren Ehemann wäre sie nie davongelaufen.

»Frauen müssen sich um sich selbst kümmern, vor allem im Zusammenleben mit Männern. Garth hatte nicht das Recht, dich zu schlagen, deshalb bist du weggelaufen. Wir brauchen neue Gesetze, aber bis sie geändert werden, müssen wir uns eben um uns selbst kümmern«, schloss Belle.

Lizzie nickte und lauschte Belles Stimme, als sie ihr ihre Pläne erläuterte.

»Ich möchte eine Art Zuflucht aufbauen. In meinem Haus sollen sich reiche, schwer arbeitende Männer ein paar Tage entspannen können. Kein Besuch darf kürzer als ein Wochenende sein. Und in meinem Haus sollen sie ihre Sorgen und den Druck des Alltags vergessen.«

Während Belle redete, erforschte Lizzie sich weiter. Sie rieb und drückte, und bald schon kam ihr Atem stoßweise.

»Das klingt teuer«, bemerkte sie atemlos, »aber es ist wahrscheinlich jeden Cent wert.« Sie biss sich auf die Lippen, um ein Stöhnen zu unterdrücken.

»Ja, das wird so sein. Nur die besten Weine, das beste Essen, die besten Frauen.«

Lizzie fühlte sich privilegiert, dass sie dazugehören sollte. Belle musste hinter all ihren Sorgen und Kümmernissen wohl die junge, lebhafte Frau gesehen haben, die sie gewesen war, bevor sie Garth begegnete.

Spannung baute sich zwischen ihren Beinen auf. »Du hattest Recht, Belle. Der gesamte Bereich wird immer nasser. Und die kleine Knospe ist ganz dick geworden.«

Auf der anderen Seite des Wandschirms raschelte es. Belle war aufgestanden und hatte das Licht gedämpft, so dass nur noch ein blassgoldener Schein zu ihr drang.

Lizzie rieb immer heftiger und bog sich ihren Fingern entgegen. Plötzlich wurde sie von so starken Empfindungen überflutet, dass sie den Kopf zurückwarf und wild aufstöhnte.

Belle lachte leise. »Es klingt so, als ob du gut zurechtkommst.«

Lizzie schob einen Finger in die Öffnung, in die Garth immer eingedrungen war. Ihre Muskeln schlossen sich darum, als sie begann, ihn hineinzustoßen.

Fester. Schneller. Ihre Lust war jetzt so groß, dass sie ihr Stöhnen nicht mehr unterdrückte.

Sie wand sich auf ihrem Hocker, als Welle über Welle über ihr zusammenschlug, und ihr Bauch bebte, weil ihre inneren Muskeln so heftig kontrahierten.

Sie stöhnte laut und ungehemmt auf. Ihr Atem kam stoßweise, und dann sackte sie erschöpft zusammen.

Nach einer Weile hörte sie, wie Belle Wasser in eine Schüssel goss.

»Belle?«

»Ja, Schätzchen?«

»Garth wusste überhaupt nicht, was er tat.«

Belle lachte. »Lizzie, du bist unbezahlbar.«

»Das hat Pa auch immer gesagt. Als ich Garth heiratete, hat Pa zu ihm gesagt, er gäbe ihm seinen kostbarsten Besitz. Er erwartete von Garth, dass er mich gut behandelte, aber das hat er nicht getan.« Eine Träne lief Lizzie über die Wange, als ihr klar wurde, dass sie jetzt wieder frei war. Sie brauchte sich nie wieder vor Garth Henderson zu fürchten.

»Das gehört auch zu meinem Plan, Lizzie. Die Männer, die mein Haus besuchen, werden wissen, dass die Frauen ihnen ihre Gunst nur gewähren. Sie nehmen sie sich nicht.«

Eine zweite Träne folgte der ersten, und Lizzie übernahm die Verantwortung für ihr eigenes Leben.

14

»Kümmern sich die meisten Männer nur um ihre eigene Lust, so wie Garth?«, fragte Lizzie.

»Manche. Aber wenn man ihnen erst einmal gezeigt hat, was sie tun sollen, lernen sie schnell. Zuerst allerdings erschreckt es sie eher, dass auch Frauen Sex genießen können. Sie glauben, wir würden nichts fühlen.«

»Das werde ich ihnen dann nur zu gern beibringen. Auch ein Gefallen, den ich anderen Frauen erweisen kann.«

»Damit machst du dich auf jeden Fall beliebt, Lizzie.« Belle lachte leise. »Dann kannst du unsere Lehrerin sein.«

Lizzie richtete ihre Kleidung, zog ihr Höschen wieder an und nahm die Waschschüssel entgegen, die Belle ihr reichte. »Danke für alles, Belle. Ich glaube, wir werden gut miteinander auskommen.«

»Das glaube ich auch. Gleich morgen früh sehe ich nach deinem Nichtsnutz von Ehemann. Er wird dich nicht finden, Lizzie.«

Lizzie fühlte sich sicherer als jemals seit ihrer Heirat. Alle ihre Zweifel schwanden. Sie konnte sich selbst erhalten, und wenn ihre Zeit mit Belle vorüber war, würde sie nach Pennsylvania zurückkehren und die Farm zurückkaufen. Sie würde sich schon behaupten.

Fayes Hand lag auf ihrem Venushügel, als ihr pochender Orgasmus langsam verebbte. Belle und Lizzie lächelten ermutigend und nickten einander zu. »Sie wird es gut machen, Belle«, sagte Lizzie leise.

Ihre Stimmen entfernten sich, als sie den Raum verließen. Faye hätte sie am liebsten aufgehalten. Sie wollte noch so viel wissen, aber ihr Geist begann aufzuwachen, und ihr fiel ein, wie viel sie heute Nachmittag noch erledigen wollte.

Schließlich war sie vollständig wach. Ihre Finger lagen immer noch an ihrer Möse. Sie sollte wirklich öfter ein Schläfchen halten. Sie hatte dann immer so interessante Gäste.

Gäste? Nein, sie meinte natürlich Träume. Träume. Sie hatte sehr interessante Träume.

Sie musste unbedingt Colin anrufen. Sie verstand eigentlich gar nicht, warum sie das noch nicht getan hatte, aber immer wenn sie daran dachte, wurde sie von etwas anderem abgelenkt.

Vielleicht wollte sie gar nicht, dass Colin hierherkam. Vielleicht war es ein Fehler gewesen, dass sie ihm gesagt hatte, sie wolle verkaufen. Sie war sich noch nicht sicher, wie sie sich letztendlich entscheiden würde, aber es war bestimmt nicht richtig, Interesse an dem Geld, das sie erwartete, bei ihm zu wecken.

Wenn sie ihm sagte, das Haus würde abgerissen und das Grundstück in Parzellen aufgeteilt, würde er sicherlich wollen, dass sie sofort nach Hause kam. Dann hatte sie ja keinen Grund mehr, hier zu bleiben und das Haus zu säubern.

Aber sie war nicht bereit, sich die zwei Wochen Zeit nehmen zu lassen. Es war eine wundervolle Erfahrung, die sich in Zukunft für sie beide nur auszahlen konnte.

Sie griff zu dem Telefon auf ihrem Nachttisch. Die Wählscheibe aus Porzellan, die mindestens fünfzig Jahre auf dem Buckel hatte, funktionierte immer noch. Erstaunlich.

Sie wählte die Nummer von Colins Klinik. Währenddessen dachte sie darüber nach, dass noch kein Haus ihre Fantasie so sehr angeregt hatte wie Perdition House. Tanzende Paare, mysteriöse Musik aus dem Nirgendwo, Lachen in den Bäumen und geile Träume.

Aber sie wirkten so real. Genauso wie die Frauen, die auf ihrer Bettkante saßen. Ihre Tante Belle und diese Lizzy. Felicity. Sie kannte ihre Namen, wusste, wie sie aussahen, sich kleideten, ja sogar wie sie Liebe machten.

Solche epischen Träume hatte sie noch nie gehabt.

Träume, die eigentlich keine Träume waren, sondern Geschichten von realen Frauen, erzählt von diesen Frauen selbst. Durch Belle.

Perdition House mochte viele Geheimnisse bergen, aber das größte war wohl, dass die Frauen, die einst hier gelebt hatten, zurückgekommen waren.

»Tompkins' Zahnklinik, Lydia am Apparat. Was kann ich für Sie tun?«

»Hallo, Lydia, ist Colin da?«

»Es tut mir leid, Dr. Tompkins hat gerade einen Patienten.« Lydia nannte ihn Dr. Tompkins, als ob Faye seinen Nachnamen nicht kennen würde.

Fayes Gedanken überschlugen sich. Sie musste Colin unbedingt sprechen.

»Könnten Sie ihn dann bitte herausholen? Ich warte.«

Gespannt wiegte sie sich hin und her, während sie den Hörer ans Ohr gepresst hielt. Am liebsten hätte sie einen lauten Schrei ausgestoßen. Aber Lydia hätte sie für wahnsinnig gehalten.

Sie sollte besser nachdenken.

Colin musste verstehen, dass sie noch nicht genau wusste, ob sie überhaupt verkaufen sollte. Und sie musste ihm so schnell wie möglich sagen, dass er mit dem Geld aus dem Verkauf von Perdition House nicht rechnen konnte.

Am anderen Ende der Leitung herrschte langes Schweigen, als ob die Empfangsdame abwägen müsste, ob sie ihren Chef stören dürfte.

»Handelt es sich um einen Notfall?«

Faye erwiderte gereizt: »Ich würde Sie nicht darum bitten, wenn es nicht dringend wäre.«

»Nun gut.« Die Empfangsdame tat manchmal so, als ob Colin ihr gehörte. Ein verräterischer Gedanke fuhr Faye durch den Kopf. Wenn der Frau so viel an ihm lag, dann konnte sie ihn geschenkt haben.

Die Empfangsdame meldete sich wieder. »Ich habe ihm Bescheid gesagt. Er weiß, dass Sie in der Leitung sind.«

»Wenn er so beschäftigt ist, brauchen Sie ihn nicht extra herauszuholen«, erwiderte Faye. »Sagen Sie ihm einfach nur, ich hätte angerufen. Es geht um das Haus, und er soll mich bitte zurückrufen.«

Sie legte auf und blickte sich um. Belle und ihre Frauen hatten ihr offensichtlich wieder einen Streich gespielt, indem sie den Anruf so dringend gemacht hatten.

»Hört auf, mich zu manipulieren«, sagte sie laut. »Ich weiß ja, dass ihr das lustig findet, aber ihr mischt euch gerade in mein Leben ein. Colin muss zwar wissen, dass ich mich noch nicht entschieden habe, ob ich das Haus verkaufen soll, aber es war nicht nötig, es so dringend zu machen.« Sie seufzte. »Ihr müsst mir vertrauen. Ich werde schon versuchen, für alle die beste Entscheidung zu treffen.«

Ein Schauer überlief sie, und sie nahm das als Zeichen dafür, dass die Einmischung ein Ende hatte. »Danke«, sagte sie ins leere Zimmer.

Zumindest hoffte sie, dass es leer war.

Und sie konnte natürlich auch einfach nur verrückt sein. Das dachte jedenfalls Colins Empfangsdame jetzt bestimmt von ihr.

Der Gedanke, Colin einer anderen Frau zu überlassen, störte sie nicht so, wie sie angenommen hatte.

Aber Colin war ein guter Fang, und das Leben, das sie mit ihm erwartete, war es wert, dass sie um ihn kämpfte. Sie konnte also nur hoffen, dass er sich ebenso in das Haus verliebte wie sie.

Allerdings würde die Unterhaltung von Perdition House viel Geld verschlingen. Sie liebte zwar ihren Laden, aber TimeStop machte sie nicht reich. Für Perdition House müsste sie reich sein.

Wenn sie Haus und Grundstück verkaufen würde, wäre sie reich und unabhängig. Wenn sie es behielte, wäre sie ständig pleite und auf Colin angewiesen.

Diese Vorstellung gefiel ihr gar nicht. Nicht nach den Träumen, die sie gehabt hatte. Felicity hatte Blake vertraut und war enttäuscht worden, und Garth Henderson hatte Lizzie und ihren Vater hereingelegt.

Aber keiner der beiden Männer war wie Colin. Sie hatten überhaupt nichts mit Colin gemein.

Erfrischt von ihrem Mittagsschlaf und voller Energie, verspürte Faye erneut sexuelles Verlangen. Tief in ihr regte sich das Bedürfnis, Mark wiederzusehen.

»Warum Mark?«, fragte sie ins leere Schlafzimmer hinein. Sie lauschte auf eine Antwort, aber es kam keine Stimme. Stattdessen ging ihr durch den Kopf, dass Liam nur die Vorspeise gewesen war. Mark hingegen war eindeutig der Hauptgang.

Sie fand Marks Visitenkarte auf dem Nachttisch, dabei hätte sie schwören können, dass sie sie an den Spiegel im Badezimmer gesteckt hatte.

Sie ergriff die Karte und betrachtete die umgeknickte Ecke. Belle hatte nicht nur die Fähigkeit, das Haus sauber aussehen zu lassen, sie konnte auch Gegenstände bewegen.

Eigentlich hätte sie Angst bekommen müssen, aber sie fürchtete sich nicht. Die Träume und der Sex hatten sie auf alles vorbereitet.

Sie stellte sich an die offenen Verandatüren. Von hier aus konnte sie die Brandung in der Shilshole Bay sehen. Boote wiegten sich auf den Wellen, und die gleichmäßige Bewegung hatte eine fast hypnotische Wirkung.

Faye schloss die Augen und ließ ihre Gedanken treiben. Der Duft von Marks erhitztem Körper stieg ihr in die Nase, und sie spürte sein Gewicht. Ihre Nippel richteten sich auf, als sie an seinen Mund und seine Hände dachte. Er hatte so wundervoll mit ihrer Klitoris gespielt und sie so erregt.

Röte stieg in ihre Wangen, aber das war ihr egal. Es war niemand zu sehen, und wen kümmerte es schon, was die verrückte Frau in dem alten Haus tat. Sie kniff in ihre Nippel, und heftiges Verlangen stieg in ihr auf.

Sie liebte Sex. Zum ersten Mal in ihrem Leben.

Sie griff zum Telefon und wählte die Nummer auf Marks Karte.

Er war sofort am Apparat. »Mark McLeod.« Er klang kühl und geschäftsmäßig, ganz anders, als sie es sich in ihrer Fantasie vorgestellt hatte.

»Hallo«, sagte sie leise und hielt den Atem an.

»Faye?«

»Ja«, flüsterte sie. »Ich bin es.«

»Gott sei Dank.« Die Erleichterung in seiner Stimme war unüberhörbar.

»Ich wollte eigentlich gar nicht anrufen, aber …«

»Doch, ich freue mich darüber. Ich wollte eigentlich wach sein, als du gestern früh gegangen bist. Ich wollte deine Telefonnummer haben und dich überreden, dass wir uns wiedersehen.«

Sie wussten beide, dass das nicht klug war, aber es war ihnen egal. »Du brauchst mich zu nichts zu überreden.«

»Kannst du heute Abend zu mir kommen?«, drängte er. »Oder soll ich zu dir kommen?«

Lächelnd erwiderte sie: »Ich bin um neun bei dir.«

»Acht wäre mir lieber. Oder sogar noch früher.«

Sie lachte. Mark begehrte sie ebenso wie sie ihn. Wundervoll. »Dann um sieben, damit wir zusammen zu Abend essen können.«

»Ich bestelle etwas aufs Zimmer. Du bist doch keine Vegetarierin, oder?«

»Nein, ich mag Fleisch.«

»Und das bekommst du auch«, grollte er. »Meins.«

»Ja, deins.«

Sein heiseres Lachen klang ihr im Ohr, als sie auflegte. Ihr Handy klingelte, und immer noch ein wenig benommen vom Gespräch mit Mark nahm sie das Gespräch an. »Hallo?«

»Faye? Du klingst komisch. Was ist los? Lydia sagte, es wäre ein Notfall, aber du wolltest es ihr nicht erklären.«

»Ach, hallo, Colin, schön, dass du zurückrufst.« Sie räusperte sich. Ihr Verlangen war beim Klang seiner Stimme auf einmal wie weggeblasen. »Ich ... äh ... ich muss etwas mit dir besprechen.«

»Ich habe fünf Minuten Zeit. Was ist denn los?«

»Ich überlege, ob ich Perdition House nicht behalten soll.«

»Was? Bist du verrückt? Du hast doch gesagt, es ist eine Ruine. Du wolltest es doch verkaufen.«

»Ja, aber jetzt habe ich es mir anders überlegt.« Sie würde ihm auf keinen Fall von den Mädchen erzählen. Noch nicht. Erst wenn er hier mit ihr lebte und es selbst mitbekam.

»Ich komme heute Abend zu dir. Darüber sollten wir nicht am Telefon sprechen.«

»Du kannst nicht herkommen. Ich gehe aus.«

»Aus? Wohin denn?«

Sie überlegte schnell. »Tante Mae hat ein paar Dinge für alte Freundinnen hinterlassen, und ich bringe sie ihnen heute Abend.«

»Was für Dinge?«

»Ach, alles Mögliche, Silberlöffel und so. Sie hat einen Brief dazu geschrieben.« Langsam wurde sie wirklich gut im Lügen. Sie hielt die Luft an und wartete auf seine Reaktion.

»Oh, ich verstehe. Nun, dann warten wir eben bis zum Wochenende. Ich komme Freitagabend.«

Ihr Magen zog sich zusammen, aber eigentlich war es egal. Sie musste sich nur überlegen, wie sie Colin davon überzeugte, dass er sie weitere zwei Wochen hierbleiben ließ. »Gut. Bis Freitag also.«

»Ich habe mir nämlich auch schon Gedanken gemacht, Faye, was wir mit dem Geld aus dem Verkauf anfangen könnten. Die Klinik braucht …«

»Oh, es läutet an der Tür«, unterbrach sie ihn. »Ich muss auflegen.« Und das tat sie. Sie hatte es noch nie gewagt, ein Gespräch mit ihm zu unterbrechen. Aber es fühlte sich gut an. Auch ein bisschen ungezogen.

»Die Klinik!«, sagte sie ins leere Zimmer hinein. »Warum sollte Perdition House die Klinik finanzieren?« Typisch, dass Colin in erster Linie an sein Geschäft dachte. TimeStop hatte er ganz vergessen.

15

Bei ihrem Besuch als Kind in Perdition House war Faye auf hochinteressante Gänge gestoßen. Sie verliefen zwischen den Schlafzimmern, und hoch oben waren Stopfen an der Wand. Neugierig beschloss sie, sich auf die Suche nach diesen Verbindungsgängen zu machen.

Langsam ging sie den Flur von einem Ende zum anderen und fuhr mit der Hand die Wand entlang. Aber da waren keine Öffnungen, keine Geheimtüren. Nichts.

Sie schaute auch hinter die Vorhänge an den Fenstern, die nach vorne hinausgingen, aber sie konnte sich nicht mehr daran erinnern, wie der Gang sich damals geöffnet hatte.

Wenn man bedachte, dass das Haus ein Bordell gewesen war, dann konnte sie sich gut vorstellen, zu welchem Zweck die Gucklöcher gedient hatten. Voyeure gab es in allen Schichten, und hier in Perdition House waren sicher auch einige zu Gast gewesen.

Frustriert, weil sie sich nicht mehr erinnerte, eilte

sie in die Küche, um sich etwas zu essen zu machen. Dort blickte sie sich fassungslos um.

Der Raum starrte vor Schmutz, er sah unbenutzt und traurig aus. Das war nicht die Küche, die sie erst heute früh gesehen hatte.

»Das ist nicht mehr lustig«, sagte sie laut. »Wie kann das sein?«

Der Kühlschrank lief zwar noch, aber er kühlte nicht besonders gut. Das Licht am Backofen funktionierte nicht, und der Rost um die Wasserhähne schimmerte dunkel orange. Als sie das kalte Wasser andrehte, kam es schmutzig braun aus der Leitung.

In den Rohren klapperte die eingedrungene Luft, und sie drehte das Wasser schnell wieder ab. Als sie noch nichts von den Geistern gewusst hatte, hatte es besser ausgesehen. Zumindest hatte das Haus an der Oberfläche gepflegt gewirkt.

»Ihr habt eine komische Art, mir das Haus schmackhaft zu machen«, sagte sie leise drohend. »Könnt ihr es nicht wenigstens sauber halten? Oder war das nur eine Illusion?«

Sie hatte noch mehr Fragen, aber die Antworten darauf musste sie selbst finden. Belles Geschichten waren zwar schön anzuhören, aber das Haus musste schließlich in der Realität überleben. Faye musste sich überlegen, wie sie die nötigen Renovierungsarbeiten bezahlen sollte.

Colin war mit Sicherheit nicht daran interessiert,

Geld hier hineinzustecken. Im Gegenteil, er würde es nur zu gerne abreißen lassen.

Als sie bei ihrer Ankunft durch die Zimmer gegangen war, hatte sie aus den Augenwinkeln heraus in einem der Zimmer eine Truhe gesehen, die am Fußende eines schmiedeeisernen Vierpfostenbettes stand. Auf der Truhe hatten Initialen gestanden – IG. Isabelle Grantham!

Faye lief hastig in das Zimmer. Sie wollte die Truhe öffnen, bevor Belle sie daran hinderte.

Staubwolken wirbelten auf, als sie den Deckel aufklappte. Hier in dieser Truhe musste die Antwort auf all ihre Fragen sein.

Faye zog alte Kleider und verblichene Fotos heraus, auf denen wohl ihre Vorfahren abgebildet waren.

Sie glaubte ein Schwarzweißfoto ihrer Großmutter gesehen zu haben, nahm sich aber nicht die Zeit, es genauer zu betrachten. Alle Kleidungsstücke, Schuhe, Hüte und Taschen legte sie aufs Bett. Ihre Tante Belle, prachtvoll gekleidet, mit Pelzstola, lächelte sie von einem Sepia-Foto an, aber Faye achtete nicht auf den humorvollen Gesichtsausdruck ihrer Urgroßtante.

Sie suchte nach einem Buch oder einem Tagebuch. In einem Bordell mussten doch bestimmt auch Bücher geführt werden? Unterlagen aus der Buchhaltung würden ihr auch etwas nützen.

Schließlich wollte Faye schon aufgeben, aber als sie die Truhe schließen wollte, hörte sie scheltende Stimmen in ihrem Kopf, die ihr sagten, sie solle nicht so schnell aufgeben. Mittlerweile überraschte sie nichts mehr, und so untersuchte sie auch noch einmal den mit Stoff bezogenen Deckel. Das Futter war an einer Seite offen, und als sie hineingriff, ertasteten ihre Finger ein Buch. Es war in rotes Leder gebunden. Sie fuhr noch einmal mit der Hand in den Schlitz, holte einen Souvenir-Tomahawk heraus und eine Anstecknadel aus Blech, auf der VERTEIDIGER DES HEIMS stand, was immer das sein sollte.

Faye ergriff das Buch, lehnte sich mit dem Rücken an die Truhe und schlug es auf.

»Dieses Tagebuch gehört Belle Grantham, und wenn du kein Familienmitglied bist, nimm deine ungewaschenen Finger weg.« Faye las den Satz laut vor und lachte. »Oh, Tante Belle, das sieht dir ähnlich.«

Das Tagebuch erzählte von Tante Belles Liebesaffäre mit ihrem Wohltäter, Zeke Fontaine, und dass er ihr das Herz brach, als er die Verbindung beendete. Ihre Träume von finanzieller Unabhängigkeit gab sie allerdings nicht auf. Sie schmiedete Pläne, um Perdition House zu bauen, wo sie die schönsten Frauen versammeln wollte.

»Felicity und Lizzie kenne ich ja bereits«, murmelte Faye. Diese Frauen hatten ihr ihre Geschichten erzählt, während sie schlief, und sie hatte gedacht, sie würde träumen.

Sie hatten sie erregt, sie dazu gebracht, sich selbst

zu befriedigen. Und sie hatten Liam dazu gebracht, sie zu begehren. Er hatte sogar auf Lizzie gehört, als sie ihm eingeflüstert hatte, er solle Kondome mitbringen.

Plötzlich zog ein kalter Lufthauch durch den Raum, obwohl es draußen warm war. Sie griff nach einem Schal, den sie aufs Bett gelegt hatte, und schlang ihn sich um die Schultern.

Kurz überlegte sie, ob sie im Garten weiterlesen sollte, aber sie wollte eigentlich nicht das Haus verlassen. Die kühle Luft sagte ihr, dass die Frauen sie beobachteten und sehen wollten, wie sie auf Belles Tagebuch reagierte.

Eigentlich hätte ihr unheimlich sein müssen, da sie jetzt mit Sicherheit wusste, dass in Perdition House die Seelen der Frauen herumgeisterten, die hier gelebt und gearbeitet hatten. Aber seltsamerweise war es ihr lieber zu wissen, dass es hier spukte, als zu akzeptieren, dass sie verrückt war.

Und solange die Geister nicht böse waren, konnte sie damit leben. Und ihr Besuch als Kind hatte sie gut darauf vorbereitet.

Waren es Lizzie und Felicity gewesen, die sie tanzen gesehen hatte? Und welche der beiden hatte ihr die Geheimgänge und Gucklöcher mit den Stopfen gezeigt?

Es war ja bekannt, dass die Anwesenheit von Geistern einen Raum kühl werden ließen, und so akzeptierte Faye, was sie in ihrem Herzen bereits wusste.

Die Träume hatten sie vorbereitet, das Haus so zu sehen, wie es war.

Ein Haus voller Geheimnisse.

Sie versuchte sich an alles zu erinnern, was ihre Tante gesagt hatte. Wenn sie alle Geheimnisse kannte, lag es an ihr, welche sie bewahren und welche sie lüften wollte.

Erneut nahm sie das Buch zur Hand und las weiter. Sie stellte fest, dass Belle im Tagebuch ihr Alltagsleben beschrieben hatte, und ihre Träume versorgten sie mit den Details.

Mit allen scharfen Details. Kein Wunder, dass ihre Sexualität so erblüht war. Das ganze Haus war von Sex erfüllt.

Während sie las, dachte Faye an Mark und Liam. Sie dachte an alles, was sie gelernt hatte und noch lernen würde. Sie sank zurück auf das Bett, das Buch glitt ihr aus der Hand, und erneut schlummerte Faye ein. Dieses Mal freute sie sich darauf zu erfahren, was die anderen beiden Frauen zu Belle gebracht hatte.

»Nun, Faye, ich freue mich, dass du vernünftig bist«, sagte ihre Urgroßtante Belle, als Faye einschlief. »Aber du warst schon als Kind intelligent und frühreif. Ich war überrascht, als du meine geheimen Gucklöcher gefunden hast. Sie waren geschickt platziert und gut versteckt.«

»Jetzt kann ich sie nicht mehr finden.«

»Doch, wenn es an der Zeit ist, findest du sie schon noch.«

»Ich möchte die anderen kennen lernen«, sagte Faye. Felicity und Lizzie standen hinter Belle und lächelten sie freundlich an.

»Hallo, Lizzie, hallo Felicity. Ich habe das Gefühl, ihr könnt mir noch mehr zeigen, aber jetzt muss ich erst einmal die anderen kennen lernen.«

»Lizzie nickte. »Hope und Annie. Sie kommen gleich.«

Felicity warf einen Blick über die Schulter. »Beeilt euch, Mädchen, wir haben nicht den ganzen Tag lang Zeit.« Sie drehte sich wieder um. »Ich schwöre, das sind die langsamsten Frauen, die ich je erlebt habe.«

Im Zimmer wurde es kälter, und Faye wusste, dass die beiden anderen Frauen endlich eingetroffen waren. Sie erschauerte vor Vorfreude. Sie bekam Gänsehaut, und in ihr stieg Hitze auf.

Belle steckte die Decke um Faye herum fest, damit sie es schön warm und gemütlich hatte. »Danke, Belle.«

»Gerne, Schätzchen.« Sie lächelte. »Das ist Hope Teague«, sagte sie und wedelte mit der Hand.

Faye sah eine wilde rote Mähne, die wie Kupfer schimmerte. »Hallo.«

Hope trug eine Art Umhang und darunter ein fließendes, durchsichtiges Negligé, das auf dem Boden schleifte. Es war tief ausgeschnitten und betonte Hopes Kurven. Sie hatte große Brüste, eine schmale Taille und lange, schlanke Beine. Üppig, ging Faye sofort durch den Kopf.

»Ja«, sagte Belle, »üppig. Hope konnte mit ihren Reizen jedem Mann den Kopf verdrehen.«

»Vielleicht, Belle. Aber mein Jonathan ist trotzdem nicht bei mir geblieben.«

»Erzähl mir von Jonathan, Hope«, sagte Faye.

Hope beugte sich vor und flüsterte in Belles Ohr.

16

»Ich habe auch so gedacht wie du, Hope. Aber die Kinder hatten Hunger, und da musste ich es eben einfach tun.« Hopes Freundin Lilly schniefte trotzig.

»Und jetzt?«, fragte Hope.

Lilly hob das Kinn und lächelte schief. Sie saßen am Tisch in Lillys makellos sauberer Küche. Vor der Tür standen drei Kinder, gekleidet in ihre besten Lumpen. Sie waren still und warteten geduldig, dass ihre Mutter sich verabschiedete.

»Jetzt steht Essen auf dem Tisch, und Ben fragt nie, wie es dorthin kommt.« Sie seufzte. »Ich will mich deswegen nicht schlecht fühlen«, sagte sie.

»Jonathan würde mich bestimmt fragen. Das weiß ich einfach. Und seitdem das Baby ...«

Lilly tätschelte ihr die Hand. »Du bekommst bestimmt noch mehr Kinder, Hope.« Traurig verzog sie ihr müdes Gesicht. »Manchmal sind Neugeborene einfach zu schwach zum Leben. Es ist besser, sie sind von Anfang an gesund.«

Hope nickte, aber der Schmerz in ihrem Herzen war schwer zu ertragen. »Vielleicht hört er ja auf, Karten zu spielen, wenn wir ein Kind bekommen.«

Lilly schnaubte. »Na klar. Genauso wie mein Ben mit dem Trinken aufgehört hat.«

Aber Hope wusste, dass Jonathan bald aufhören würde zu spielen. Es musste ihr nur endlich gelingen, ihn zur Vernunft zu bringen. Aber bis dahin musste sie Leib und Seele zusammenhalten. Von der Miete ganz zu schweigen.

Leise fragte sie: »Wie kannst du denn sicher sein, dass du nicht schwanger wirst, wenn du arbeitest?«

Lilly blickte zu den Kindern in der offenen Tür. »Geht ihr drei schon mal nach unten. Ich komme sofort. Schließlich wollen wir nicht den Zug verpassen.« Gehorsam gingen die Kinder die Treppe hinunter. Als sie außer Hörweite waren, drehte Lilly sich zu Hope um.

»Ich mache es mit dem Mund.« Lillys sachliche Bemerkung zeigte, wie verzweifelt sie war. Aber sie hatte einen Weg gefunden, um ihre Familie zu ernähren und sogar noch ein wenig Geld zu sparen, damit sie aus Butte weg zurück nach Ohio gehen konnten.

Hope versuchte, nicht allzu schockiert auszusehen, aber Lilly tätschelte ihr amüsiert die Hand. »Es ist schneller, sicherer, und die Männer scheinen es zu mögen. Ich kann mehr Geld verlangen, weil ich gut bin. Und mittlerweile habe ich meine Stammkunden.«

Hope nickte. »Und wie kannst du sicher sein, dass Ben es nicht herausfindet?«

»Es gibt noch andere, die es so machen wie ich, Hope. Sie arbeiten nachmittags, während ihre Ehemänner auf der Arbeit sind. Und unsere Stammkunden wissen, was passiert, wenn unsere Namen herauskommen. Wir halten alle den Mund.«

Hope nickte. »Im Waisenhaus habe ich gelernt, dass die Welt ein harter Ort ist, und die Menschen müssen sich krummlegen, um sich durchzuschlagen. Ich dachte, ich hätte es geschafft, als ich Jonathan heiratete, weil er immer so zuverlässig war. Glaubst du, es war ein Fehler, ihm zu vertrauen?«

Lilly versuchte sich nichts anmerken zu lassen, aber ihr stand ins Gesicht geschrieben, dass sie Hope für eine Närrin hielt.

»Meine Leute nehmen mich und die Kinder auf«, sagte sie. »Wenn Ben wieder zu Verstand kommt und tatsächlich aufhört zu trinken, weiß er ja, wo er uns findet.«

Hope überlegte und dachte an den Spargroschen, den sie unter dem Apfelkorb versteckt hatte. »Wie ... ach, Lilly, ich weiß nicht, wie ich es sagen soll.«

»Du öffnest deine Kehle. Lass deine Zunge am Schaft auf und ab gleiten. Ich packe sie immer an den Eiern und drücke ein bisschen, wenn es zu lange dauert. Das bringt sie schnell zum Höhepunkt.«

»Und wie viele schaffst du an einem Nachmittag?«

»Acht bis zehn. Am Zahltag auch schon mal zwölf bis fünfzehn.«

»Du bist doch immer nur ein paar Stunden weg.«

Lilly nickte. »Es hat drei Monate gedauert, bis ich das Geld für den Zug beisammen hatte. Ich habe auch noch ein bisschen mehr, aber ich wollte keine neuen Kleider kaufen, damit Ben nicht misstrauisch wird. Er glaubt, ich nehme Nähunterricht.«

Hope nickte. Nähen hatte sie auch versucht, aber dazu hatte sie kein Talent, und sie hatte es im Waisenhaus nie gelernt. Lesen konnte sie auch nicht.

»Wenn du willst, kann ich beim Haus vorbeigehen und ein gutes Wort für dich einlegen.«

»Nein, ich kann das nicht. Außerdem wird es schon nicht so schlimm.« Ganz bestimmt nicht. »Ich werde versuchen, ihn abends zu Hause zu halten.«

»Wenn du glaubst, du hältst deinen Mann vom Spieltisch fern, wenn du es ihm mit dem Mund besorgst, dann irrst du dich. Poker ist ein Laster, es lässt einen Mann nie wieder los.«

»Jonathan ist nicht so, Lilly. Er schafft es! Du wirst schon sehen!« Oh, sie klang so verzweifelt.

»Nun, wenn es so ist, schreib mir einen Brief und sag mir, wie du es gemacht hast.«

Hope war fest entschlossen, Jonathan vom Spieltisch wegzuholen. Sie verstand zwar Lillys Entscheidung, aber sie konnte den Gedanken nicht ertragen, die Nachmittage mit fremden Männern verbringen zu müssen.

»Das Leben war so wundervoll, bevor wir nach Butte kamen.« Sie waren jung und verliebt gewesen.

Lilly seufzte. »Ja, für uns auch. Wir glaubten, ein Job in der Mine wäre alles, was uns zu unserem Glück noch fehlte. Stattdessen kamen wir an diesen Höllenort, und jetzt haben wir gar nichts mehr. Noch nicht einmal unseren Stolz.«

»Aber auf dich warten wenigstens deine Kinder.« Hope schniefte. »Du solltest froh sein, dass du sie hast in diesen harten Zeiten.«

»Ja, das bin ich auch. Meine Familie war immer dagegen, dass ich Ben geheiratet habe. Es ist schwer zuzugeben, dass sie Recht hatten.« Lilly stand auf und blickte auf die Uhr. »Ich muss los. Der Zug kommt in einer Stunde. Sag Ben, wo ich hingefahren bin.«

»Ja, das mache ich. Sonst noch etwas?«

»Sag ihm, dass ich ihn einmal geliebt habe und dass ich das wieder tun würde, wenn er aufhört zu trinken. Sag ihm, seine Kinder vermissen ihn.«

»Ben wird verstehen, was er verloren hat.«

Sie umarmten sich, und dann war Lilly weg, und Hope stand ohne Freundin da.

Zwischen Jonathan und ihr würde es nie so weit kommen, gelobte sie sich. Sie würde ihn nie verlassen. Wenn er nur zu Hause bliebe und sie so liebte, wie man eine Frau lieben sollte.

Schon seit Wochen hatte Jonathan keinen Abend mehr in ihrer Gesellschaft verbracht. Und es waren verzweifelte Wochen gewesen, da er immer mehr am Spieltisch verloren hatte.

Zu Hause in Illinois war Jonathan Bankangestellter gewesen, und er hatte nie gespielt. Sie hatten nicht viel Geld gehabt, aber sie hatten genügend sparen können, um nach Montana zu fahren, damit Jonathan hier im Büro in der Mine seines Onkels arbeiten konnte. Er hatte einen guten Kopf für Zahlen, und sein Onkel bezahlte ihn gut.

Sein Onkel war ein vermögender Mann, dem in Butte Häuser, Saloons und alle möglichen anderen Etablissements gehörten. Sogar ein paar Bordelle besaß er.

Als Buchhalter musste Jonathan die Spielhöllen und die Saloons überwachen. Er begann, ab und zu einmal Karten zu spielen. Zuerst war es noch nichts, worüber sie sich Sorgen zu machen brauchte. Jonathan verlor nur ein bisschen Geld und erzählte Hope ständig, wenn er mehr vom Spiel verstünde, würde er auch mehr gewinnen.

Hope ging es gar nicht ums Geld, ihr fehlte am meisten seine Aufmerksamkeit.

Aber Jonathan verlor immer weiter, und mittlerweile war ihm der Spieltisch wichtiger geworden als Hope. Er kam zwar pünktlich um sieben zum Essen nach Hause, aber um acht war er schon wieder weg, entschlossen, das Geld zurückzugewinnen, das er verloren hatte.

Heute Abend jedoch hatte Hope andere Pläne. Er

mochte es gerne, wenn sie bei der Liebe ihre Haare offen trug, deshalb wusch sie sie sorgfältig mit dem letzten Rest ihrer französischen Seife.

Wenn Jonathan nach Hause kam, würde er sofort wissen, dass seine Frau ihn liebte. Und dass sie ihn brauchte, ihn spüren wollte.

Jonathan lächelte, als er ihre winzige Wohnung betrat. Er war groß und dünn und hatte pechschwarze Haare. Seine braunen Augen wurden warm, als er sie anblickte.

Nichts war heute Abend anders als sonst.

Hope trat auf ihren Ehemann zu. Sie dachte an Lillys Beschreibungen, und das Herz schlug ihr bis zum Hals. Zerstreut umarmte er sie, weil er in Gedanken schon wieder an das nächste Spiel dachte.

Sie schmiegte sich an ihn und atmete seinen Duft ein. Sie war nass zwischen den Beinen, und sie drückte ihre Hüften so fest an seine, dass jeder Eunuch die Aufforderung verstanden hätte.

»Trägst du kein Korsett?« Seine Augen leuchteten auf, als er ihre Brüste spürte.

»Es drückt auf den Rippen, und es ist so warm in der Küche. Ich dachte, ich könnte es, wenigstens für heute Abend, mal ablegen.«

Er betrachtete ihre schwere Brust unter dem Kleid und leckte sich über die Lippen. Als er sie auf den Hals küsste, kicherte sie und entzog sich ihm.

»Was für ein Spiel spielst du?«, fragte er.

Sie hob ihre Brüste mit den Händen an und ließ sie wieder sinken. Ihre Nippel waren unter dem dünnen Baumwollstoff ihres Kleides deutlich zu sehen.

»Ich fühle mich so frei. Korsetts sind ungesund. Das steht in allen Modemagazinen.«

Er runzelte die Stirn. »Na ja, die Zeiten ändern sich, aber ich will nicht, dass du dich draußen so zeigst. Die Leute werden reden.«

Die Vorstellung, in der Öffentlichkeit ohne Korsett herumzulaufen, reizte sie. Erneut schmiegte sie sich an ihn.

»Wie willst *du* mich denn?« Am liebsten hätte sie den Rock gehoben, damit er sehen konnte, wie sehr sie ihn wollte.

Jonathan blickte sie verwirrt an. Er zog Jacke und Hut aus und hängte sie an den Kleiderhaken in der Diele. »Ich will, dass du mir in der Küche mein Abendessen holst.«

Und sie hatte gewollt, dass er sie wie eine Frau behandelte, nicht wie die Köchin. Männer!

Hope schaute nach den Klößen. Sie waren noch nicht ganz fertig.

»Ich glaube, ich werde heute Abend gewinnen, Hope. Ich habe es im Gefühl«, sagte Jonathan eifrig. Sie konnte es nicht mehr hören.

»Ich hatte gehofft, du würdest heute Abend hier bei mir bleiben«, erwiderte sie und kümmerte sich um das Brathühnchen.

Er legte ihr von hinten die Arme um die Taille, als

sie sich zur Backofentür bückte. Oh, so gerne wollte sie so genommen werden, aber Jonathan schaute nur über ihre Schulter, um ein Stück Kruste von der Pastete abzubrechen, die zum Abkühlen auf der Küchentheke stand.

Ausnahmsweise schlug sie ihm nicht auf die Finger, sondern drückte sich noch fester an ihn.

Schließlich bemerkte er es. Seine Hände umfassten ihre baumelnden Brüste, und er drehte sie halb zu sich um, damit er sie auf den Mund küssen konnte.

Sie schmiegte sich an ihn, und als sie eng umschlungen dastanden, spürte sie, wie hart er wurde.

»Lass das Hühnchen, Hope«, sagte er und nahm ihr den Kochlöffel aus der Hand. Er schloss die offene Backofentür und schob sie rückwärts gegen die Küchentheke. Hastig begann er an den Knöpfen seiner Hose zu fummeln, aber sie hielt seine Hand fest.

»Nein, nicht hier. Im Bett, wo wir hingehören. Wie Mann und Frau.«

Er nickte und trug sie ins Schlafzimmer. Sie hatte die Bettwäsche mit Rosenwasser besprüht.

Er schnüffelte und blickte sie überrascht an. »Das riecht gut«, sagte er und zog die Hosenträger herunter. Seine Schultern wirkten schwer, als trüge er die Last der Welt darauf, und mehr denn je wollte Hope ihm seine Bürde abnehmen.

»Bleib heute Abend bei mir zu Hause, Jonathan. Ich brauche dich.« Sie küsste ihn leidenschaftlich, und ihre Zunge glitt in seinen warmen Mund.

Er schob ihr das Mieder von den Schultern und saugte an ihren Brüsten. Mit den Händen drückte er sie fest zusammen und barg sein Gesicht darin. Er liebte ihre Brüste, und einmal hatte er sogar versucht, seinen Schaft dazwischenzuschieben. Damals war ihr die Vorstellung zu wild gewesen, aber heute Abend würde sie ihn alles machen lassen.

Zögernd flüsterte sie: »Möchtest du ihn hier hineinstecken?« Sie drückte ihre Brüste zusammen, damit er ihn hineinschieben konnte.

»Ja, Liebste, du weißt, wie sehr ich das möchte.«

Er schlüpfte aus Hose, Stiefeln und Socken und setzte sich auf ihren Bauch. Seine Erektion war hart und groß, als sie zwischen ihre Brüste glitt. Das Gefühl erregte sie, ebenso wie der Anblick seines prachtvollen Schwanzes.

Sollte sie es wagen, die Eichel mit der Zungenspitze zu berühren? Bei Lilly hatte es so einfach geklungen.

Heute Abend hatte sie nicht gewartet, bis Jonathan den ersten Schritt machte. Sie hatte sich ihm schamlos angeboten.

»Ich liebe dich so sehr, Jonathan.«

Er stöhnte und pumpte seinen Schwanz fester zwischen ihre Brüste. Zögernd streckte sie die Zunge heraus und fuhr ihm zwei, drei Mal über die Eichel.

Er hielt inne und starrte sie an.

»Hast du mich geleckt?«

»Hat es dir gefallen?«

»Ja.« Er stützte sich auf und blickte sie eindringlich an. »Und dir?«

»Du schmeckst salzig. Gut.« Erneut ließ sie ihre Zunge über seinen Penis gleiten. Er stöhnte und schob ihn näher an ihren Mund heran.

Sie nahm die Spitze zwischen die Lippen, fuhr mit der Zunge über die samtene Eichel und öffnete den Mund weiter, um ihm zu zeigen, dass sie mehr aufnehmen konnte.

Er schob ihn weiter hinein. Sie saugte und leckte an ihm, und all ihre Schüchternheit verschwand.

Jonathan war ihr Ehemann, ihr Geliebter, ihr Freund. Er war immer ihr Freund gewesen. Warum sollte sie ihm also verweigern, was er so sehr ersehnte? Ihr gefiel es ja auch.

Immer tiefer nahm sie ihn in ihren Mund auf. Er füllte sie ganz aus, und seine Erektion wurde immer stärker. Auf einmal wurde er ganz starr, und dann verkündete ein heißer Strahl seine Erlösung.

Er hielt ganz still und stöhnte, während sein Samen in ihren Mund spritzte. Sie schluckte, und ihr geheimer Ort wurde heiß und nass vor Verlangen.

Erschöpft rollte er sich von ihr. Sie schmiegte sich an ihn. »Bitte, Jonathan, liebe mich. Es ist schon so lange her.«

»Ich liebe dich doch, Hope. Ich kann es gar nicht glauben, was wir gerade getan haben.« Seine Hand glitt zu ihrem geheimen Ort, und sie bog sich ihm entgegen.

»Steck mehr Finger hinein«, sagte sie, als er mit einem Finger in sie stieß. »Ich brauche mehr.«

Er schob einen zweiten und einen dritten Finger hinein und drückte seinen Daumen gegen ihre Knospe. Sie wand sich stöhnend. »Oh ja. Bitte!«

Rasch brachte er sie zum Höhepunkt. Seine Finger pumpten, während sie die Beine weit spreizte. Sie schrie auf, als sie kam.

Als die letzten Wellen des Orgasmus verebbt waren, sah sie, dass er sie fasziniert anblickte.

»Was ist los, Hope? Woher kommt dein plötzlicher Sinneswandel?«

»Wir sind jetzt seit drei Jahren verheiratet, und ich weiß, dass du es immer schon wolltest. Ich glaube, es ist langsam an der Zeit, dass wir uns gegenseitig sagen, was wir wollen.«

Er grinste, und seine ebenmäßigen weißen Zähne blitzten im Licht, das durch die Wohnzimmertür hereinfiel. Der Rest seines Gesichts lag im Schatten, und sie konnte seinen Gesichtsausdruck nicht erkennen. Sie hätte gerne seine Augen gesehen, weil sie mehr von seinen Gedanken preisgaben, als er ahnte.

»Aber wie kommst du darauf? Ich dachte immer, du siehst es als Pflicht an.« Seine Stimme klang erregt.

»Das haben mir auch die sauertöpfischen Frauen im Waisenhaus beigebracht. Sie haben in ihrem Leben nie einen Mann geliebt, jedenfalls nicht so, wie du mich liebst.«

Er nahm sie in die Arme und drückte sie an sich. Langsam hob er ihr Kinn, so dass sie ihn ansehen musste. Demonstrativ leckte er seine Finger ab, um ihr zu zeigen, wie sehr er ihre Säfte mochte. Erneut stieg Hitze in ihr auf.

Er griff nach ihrer Hand und führte sie zu seinem Penis. »Berühr mich noch einmal.«

Sie nahm ihn wieder in den Mund, und er warf seufzend den Kopf zurück, während sein Schaft unter ihrer Zunge wuchs.

Aber auch ihr eigenes Verlangen wurde wieder stärker, und sie warf sich auf dem Bett hin und her. Er ließ seine Hand zwischen ihre Beine gleiten, und sie öffnete sich ihm bereitwillig.

»Hope, was ist in dich gefahren?«, fragte er sie.

»Ich will nicht mehr so tun, als ob mir das nicht gefallen würde. Ich liebe es! Ich begehre dich!«

Ihre Nippel schmerzten, und ihre inneren Muskeln zuckten. Sie wurde immer nasser.

Plötzlich legte er sich unter sie und zog sie auf sein Gesicht. Sie ließ seinen Schwanz nicht los, senkte aber ihren brennenden Kern auf seinen Mund. Schauer liefen ihr über den Rücken, als er mit der Zunge ihren geheimen Ort erkundete.

Sie kam so heftig, dass sie ihre Säfte über sein Gesicht ergoss. Er kam gleichzeitig mit ihr und spritzte auf ihren Hals und ihr Gesicht ab.

Ein wenig geschockt über ihr Verhalten, wartete sie ängstlich auf Jonathans Reaktion.

»Mehr«, sagte er und holte zitternd Luft. »Ich will mehr.«

Lächelnd blickte sie ihn an. Heute Abend hatte sie die Schlacht gewonnen. Jonathan würde zu Hause bleiben.

Hope hoffte, dass ihre Sorgen nun ein Ende hätten, und zwei Wochen lang war es auch so.

Sie und Jonathan erforschten sinnliche Lüste und erfüllten sich gegenseitig auf eine Art, die sie nie für möglich gehalten hätten.

Aber schließlich gewann die Spielsucht wieder die Oberhand. Jonathan kam immer später nach Hause, und Hope vermutete, dass er vorher noch an den Spieltisch ging. Das Geld wurde wieder knapp, und sie musste die Suppe verdünnen und ihre Mahlzeiten strecken.

Schließlich konnten sie ihre Miete nicht mehr bezahlen, und der Gerichtsvollzieher stand vor der Tür. Sie gab ihm das wenige Geld, das sie hatte.

Krank vor Angst, wartete sie den ganzen Abend. Aber Jonathan kam nicht, und sie wusste, dass er wieder Poker spielte.

Entschlossen nahm sie all ihren Mut zusammen, um einen Weg zu finden, das nötige Geld zu verdienen. Lilly hatte Recht gehabt. Sie hatte in der Zwischenzeit von weiteren Frauen gehört, die nachmittags im Bordell arbeiteten, damit das Geld reichte.

Als es Mitternacht wurde und sie immer noch

nichts von ihrem Mann gehört hatte, machte sie sich auf den Weg durch die Straßen von Butte. Draußen war der Teufel los. Frauen beschimpften sie, weil sie sie für eine Konkurrentin, Männer machten ihr schöne Augen, weil sie sie für eine Prostituierte hielten.

Schließlich gelangte sie zum Büro der Fabrik. Wider besseres Wissen hoffte sie, dass Jonathan Überstunden machte.

Erleichtert sah sie, dass innen Licht brannte. Sie klopfte an die Tür, und als sie aufging, stand Jonathans Onkel Maxwell auf der Schwelle.

»Hope, komm herein«, sagte Onkel Maxwell leise. »Ich wollte gerade zu dir kommen. Es gibt leider schlimme Nachrichten.«

Jonathans Onkel, normalerweise ein schweigsamer, abweisender Mann, wirkte müde und erschöpft. Sein freundlicher Blick und die sanfte Berührung, mit der er sie am Ellbogen ins Büro führte, beunruhigten Hope. Es musste etwas Schreckliches passiert sein, wenn er sie so mitleidig anblickte. Er hatte ihre Heirat immer missbilligt.

Ein Mädchen ohne Familie, das in einem Waisenhaus aufgewachsen war, war seiner Meinung nach keine passende Partie für seinen Neffen.

Ihr Stolz ließ es nicht zu, dass sie vor einem Mann, der sie nie geschätzt hatte, zusammenbrach. Hope stand aufrecht da und blickte ihn an.

17

Hope trat in das Büro. Rechts stand ein leerer Schreibtisch. Jonathans. Hope hob sich der Magen vor Angst.

Ein ernster Mann mit einem Ausweis stand auf einer Seite des Zimmers. Er hielt seinen Hut in der Hand. Er nickte Hope zu und wandte sich dann an Jonathans Onkel. »Ich überlasse es jetzt Ihnen.« Wieder blickte er Hope an. In seinen Augen stand Mitgefühl.

»Setz dich, meine Liebe«, sagte Onkel Maxwell und schenkte ihr ein Glas mit einer bernsteinfarbenen Flüssigkeit ein.

Tante Belles Stimme wurde leise und weich, als sie den Rest der Geschichte erzählte. Hope, die neben ihr stand, war immer noch voller Schmerz und Trauer.

Jonathan war so hoch verschuldet gewesen, dass er beim Pokerspiel betrogen hatte. Dabei war er erwischt worden. Man hatte ihn zusammengeschlagen und wie tot liegen gelassen. Zeugen gab es keine.

Noch vor dem Morgengrauen erlag Jonathan Teague seinen Verletzungen.

Einen Monat später traf Hope auf Belle, und da sie nicht wusste, wovon sie leben sollte, bot sie ihr ihre Dienste an.

Faye fuhr mit einem Ruck aus dem Schlaf auf und sah zum ersten Mal, wie die Frauen das Zimmer verließen. Belle, resolut und energisch wie immer, tätschelte der zarten Hope den Rücken.

Die Geschichte hatte Faye traurig gemacht. Ob ihr Treffen mit Mark sie wohl davor warnen sollte, Colin zu heiraten? Vielleicht ging es in den Geschichten, die die Mädchen erzählten, eigentlich um sie.

Als die Frauen gegangen waren, wurde es wieder wärmer im Zimmer, und sie legte den Schal ab, den sie sich umgeworfen hatte.

Als Belle das erste Mal zu ihr gekommen war, hatte sie sie gebeten, nicht zu streng über die Frauen zu urteilen. Das war kein Problem. Sie verstand die Beweggründe jeder einzelnen Frau, schließlich hatten sie in einer Zeit gelebt, in der Frauen nichts wert waren.

»Belle?«, rief sie. Es kam keine Antwort, aber sie versuchte es noch einmal. »Belle, ich weiß, dass du mich hören kannst, und ich möchte gerne wissen, ob du mir Mark aus einem bestimmten Grund geschickt hast. Ich wäre im Leben nicht einfach in eine Hotelbar marschiert und hätte mir einen Mann angelacht. Warum hast du das getan?«

Keine Antwort.

Geister waren wirklich ärgerlich. Sie tauchten auf und verschwanden, wie es ihnen beliebte.

Das Licht im Zimmer wurde auf einmal rosig und dann golden. Zuerst dachte sie, Belle käme wieder, aber als sie aus dem Fenster schaute, stellte sie fest, dass die Sonne bereits unterging. Wenn sie rechtzeitig zu Mark ins Hotel kommen wollte, musste sie sich beeilen.

Erregung stieg in ihr auf. Mark würde bestimmt schon hart sein.

»Anscheinend hast du keine Lust, mir zu antworten«, sagte sie in die Luft. Rasch eilte sie in ihr Zimmer, um sich für ihr Rendezvous zu duschen und umzuziehen. »Aber ich vergesse es nicht, Belle. Früher oder später wirst du mir antworten müssen.« Aber jetzt wartete erst mal ein attraktiver sinnlicher Mann auf sie.

Ursprünglich hatte sie nur mehr über Sex wissen wollen, aber jetzt war auf einmal so viel mehr daraus geworden. Faye suchte Antwort auf die grundlegenden Fragen ihres Lebens, sie wollte mehr über sich und ihre Bedürfnisse wissen. Zum ersten Mal in ihrem Leben fragte sie sich, ob es überhaupt richtig war, Colin zu heiraten.

Während sie vor ihrem geöffneten Kleiderschrank stand und überlegte, was sie anziehen sollte, versuchte sie sich daran zu erinnern, was sie in Colin gesehen hatte, als sie ihn kennen gelernt hatte.

Aber ihr fiel nichts ein, und das konnte doch nicht nur daran liegen, dass es schon fünf Jahre her war. Vielleicht mischte Belle sich ja schon wieder ein und manipulierte sie.

Entschlossen zog sie ihren Verlobungsring vom Finger und legte ihn auf die staubige Schreibtischplatte.

»Rühr ihn bloß nicht an, Belle. Ich erwarte ihn genau an derselben Stelle zu sehen, wenn ich zurückkomme.« Sie fragte sich, ob Geister wohl Kleider und Schmuck anprobierten. Sie konnte es sich fast vorstellen.

Sie duschte und cremte sich anschließend sorgfältig ein. Als sie sich parfümierte, kam ihr auf einmal ein Gedanke. Sie nahm mit ihrer Fingerspitze ein wenig von der Feuchtigkeit zwischen ihren Beinen auf und tupfte sie hinter die Ohren, wo Mark ihren Duft bestimmt riechen würde. Lachend sagte sie ins leere Zimmer: »Danke für den Vorschlag, Felicity.«

Das war bestimmt Felicitys Vorschlag gewesen. Sie war die Freimütigste der Frauen und liebte Sex und auch Männer am meisten.

Nicht dass Mark Ermunterung gebraucht hätte. Sie würden beide scharf sein. Aber sie gab sich keinen Illusionen hin. Bei Mark und ihr ging es nur um Sex. Und das war auch gut so. Grinsend betrachtete sie ihr Spiegelbild.

Summend zog sie sich an. Nun ja, halb jedenfalls, aber das merkte sie erst, als ihr Doris-Day-Rock sich bauschte und ein Luftzug über ihre Möse glitt. Sie schloss die Schließe an ihrem 60er-Jahre-Büstenhalter und schlüpfte in einen rosa Mohairpullover mit V-Ausschnitt, der ihre Brüste betonte. Um die Taille legte sie einen breiten weißen Lackledergürtel.

Mit dem Lockenstab drehte sie ihre blonden Haare zu dicken Locken, die sie mit einem breiten Haarband aus der Stirn hielt. Der Retro-Effekt gefiel ihr so gut, dass sie sich im Spiegel einen Luftkuss zuwarf, zum Entzücken der Mädchen, die in der Luft hinter ihr kicherten.

Als sie in ihr Auto stieg, war sie vor lauter Vorfreude schon ganz nass. Von ihren Fantasien über Mark war ihr ganz heiß geworden. Und das lag nicht an den Geistern, sondern die Erregung stammte einzig und allein von ihr.

Ein Trucker fuhr hupend und grinsend an ihr vorbei, und sie winkte ihm fröhlich zu, als sie in die Ausfahrt einbog, die sie zu Marks Hotel brachte.

Sie rief ihn vom Handy aus an. »Mark, ich bin es«, sagte sie. »Stell den Champagner kalt.«

»Das habe ich schon getan. Wo bist du?«

»Noch etwa drei Blocks entfernt. Ich kann das Schild schon sehen.«

»Was hast du an?«

»Kein Höschen und einen weiten, schwingenden Rock. Und meine Brüste ragen vor wie Geschosse. Der Look hat mir immer schon gefallen.«

»Mir auch. Sexy, aber unschuldig mit all den Knöpfen.«

»Kein Knöpfe, ein V-Ausschnitt.«

»Ah, das sexy Kätzchen.«

Faye lachte. »Nicht mit dem Rock. Doris Day hat ihn in einem ihrer letzten Filme mit Rock Hudson getragen. Es kommt reichlich Luft an meine Muschi.«

»Mach die Beine breit.« Seine Stimme wurde gebieterisch.

Sie lachte. »Das ist schon die ganze Fahrt über so.«

»Leg deinen Finger an deine Klitoris.«

»Ich fahre«, sagte sie kichernd.

»Mach schon.«

»Okay. Ich muss nur rasch das Handy beiseitelegen.« Sie gehorchte und drückte ihren Finger auf ihre Klitoris. »Ich bin nass.«

»Und ich bin hart. Seitdem du angerufen hast, kann ich an nichts anderes denken, als dich zu ficken. Ich habe schon überlegt, ob ich mir einen runterholen soll, aber das wäre Verschwendung.«

Faye bremste, weil vor ihr ein Wagen abbog. »Ja, das stimmt. Weißt du was? Wenn ich da bin, blase ich dir sofort einen. Würde dir das gefallen?«

Noch vor drei Tagen hätte sie solche Wörter nicht in den Mund genommen. Indem sie den Erinnerungen von Perdition House lauschte, hatte sie sich so weit geöffnet.

»Beeil dich!«, sagte Mark. »Wo bist du jetzt?«

»Noch zwei Blocks entfernt.«

»Mach schnell.«

Lachend legte sie auf und bog in die Garage des Hotels ab.

Die Tür zu Marks Suite wurde geöffnet, noch bevor sie klopfte. Er küsste sie hart und verlangend. Und er roch so männlich und fühlte sich so gut an.

»Oh, Mann! Du riechst gut!«, flüsterte er ihr ins Ohr und knabberte an ihrem Nacken. Sie bog sich ihm entgegen, um ihn überall zu spüren.

Er drückte seine Erektion an sie, und Faye öffnete seine Hose. Sein Schaft sprang dick und hart heraus.

»Tu es, Faye. Tu, was du mir versprochen hast.« Faye spürte, dass sie die Macht besaß.

Sie kniete sich vor ihn und nahm ihn ganz in den Mund. Vorsichtig öffnete sie ihre Kehle. Ihre Zunge wirbelte um die Adern, die auf seinem Penis hervortraten, und sie saugte an ihm, bis er stöhnend den Kopf zurückwarf. Er drückte sich immer tiefer in ihren Mund, aber sie ließ sich Zeit und verlängerte seine süßen Qualen.

Seine Hände umfassten ihren Kopf, und er wühlte in ihren Locken. Stöhnend blickte er auf sie herunter. »Du bist ein Naturtalent.«

Grinsend knabberte sie an seinem Schaft, ließ ihre Zähne leicht über die zarte Haut gleiten. Sein Schwanz zuckte und wuchs noch mehr.

»Oh nein, noch nicht«, sagte sie. »Du kommst erst, wenn ich es erlaube.«

Erneut grub er seine Finger in ihre Haare und drückte ihren Kopf an sich. Sie öffnete ihren Mund und ließ ihn hinein- und herausgleiten.

Ihr wurde immer heißer, und als sie schließlich spürte, dass die Spannung für ihn unerträglich wurde, erlaubte sie ihm zu kommen. Er stöhnte auf und spritzte stöhnend und seufzend über ihr Gesicht, ihre Lippen und ihr Kinn.

Anschließend musste er sich an der Wand abstützen, zu erschöpft, um noch alleine stehen zu können.

Faye wischte sich das Gesicht mit einem Papiertuch ab. »So, nachdem wir das erledigt haben, brauche ich mehr Unterricht.«

Ohne Vorwarnung zog er sie hoch und drückte sie an die Wand. Er sank auf die Knie, und sein Kopf verschwand unter ihrem Rock. Stöhnend spreizte sie die Beine, als er begann, ihre Säfte von ihren Schenkeln zu lecken. Sie seufzte, als seine Zunge in ihre Spalte eindrang, und sie hielt seinen Kopf fest, damit sein Mund genau an der richtigen Stelle war.

»Oh ja! Ja! Das ist gut … ja, genau!« Sie erschauerte, und dann drängte sie sich an ihn in einem Orgasmus, der sie in heftigen Wellen überrollte.

Als er verebbt war, atmete sie tief durch. Dann glitt sie langsam an der Wand herunter, zu schwach, um stehen zu bleiben.

Er umfasste mit beiden Händen ihr Gesicht. »Du bist fantastisch. Wo hast du das gelernt?«

»Von dir, ich habe es von dir gelernt, zu kommen.«

»Nein, ich meinte den Blowjob.«

»Ach das. Das habe ich im Traum gelernt.«

Er lachte leise, und sie stimmte ein. Es machte nichts, dass er ihre Bemerkung für einen Scherz hielt. »Hunger?«, fragte er.

»Ja.« Von einem Wagen, auf dem zwei Teller mit silbernen Kuppeln standen, drangen ihr die köstlichsten Düfte in die Nase. »Ich habe seit dem Frühstück nichts mehr gegessen.«

»Dann musst du dich stärken. Komm, setz dich.« Er führte sie zu einem Tisch am Fenster und rollte den Wagen heran.

Sie war bereits erregt und hatte schon wieder Lust. Aber jetzt wollte sie erst einmal etwas essen. Zum ersten Mal seit Tagen ließen die Geister sie in Ruhe. Sie schickte ihnen im Stillen ein Dankeschön.

Mark hob die beiden Kuppeln von den Tellern. »Ta–daaa!«

Es roch köstlich, und Faye lachte vor Freude. »Was ist das alles?«, fragte sie neugierig.

»Hier sind Austern«, begann Mark aufzuzählen, »und ...«

»Austern?« Faye kicherte. »Brauchst du Stärkungsmittel?«

»Ich brauche nur dich«, erwiderte Mark ernst. »Als Hauptgang habe ich einmal Fisch und einmal Fleisch bestellt. Was möchtest du lieber?«

Faye war geschmeichelt, dass er sich solche Mühe gegeben hatte. »Ich nehme den Fisch«, erklärte sie. »Es riecht göttlich und sieht wundervoll aus.«

»Da wir gerade von Düften sprechen, ich weiß nicht, welches Parfüm du nimmst, aber es hat mich wahnsinnig gemacht.«

»Das habe ich gemerkt.«

»Ich musste dich einfach lecken.«

»Vergangenheit?« Erneut stieg Hitze in ihr auf.

»Vergangenheit, Gegenwart und Zukunft.« Sein Blick verbrannte sie beinahe, und sie war sich auf einmal nicht mehr sicher, ob sie bis nach dem Essen warten konnte.

Sie legte die Serviette auf ihren Schoß und ließ sich von Mark die Vorspeise servieren. Die Austern waren wundervoll, jede einzelne ein köstliches Vergnügen.

»Die Himbeersauce ist unglaublich gut. Perfekt gekühlt und perfekt spritzig.« Sie tauchte ihre Gabel in die Sauce und hielt sie ihm zum Probieren hin. Mark leckte die Gabel ab, und sie beobachtete, wie seine Zunge über die rote Sauce glitt.

»Du hast Recht, sie ist wirklich köstlich.« Er packte ihr Handgelenk und leckte einfach weiter. Sie seufzte, als seine Zunge über ihre Handfläche glitt, und ihr Atem kam stoßweise.

»Genug gegessen«, sagte sie. Seine Zunge an ihren Fingerspitzen erregte sie.

»Noch nicht. Ich sage dir, wenn es so weit ist.«

»Aber …«

»Du hast gesagt, du hättest seit Stunden nichts gegessen. Es wird anstrengend werden heute Nacht, und ich möchte nicht, dass du zu schnell müde wirst.«

Faye schloss die Augen. »Oh, ich kann es kaum erwarten.«

»Iss.«

»Ja, Sir.« Sie gehorchte und aß den Fisch ganz auf. Das Essen war delikat und leicht, und sie spürte, wie neue Energie sie erfüllte. Tatsächlich: Sie brauchte eine vernünftige Grundlage.

Als sie Mark beim Essen zusah, dachte sie an Hope und ihren Mann Jonathan. Hopes Geschichte hatte sie berührt. Aber auch Lillys. Was mochte aus ihr und den Kindern geworden sein?

Hope hatte Jonathan von Herzen geliebt, und doch hatte sie ihn nicht von seiner Sucht befreien können. Und dass sie jetzt hier mit diesem gepflegten Mann zu Abend aß, machte ihr bewusst, wie wichtig die alltäglichen Freuden des Lebens waren. Miteinander zu essen, miteinander Zeit zu verbringen. Die einfachsten Dinge konnten so viel bedeuten.

Mark hatte offensichtlich Appetit. Seine Manieren waren tadellos, und es machte Spaß, sich mit ihm zu unterhalten. Er brachte sie zum Lachen, und sie fühlte sich wohl in seiner Gesellschaft.

Er hatte Interesse an ihr und ihrem Geschäft. Ganz anders als Colin. Auf einmal störte sie der Gedanke an ihn.

»Ich kann mir gut vorstellen, dass ein Laden mit

Vintage-Mode Spaß macht«, sagte Mark. »Tolle alte Kleider mit Geschichte. Der Look steht dir gut. Mir gefällt vor allem, wie deine Titten in diesem Büstenhalter aussehen. Sie wirken noch größer, und deine Nippel stehen stolz vor.«

Lachend legte sie die Hände über ihre Brüste. Während er zuschaute, kniff sie sich in die Nippel. »Ooohh …« Die Lust zuckte von ihren Nippeln bis in ihre Muschi, und sie wand sich ein wenig auf dem Stuhl.

»Es hat eine Weile gedauert, aber jetzt weiß ich endlich, an wen du mich erinnerst«, sagte er.

»An wen?«

»An Jayne Mansfield. Vor allem seitdem ich weiß, wie intelligent sie war. Das dumme Blondchen war nur Fassade.«

»Mit Kommentaren über dumme Blondinen solltest du vorsichtig sein«, warnte sie ihn amüsiert. »Aber der Vergleich mit Jayne gefällt mir. Nach allem, was ich gehört habe, muss sie warmherzig, freundlich und sehr klug gewesen sein.«

»Aber heute siehst du anders aus. Nicht so offen sexuell, sondern eher … ich weiß nicht.«

»Wie ein frisches Mädchen?«

Er stach mit der Gabel in die Luft. »Ja, genau. Du hast so etwas Frisches. Das macht mich ungeheuer an. Unter deinem Rock bist du so verdammt heiß. Und ich verstehe jetzt auch, warum diese Pullover-Mädchen an jeder Garagenwand hingen. Mein Dad und seine Kumpel hatten sie im Keller im Hobbyraum hängen.«

Sie verschränkte die Hände hinter dem Kopf, wodurch ihre Brüste noch mehr vorstanden, und zog einen Schmollmund. »Würdest du mein Bild etwa an die Garagenwand hängen?«

»Darauf kannst du wetten!«

»Du hast Recht, TimeStop ist wirklich ein toller Laden. Man hat jede Menge Spaß.«

»Wie viele Angestellte hast du?«

»Zwei. Ich brauche allerdings noch mehr Hilfe, vor allem, wenn ich erst einmal verheiratet bin.«

Mark zog eine Augenbraue hoch.

»Colin bringt für den Laden nicht so viel Begeisterung auf wie du. Nach der Hochzeit soll ich dort nicht mehr so viel Zeit verbringen.«

»Deinem Gesichtsausdruck nach zu urteilen scheint das ein Problem für dich zu sein.«

Sie biss sich auf die Lippe.

»Vergiss es«, sagte er. »Ich habe kein Recht dazu, dir solche Fragen zu stellen. Du bist ja nicht hier, weil du deine Beziehung analysieren möchtest.«

Sie fragte sich, ob das nicht doch der eigentliche Grund war. Colin war so weit weg, emotional, physisch und mental. Sie wusste langsam nicht mehr, ob sie je wieder mit ihm zusammenkommen würde. Ob sie es überhaupt wollte.

Aber wenn sie sich gegen die Heirat entschied, dann musste Colin es als Erster erfahren. Das war sie ihm schuldig. Rasch wechselte sie das Thema. »Du bist ein interessanter Mann, Mark. In welcher Branche arbeitest du?«

Er kaute einen Bissen und schluckte ihn hinunter. »Ich bin Großhändler. Eigentlich ziemlich langweilig. Wir machen viel im Internet und bereiten zurzeit eine Einzelhandelskette vor.«

»Und das bringt dich nach Seattle?«

»Ja. Und ich bin froh, dass ich hergekommen bin.« Er tupfte sich mit der Leinenserviette die Lippen ab.

Faye nickte. »Ich auch.«

»Erklär mir, warum dein Verlobter glaubt, du bräuchtest einen Sex-Therapeuten.«

»Ich kann nicht kommen. Bei ihm jedenfalls nicht.« Sie zögerte. »Du scheinst eine andere Wirkung auf mich zu haben.«

»Du bist nicht frigide, Faye. Du reagierst sogar unheimlich stark. Vielleicht ist er einfach der falsche Mann.«

»Oh nein. Er ist der richtige Mann. Er kommt aus der richtigen Familie, hat die richtigen Verbindungen, den richtigen Beruf, den richtigen Ruf. Meine Familie findet ihn klasse.« Selbst in ihren Ohren klangen ihre Worte zuckersüß.

»Klasse?«

»Ja, ich weiß, das sagt ja heute keiner mehr.« Leiser Zweifel huschte über ihr Gesicht. »Vielleicht sagen sie auch nur, was ich ihrer Meinung nach hören will.«

»Das tun Eltern schon mal, um Auseinandersetzungen zu vermeiden. Wenn du ihn heiraten willst, müssen sie sich zurückhalten. Schließlich wird er zur Familie gehören.«

»Manchmal reagiert meine Mutter zerstreut, wenn ich über die Hochzeit rede, aber bei anderen Themen ist sie voll dabei.«

Er schenkte ihr und sich noch ein Glas Wein ein. »Sie weiß, dass du ihn nicht liebst.« Normalerweise hätte seine nüchterne Feststellung sie schockiert, aber das war nicht der Fall. Er legte seine Hand über ihre. »Wenn du ihn lieben würdest, wärst du nicht hier. Du hast dich zwar Hals über Kopf in die Affäre mit mir gestürzt, aber ich glaube nicht, dass du zum Fremdgehen neigst.«

»Ich dachte, wir wollten meine Beziehung zu Colin nicht analysieren.« Sie zog ihre Hand weg. »Ich bin hier, weil ich hier sein möchte. Ich kenne mich mittlerweile schon besser als noch vor zwei Tagen. Unser erstes Mal war eine Offenbarung, Mark. Ich möchte mehr lernen. Und ich möchte dieses Wissen in meiner Ehe anwenden.«

Sein Blick trübte sich. »Ich verstehe.«

Nein, das konnte er gar nicht verstehen. Er kannte sie nicht, er kannte Colin nicht, und er sollte besser nicht erfahren, dass er ihre geheimen Zweifel ausgesprochen hatte. Vielleicht war Colin tatsächlich nicht der richtige Mann, aber ganz falsch war er auch nicht.

Verwirrt wandte sie sich wieder dem eigentlichen Zweck des Abends zu.

»Heute Abend heißt es nur Faye und Mark«, sagte sie und fuhr mit den Fingerspitzen über seine Knöchel. »Niemand sonst zählt.«

18

Um Colin aus ihren Gedanken zu verbannen, stand Faye auf und wiegte sich im Rhythmus der spanischen Gitarrenmusik, die leise im Hintergrund erklang. Wie von selbst bewegten ihre Hüften sich im sinnlichen Takt der Musik.

Marks Augen leuchteten auf, als er sie beobachtete. Faye ließ ihren weiten Rock herumwirbeln, hob ihn in die Höhe, so dass Mark nackte Haut sehen konnte. Zufrieden stellte sie fest, dass er sich zurückgelehnt hatte und ihre kleine Darbietung offensichtlich genoss.

»Mach das noch einmal«, sagte er heiser. »Ich kann deine Muschi sehen. Deine köstliche nasse Muschi.«

Sie drehte sich wieder zu ihm, presste ihre Brüste zusammen und ließ dann die Hände langsam über ihren Bauch gleiten. Lust stieg in ihr auf.

Marks Augen glitzerten, und auf einmal kam ihr die Musik lauter vor. Aber vielleicht war es auch nur ihr Blut, das in ihren Ohren rauschte. Faye drehte sich und zog erneut den Rocksaum hoch, um ihre Schätze zu zeigen.

Sie tanzte auf Mark zu, und er versuchte, nach ihren Brüsten zu greifen, aber sie entzog sich ihm. Die Luft zwischen ihnen sprühte Funken, und schließlich ließ sie sich von ihm auf seinen Schoß ziehen, so dass er sein Gesicht zwischen ihren Brüsten vergraben konnte.

Er packte sie an den Handgelenken und hielt sie fest, während er mit den Zähnen ihre Nippel vom Stoff des Büstenhalters befreite, um daran zu saugen.

Sie spürte, wie sein Schwanz wuchs, und drückte ihre offene Muschi fest gegen seinen Schritt. Er ließ ein Handgelenk los und drückte seinen Daumen gegen ihre Klitoris.

Faye stöhnte auf und stieß gegen seinen Daumen.

»Ich will dich«, sagte er. »Jetzt.«

»Ja.«

Er zog seinen Reißverschluss herunter, während Faye wieder davonwirbelte. »Wenn du so weit weg bist, kann ich dich nicht ficken.«

Sie schlüpfte aus ihrem Pullover, warf ihm einen Blick über die Schulter zu und streckte sich auf dem Bett aus. Sie spreizte die Beine und zog die Knie an. Marks Anblick erregte sie unglaublich. Er verschlang sie mit heißen Blicken.

»Du bist so schön«, sagte er. »Ich kann in deine rosige Möse hineinsehen.« Seine Worte schockierten sie.

Sie wollte sich bedecken, aber er schüttelte den Kopf. »Faye, es ist eine schöne Möse, rosig und nass.

Du duftest so, dass ich am liebsten tief in dich hineinstoßen möchte.«

Stöhnend warf sie den Kopf hin und her.

»Und ich glaube, das tue ich auch«, sagte er und ließ seine Hand über ihr Bein gleiten. »Deine Klitoris ist ganz geschwollen. Wusstest du das?«

»O Gott, ja.«

»Sie ist dunkelrot und dick. Ich glaube, ich möchte sie mit der Zunge berühren.«

»Oh, Mark, ja, tu das. Tu es jetzt.«

Er kniete vor ihr, und sie spürte, wie seine Zunge federleicht über ihre Knospe glitt. Dann steckte er ihr zwei Finger ganz tief in ihre Möse, drehte sie und zog sie wieder heraus. Genüsslich leckte er sie ab.

Faye stöhnte und schloss die Augen. Sie kam um vor sexuellem Verlangen.

Langsam begann er auf ihre Klitoris zu pochen. »Oh, Mark!« Sie bog sich ihm entgegen, als er Druck und Tempo erhöhte.

»Ja, Faye, sag meinen Namen.«

»Mark, Mark. Mark!« Er hielt inne, und sie hielt die süße Qual nicht mehr aus.

»Verdammt«, sagte sie. »Fick mich! Sofort!«

Auf ihr Kommando hin erhob er sich und spreizte ihr weit die Beine. Sein Schwanz war riesig.

Er streifte ein Kondom über, packte erneut ihre Knöchel und legte sie sich über die Schultern. Sie keuchte vor Verlangen und wappnete sich für seinen Schwanz.

Langsam drang er in sie ein. Sein Mund suchte ihren, und er saugte an ihrer Unterlippe. Sie verlor alle Kontrolle und bäumte sich auf.

Aber Mark hielt sie fest, so dass sie sich nicht bewegen konnte. Er schob seine Hände unter ihren Hintern und drückte sie an sich, während er in sie hineinpumpte.

Sein dicker Schwanz glitt tief in sie hinein, und mit jedem Stoß wurde sein Kuss leidenschaftlicher. Sie schlang die Beine um seine Taille und hielt ihn, während sich tief in ihr der Orgasmus aufbaute.

Und dann explodierte sie.

Ihr Orgasmus dauerte ewig, und immer wieder schlugen die Wellen über ihr zusammen. Sie grunzte und stöhnte, und ihre Reaktion löste Marks Orgasmus aus. Er spritzte in sie und küsste sie dabei die ganze Zeit.

Danach lagen sie nebeneinander, und Mark zog sie an sich. Mit einem Finger hob er ihr Kinn und betrachtete sie lange. Schließlich sagte er: »Du bist fantastisch, Faye. Ich möchte dich wiedersehen.«

»Ich weiß nicht. Es wird langsam kompliziert.« Für sie, nicht für ihn. Er würde bald wieder abreisen, und dann wäre sie nur noch eine angenehme, erregende Erinnerung für ihn.

»Aber heute Nacht bleibst du hier«, sagte Mark. Es war keine Frage, sondern eine Forderung.

»Ja. Heute Nacht bleibe ich hier.«

»Keine Träume«, sagte Faye, als sie erwachte. Sie lag an Mark geschmiegt, und sein Schwanz drückte gegen ihren unteren Rücken. Seine Hand lag auf ihrer Brust.

»Hm? Was hast du gesagt?«, fragte er verschlafen.

»Nichts.« Sie hob ein Bein, und sein Schwanz rutschte an ihre Öffnung.

»Ich würde am liebsten einfach in dich eindringen.«

»Nein, besser nicht.« Aber sie wollte auch seine Haut spüren. Einen Moment lang schwiegen sie beide, dann sagte er: »Du hast Recht. Gib mir ein Kondom.«

Er rückte ein wenig von ihr ab, um sich das Kondom überzustreifen. Dann glitt er in sie hinein. Er war so heiß wie die Sünde und so hart! »Halt still!«, befahl er ihr. »Ich möchte es ganz langsam.«

Der Schwanz wurde immer dicker, je weiter er ihn in sie hineinschob. Sie ließ ihre Finger über ihre Klitoris tanzen, damit sie nass genug war.

»Du bist so nass, so offen. Ich liebe es.« Er bewegte sich schneller, dann zog er sie auf die Knie und begann fester und schneller in sie hineinzustoßen.

Seine Eier schlugen rhythmisch gegen ihre Hinterbacken, und ihre Lust wuchs. »Kann ich mich jetzt bewegen?«

»Nein, dann komme ich sofort. Ich möchte dich den ganzen Morgen lang ficken.« Aber seine Hand glitt nach vorne über ihren Venushügel, und er begann, ihre Klitoris zu reiben.

»Oh ja.« Sie stöhnte. Bei jedem Stoß glitt ihr Gesicht über das glatte Laken.

»Ich kann sehen, wie mein Schwanz in dich eindringt. Er kommt nass von deinen Säften wieder heraus. Ich wünschte, du könntest es auch sehen.«

»Ja, das würde ich gerne.« Sie sah seinen Schwanz vor sich, groß und dick, mit Adern, die am Schaft hervortraten. »Ich komme gleich«, keuchte sie.

»Ich würde am liebsten über deinen Arsch abspritzen«, sagte er. »Spürst du das?«

Sie spürte einen leichten Druck am Anus. Ihre Schließmuskeln entspannten sich, und ein nasser Finger glitt hinein.

Die Empfindungen überwältigten sie, und sie explodierte förmlich. Heftig rieb sie ihre Klitoris, bis ihr Orgasmus abebbte.

Aber Mark ließ sie nicht zur Ruhe kommen. Er beschleunigte sein Tempo. Dabei zog er sie auf die Ellbogen hoch, damit er an ihren Brustwarzen spielen konnte, während er in sie hineinstieß.

Ihr Orgasmus baute sich erneut auf. »Fick mich, fick mich«, schrie sie. »Fester! Härter!«

Er kam so gewaltig, dass sie es nie vergessen würde. Schließlich brach er lachend auf der Matratze zusammen. Er küsste sie auf die Schulter, auf die Haare. Dann beugte er sich über ihre Arschbacken und biss leicht zu. »Faye, das war toll!«

»Du warst auch nicht schlecht.«

Sie drehte sich auf den Rücken und zog die Knie an.

Er nahm sich Zeit, ihre tropfnasse Muschi zu betrachten. »Man sollte diese ganze Feuchtigkeit nicht so verschwenden.« Er tauchte zwei Finger hinein und lutschte genießerisch daran. »Mmm.«

»Schmeckt es so gut?«

Er fuhr mit der gesamten Handfläche hindurch und verteilte die Feuchtigkeit auf ihrem Arschloch. Leicht drückte er mit dem Finger dagegen. »Hat dir das gefallen?« Ihre Muskeln reagierten erneut.

»Ja, es fügt eine Gefühlsdimension hinzu, die ich nicht erwartet hätte.« Sie zog seinen Kopf zu sich herunter und küsste ihn. »Sollen wir später weitermachen? Ich möchte gerne duschen und frühstücken«, schlug sie vor. Und sie musste einen ganzen Haufen geiler Gespenster in Schach halten.

»Gut. Ich bestelle den Zimmerservice. Und in der Zwischenzeit können wir ja zusammen duschen«, erwiderte er. Er hob die Hände. »Nur duschen, versprochen.«

»Klingt gut. Eier und Speck?«

Er griff zum Telefonhörer und bestellte das Gewünschte.

Faye stand auf. Es kam ihr vor, als hätte sie seit Monaten nicht mehr so gut geschlafen, zumal sie in dieser Nacht auch keine lebhaften Träume gehabt hatte.

Wenn sie im Wachzustand mit Belle reden könnte,

könnte sie ihr sicher sagen, dass die Frauen sich ein wenig zurückhalten sollten.

Das würde ihre Tante doch bestimmt verstehen.

Als sie in die Dusche trat, legte Mark ihr leicht die Hand auf den Arm. »Ich möchte dich wiedersehen«, sagte er.

Sie wandte sich zu ihm. »Ja, das möchte ich auch. Aber es geht nicht. Es muss vorbei sein.« Ihr fuhr durch den Kopf, wie sehr sie ihn mochte. Ihn, Mark McLeod. Den Mann, der eigentlich ein namenloser Fremder hätte bleiben sollen.

»Ich mag dich, Faye.« Er blickte sie liebevoll an.

Sie lehnte den Kopf an seine Brust. Sie hörte sein Herz klopfen, seine Hände glitten über ihre Oberarme, und sie wusste, dass sie sich trennen mussten. »Ich werde heiraten, Mark. Ich kann meine Ehe nicht ruinieren, indem ich eine Affäre mit dir habe. Das hätte eigentlich nie passieren dürfen. Ich wollte dich nicht mögen. Ich wollte ja noch nicht einmal deinen Namen wissen. Aber jetzt werde ich dich nie mehr vergessen.«

Als Faye Perdition House erreicht hatte, stieg sie aus dem Wagen und öffnete mühsam das schwere Tor. »Ihr hättet auch noch ein paar Wochen warten können, bevor ihr das Tor habt verrosten lassen«, murrte sie.

»Es ist nicht so einfach, wie du glaubst«, ertönte eine Stimme hinter ihr.

Faye drehte sich um, aber es war niemand da. Natürlich nicht! »Belle! Du hast laut gesprochen.« Sie suchte die Bäume ab, aber nichts bewegte sich.

»Ich habe über deinen Vorschlag nachgedacht, dass wir einmal persönlich miteinander sprechen sollten, und er gefällt mir. Auf jeden Fall hast du es verdient.«

»Danke«, erwiderte Faye trocken. Sie nickte und lächelte einem Paar im mittleren Alter zu, das zwei Windhunde ausführte.

Hoffentlich würden Colin und sie in ein paar Jahren auch so miteinander spazieren gehen. Allerdings bezweifelte sie es. Colin mochte Hunde nicht, und noch weniger gern ging er spazieren. Sie stieg wieder ein und schloss die Tür. Im Wageninneren war es eiskalt. Belle. Endlich.

Faye blickte in den Rückspiegel, sah sie jedoch nicht. Aber sie wusste, dass sie da war.

»Colin ist nicht der Typ für einen Hund, wenn du mich fragst.«

»Ich frage dich aber nicht. Und er wird sich schon noch dafür erwärmen. Vor allem, wenn wir ein Haus mit einem Garten haben. Es ist schwierig, einen Hund auf der Etage zu halten.«

»Das ist nicht der einzige Grund, warum er keinen hat«, erwiderte Belle. »Du belügst dich ständig selbst, Faye. Du solltest damit aufhören. Das ist nicht gesund.«

»Danke, aber ich brauche keine Ratschläge von einer Toten. Können wir warten, bis wir im Haus sind und ich vor der Heizung sitze?«

Belle lachte leise. Als sie die Allee entlangfuhren, wichen wie schon beim ersten Mal die Bäume vor ihr zurück, so dass Faye ihren Wagen ohne Kratzer hindurchsteuern konnte. »Danke, das ist ein netter Trick. Ich hätte ungern das Auto neu lackieren lassen.«

»Mit Fremden gehe ich nicht so vorsichtig um«, sagte Belle amüsiert.

»Apropos Fremde, was würdest du davon halten, wenn ich hier männliche Gesellschaft hätte?« Ein Fremder, der kein Fremder mehr war. Sie sollte Mark besser nicht nach Perdition House einladen.

»Ich würde dir nicht in die Quere kommen. Aber bei den Mädchen bin ich mir nicht so sicher. Lizzie spielt gerne.«

»Vergiss es. Es war sowieso keine gute Idee. Ich habe Mark bereits gesagt, dass wir uns nicht mehr sehen können.«

»Aber du möchtest gerne.«

Faye seufzte. Belle konnte ihre Gedanken lesen. Es war zwecklos, sie vor ihr verbergen zu wollen.

»Lizzie sollte sich besser heraushalten. Es geht nicht, dass sie sich so in das Leben anderer Leute einmischt.«

»Sie hat sich entschuldigt, und du hast gesagt, es sei in Ordnung. War das eine Lüge?«

»Ich habe geschlafen! Das war ein Traum!« Faye

hielt vor dem Haus und öffnete die Wagentür. »Erscheinst du jetzt?«

»Drinnen.«

Faye stieg aus, nahm ihre Reisetasche aus dem Kofferraum und eilte die Stufen zur breiten Veranda hinauf. An der Haustür steckte eine Nachricht.

Sie stellte ihre Tasche ab und ergriff den quadratischen beigefarbenen Umschlag. »Faye, ich hoffe, wir können uns bald sehen. Ich habe die ganze Nacht an dich gedacht. Liam«, las sie laut vor.

»Na«, meinte Belle. »Das ist aber süß.«

»Hmm«, sagte Faye. »Ich weiß nicht, ob ich Liam trauen kann. Ihr habt ihn beeinflusst.« Er hätte auch anrufen können, aber die schriftliche Nachricht war persönlicher, weil sie mehr Mühe erforderte.

»Er muss dich sehr mögen, dass er extra noch einmal hierherkommt. Und er ist sehr aufmerksam, weil er uns gehört hat.«

»Woher soll ich wissen, dass Lizzie ihn nicht wieder gedrängt hat? Vielleicht hat sie ihm ja eingeflüstert, er soll die Nachricht schreiben.«

»Wenn wir im Haus sind, fragen wir sie.«

»Ich dachte, du wärst die Einzige, die sich materialisieren kann.«

Belle lachte, und Faye ärgerte sich. »Das ist nicht komisch, wenn einem Geister erscheinen!« Am liebsten hätte sie sich umgedreht und wäre gegangen.

»Geh nicht, Faye. Es tut mir leid. Ich vergesse manchmal, wie sehr wir dich erschreckt haben. Deine Tante Mae hatte sich an uns gewöhnt, und das hat uns unsensibel gemacht.«

Faye akzeptierte die Entschuldigung. »Wie viele gibt es eigentlich noch?«, fragte sie, während sie die Tür aufschloss.

»Annie bist du noch nicht begegnet, deshalb kannst du sie auch nicht sehen.«

»Wann lerne ich sie kennen?«

»In deinem nächsten Traum.«

»Verdammt.« Es war so angenehm gewesen, eine Nacht lang tief und traumlos zu schlafen.

»Es tut mir leid, aber so funktioniert es eben«, sagte Belle. »Wenn du erst einmal alle kennst, kannst du sie jederzeit sehen. Dann wird dein Schlaf nicht mehr gestört.«

Faye verdrehte die Augen und hielt den Atem an, als sie die Tür öffnete. Schließlich sah und sprach man nicht jeden Tag mit einem Geist.

Eine Frau, die ihr erstaunlich ähnlich sah, stand ihr gegenüber. Belle sah viel strahlender und lebhafter aus als in Fayes Träumen. Sie lächelte sie an und breitete die Arme aus.

Zum ersten Mal ließ Faye sich von ihrer Urgroßtante Isabelle Grantham umarmen.

Ihr Körper hatte die Konsistenz eines Marshmallows, und Faye beschloss, nicht zu fest zu drücken. »Du bist viel fester, als ich erwartet habe. Und ich sehe dich in Farbe. Ich habe gedacht, ich könnte durch dich hindurchsehen.«

Erstaunt betrachtete sie ihre Tante. Sie trug einen roten Morgenmantel, und ihre goldblonden Haare kringelten sich lockig um ihre Schläfen.

»Du bist so schön!«

»Nicht schöner als du, Liebes. Wir sehen uns ähnlich. Ist deine Mutter …?«

»Ja, blond, große Brüste, schmale Taille. Sie hat auch tolle Beine.«

»Gute Gene.« Belle lachte über Fayes bewundernden Blick. »Ich bin in Farbe und so fest wie möglich, weil ich dich nicht erschrecken wollte.«

»Ist es denn schwer, so viel Substanz anzunehmen?«, fragte Faye und löste sich von ihrer Tante.

»Es macht mich sehr müde.«

»Dann kannst du ruhig auch durchsichtiger werden.«

»Ja, das fällt mir leichter.« Mit einem erleichterten Seufzer wurde Belle durchsichtiger, aber die leuchtenden Farben ihrer Haare und ihres Morgenmantels blieben.

»Wenn ich so darüber nachdenke, sollte ich die anderen vielleicht erst später sehen. Für heute Morgen hatte ich genug Schocks. Es ist eine tolle Erfahrung, dich zu sehen, aber eigentlich ist das für einen Vormittag genug.« Faye drehte sich der Kopf, und sie spürte eine leise Erschöpfung.

»Ruf Liam an«, ermunterte Belle sie. »Er jedenfalls ist ein fester Körper. Danach wird es dir besser gehen.«

»Gute Idee.« Sie blickte sich um. Sie und Belle waren allein, wenn man einmal von Staub und Spinnweben absah.

Sie hoffte es jedenfalls. »Tut mir leid, Mädels, ich brauche einfach Zeit, um mich an alles zu gewöhnen. Wir sprechen uns später, in Ordnung?«

Geisterhaftes Gemurmel stieg auf, und sie wusste, es war besser, die Begegnung zu verschieben. Sie war noch nicht bereit dazu.

»Wie ich schon sagte, Faye, ich finde, du hast das alles sehr gut gemacht. Deine Tante Mae hat fast drei Jahre gebraucht, um sich an uns zu gewöhnen.«

»Ich rufe Liam an, aber zuerst muss ich mir etwas anderes anziehen. Ich möchte saubermachen. Ich kann diesen Staub nicht mehr ertragen.« Körperliche Arbeit half immer, wenn sie gestresst war. »Kannst du nicht dafür sorgen, dass alles immer sauber ist?«

»Tut mir leid, nein. Es hat mich all meine Kraft gekostet, es bei deiner Ankunft gut aussehen zu lassen.«

»Ich muss auch bei mir im Laden anrufen. Seitdem ich hier bin, habe ich mich nicht mehr um mein Geschäft gekümmert.«

»Würdest du es denn erfahren, wenn es Probleme gäbe?«

»Ja. Kim oder Willa würden sofort anrufen.«

»Dann brauchst du dir doch keine Vorwürfe zu machen. Schuldbewusstsein ist ein nutzloses Gefühl.«

Das fand Faye nicht. Viele Entscheidungen wurden aus Schuldgefühl getroffen. Allerdings wusste sie nicht, ob es immer so gute Entscheidungen waren.

Sie rief in der Kanzlei an und hinterließ eine Nachricht für Liam. Die Empfangsdame war sachlich, aber freundlich am Telefon und versprach, es ihm sofort auszurichten. »Könnten Sie bitte Liam sagen, dass ich angerufen habe? Ich bin heute Abend leider beschäftigt, würde mich aber freuen, wenn er morgen anrufen würde.«

Als Nächstes rief sie bei TimeStop an. Kim nahm beim ersten Klingeln den Hörer ab. »Faye! Ich bin so froh, dass du anrufst! Colins Mutter ruft schon den ganzen Morgen an. Beinahe hätte ich ihr deine Handynummer gegeben.«

»Bloß nicht! Es hat mich schon genug gekostet, Colin zu überreden, sie ihr nicht zu geben.« Colins Mutter war gewöhnt, immer alles zu bekommen, was sie wollte. »Lass mich raten. Sie will sich mit mir über die Leinenqualität der Tischdecken unterhalten.« Faye lachte. »Nein, warte, es muss etwas Alberneres sein. Die Breite der Serviettenringe vielleicht oder wie die Servietten gefaltet werden.«

Kim lachte. »Ja, wahrscheinlich. Ernsthaft, Schätzchen, du musst sie anrufen, sie dreht sonst durch. Und ich will nicht, dass sie in den Laden kommt. Sie verschreckt mir die Kunden.«

»Colin hat ihr vermutlich gar nicht erzählt, dass

ich hier bin. Ich habe ihm ja zuerst auch nur gesagt, dass ich zwei Tage lang wegbleibe. Ich rufe sie an.«

»Danke. Abgesehen von der Königinmutter ist aber alles andere in Ordnung. Ach, übrigens, Willa hat diesen Filzhut verkauft. Du weißt schon, den Hut, den Jim Carey in *Die Maske* getragen hat.«

»Cool! Das sind ja wirklich gute Neuigkeiten. Willa hat Recht gehabt – nicht nur alte Sachen verkaufen sich gut.« Sie würde ihr Sortiment ein wenig erweitern müssen. »Sag ihr, sie soll sich um Sachen aus *Herr der Ringe* bemühen. Schmuck wäre gut.«

»Ja, mache ich. Sonst noch was?«

»Nein. Es ist interessant hier. Das Haus ist größer, als ich gedacht habe, und schwerer in Stand zu halten, als ich gehofft habe. Man bräuchte eigentlich Personal.« Sie dachte an die Säuberungsaktion, die ihr bevorstand. Es würde Stunden dauern. Stunden? Ach was. Tage.

»Du willst es doch sowieso verkaufen, da spielt es doch keine Rolle.«

»Ja, eigentlich sollte es keine Rolle spielen.«

»Aber?«

Faye lachte. »Kein ›Aber‹. Es gefällt mir wesentlich besser, als ich erwartet habe, und ich spiele mit ein paar Ideen.«

»Du warst in der letzten Zeit sowieso so unruhig. Versuch es mal mit Yoga, Schätzchen. Davon bekommt man einen klaren Kopf.«

»Ich habe die DVD gefunden, die du mir in die Tasche gelegt hast. Vielleicht versuche ich es ja tatsächlich mal.« Sie hörte, wie die Ladenklingel ging.

»Oh, Kundschaft. Ich muss Schluss machen.« Kim legte auf.

Faye drückte einen Moment lang den Hörer an die Brust. Tatsächlich. Sie war unruhig.

Sie tauschte ihre Kleidung gegen bequeme Shorts und eine Baumwollbluse. Die Enden der Bluse band sie unter der Brust zusammen, und über die Haare zog sie ein Kopftuch. Dann machte sie sich mit Staubtuch und Putzlumpen an die Arbeit.

Ein Zimmer nach dem anderen, sagte sie sich, als sie mit dem Schlafzimmer begann. Im Parterre würde sie saubermachen, wenn sie mehr Zeit hatte.

Nachdem sie eine Weile geputzt und gewischt hatte, rief sie ihre zukünftige Schwiegermutter an. Die Frau gebärdete sich, wie Kim gesagt hatte, wie die Königinmutter, und die drei Minuten, die sie mit ihr telefonierte, waren viel zu lang.

Man stelle sich vor, das Hotel, in dem der Empfang stattfinden sollte, verlegte einen neuen Teppichboden! Was für eine Katastrophe!

Sie drohte damit, persönlich den Innenarchitekten des Hotels aufzusuchen, um die Farbe zu überprüfen. Das Hotel hatte ihr zwar zugesichert, dass der Teppich neutral beigefarben sein würde, so dass er sich ganz bestimmt nicht mit den Hochzeitsfarben beißen würde, aber sie traute der Sache nicht.

Faye erklärte sich bereit, selbst beim Hotel anzurufen und sich zu vergewissern, dass der neue Teppich sich nicht mit den Rosé- und Mauve-Tönen beißen würde, die die Königinmutter für die Dekoration gewählt hatte.

Nach dem Telefonat musste sie sich abreagieren und beschloss, den Staub in der Eingangshalle in Angriff zu nehmen. Dort widmete sie jeder Nische, jedem Winkel Aufmerksamkeit. Für die Vertäfelung brauchte sie eine Leiter.

Danach blickte sie in die Speisekammer. Ein Ort des Grauens. Die Vorräte, die frisch und köstlich ausgesehen hatten, wiesen unterschiedliche Verfallsstadien auf.

Faye sank am Türrahmen zusammen und rechnete im Geiste noch die Kosten für einen Lastwagen dazu, der diesen Biomüll würde abtransportieren müssen.

19

Zwei Stunden später schlummerte Faye erschöpft ein. Jetzt war sie bereit, die nächste Geschichte zu hören. Annies Geschichte.

Belle blickte über ihre Schulter und winkte einer jungen Frau in Männer-Jeans und Arbeitshemd. Sie hatte kurze Fingernägel, und Faye sah, dass einer davon schwarz war.

Annie bemerkte Fayes Blick und lächelte kühl. »Ich habe mir mit dem Hammer draufgehauen.«

Faye lächelte. »Hallo, Annie. Ich bin Faye.«

»Ich weiß. Allerdings weiß ich nicht, ob dir meine Geschichte gefällt. Nicht so wie die anderen jedenfalls.«

»Es dauerte drei Jahre, bis Annie sich entschlossen hatte, zu uns zu kommen«, warf Belle ein.

»Ach, sei doch still. Das mit Matthew und mir wird sie noch schnell genug herausfinden.«

Belle lachte leise, weil Annie so ein wütendes Gesicht machte.

»Ich habe gesagt, du sollst still sein. So lustig ist es nicht.«

»Wer ist Matthew?«, wollte Faye wissen.

»Deck dich zu, und dann erzählen wir dir, wie ich hierhergekommen bin.«

»Wie ich schon sagte«, begann Belle erneut, »dauerte es drei Jahre, bis Annie sich entschloss, unser Leben hier zu teilen, aber sie war zum Glück von Anfang an dabei.« Sie nickte Annie zu. »Sie ist unheimlich gut im Bauen von Häusern.«

Annie errötete.

»Belle war geduldig«, warf sie ein. »Sie hat mich alles Mögliche machen lassen. Ich habe die Reparaturen ausgeführt und so.«

»Annie hat die Gucklöcher und die Geheimgänge entworfen.«

»Wie kann ich sie denn wiederfinden?«, fragte Faye.

Belle tätschelte ihr die Hand. »Ich zeige sie dir, wenn du wach bist.«

Annie verdrehte die Augen. »Du zeigst ihr alles?«

»Na ja, fast alles.« Sie warf Faye einen Blick zu. »Bis du über Erpressung und Mord hörst, musst du noch ein Weilchen warten. Das würde jetzt zu viel Zeit in Anspruch nehmen. Dann müsstest du einen Monat lang schlafen!«

Annie und Belle lachten laut.

Erpressung. Mord. Faye holte tief Luft.

»Ach, Schätzchen, guck nicht so schockiert. Es gibt keinen Puff, in dem es nicht ab und zu mal spannend wird.« Belle winkte ab.

»Am besten lasse ich mir erzählen, wie du Annie gefunden hast, Belle. Für heute reicht es wahrscheinlich.«

»Ja, da stimme ich dir zu.«

Annie beugte sich vor und begann in Belles Ohr zu flüstern. Belle nickte. »Wir beginnen mit dir auf der Farm, Annie. Das ist am sinnvollsten. Eine Geschichte sollte immer am Anfang beginnen.«

Annie Baker duckte sich unter der Strafpredigt ihres Vaters. »Du taugst nichts, Annie, du warst noch nie zu etwas gut. Und du wirst in der Hölle schmoren, weil du immer so aufsässig bist, das habe ich dir schon tausendmal gesagt.«

Er schlug mit der Faust nach ihr, aber Annie war schnell, schneller als der alte Mann jedenfalls, der vor religiösem Eifer bebte.

Sie huschte unter seiner Hand weg und flüchtete sich unter den Küchentisch. Von dort sah sie die Stiefel ihrer Mutter, die in die Küche kam, gerade als der alte Bastard mit seiner Faust auf die Backofentür traf. Bei seinem Schmerzensschrei musste Annie unwillkürlich lächeln. Hoffentlich sah er es nicht, dann würde er sie umbringen.

»Henry, was hat sie denn dieses Mal getan?«, fragte ihre Mutter und beugte sich über seine verletzte Hand. Sie lief zur Küchenpumpe, um ihm einen kühlenden Umschlag zu machen.

Er streckte die Hand aus, und Mama bandagierte

sie. Annie durfte sie nie behandeln, wenn er sie verletzte. Annie hoffte, dass sie nur zu viel Angst vor ihm hatte. Sonst hätte sie sich nicht erklären können, warum Mama nie einschritt, wenn er sie verprügelte.

»Arnold Hoffstrom hat gesagt, sie ist wie eine Hure durch den Ort stolziert. Er meinte, er hätte sie mit Billy Withers ins Heu gehen sehen.«

»Arnold Hoffstrom? Der alte Bock? Du weißt doch, dass er immer nur sieht, was er sehen will«, erwiderte Mama. »Und er sieht nie das Gute in den Menschen.«

Mehr Widerspruch wagte Mama nicht. Sie wies ihn immer nur auf die Fehler anderer Leute nie, nie auf seine eigenen.

Aber es nützte sowieso nichts. Dieses Mal würde Annie eine Woche lang in den Keller geschickt werden. Eine Woche, in der es nichts zu essen gab, sondern nur Abfälle, die normalerweise weggeworfen würden. Was sie jedoch am meisten hasste, war die Dunkelheit. Im Keller war es pechschwarz.

Als Mutter ihr einmal eine Kerze gebracht hatte, hatte ihr Vater sie auch eingesperrt.

Billy Withers war eine Woche im Dunkeln nicht wert, zumal er in seine Hose abgespritzt hatte, lange bevor Annie überhaupt wusste, was sie tun sollte.

Sie konnte versuchen wegzulaufen, aber Pa würde sie einfangen. Außerdem hatte sie sich ein Lager im Keller angelegt. Es war an der Zeit, ihr Vorhaben endlich auszuführen. Wenn ihr Vater sie am Sonntag herauslassen wollte, würde sie nicht mehr da sein. Dann wäre sie längst weg.

Er griff unter den Tisch und zog sie am Kragen heraus. Sie bekam keine Luft und wehrte sich, aber er zog sie einfach hinter sich die Treppe hinunter.

Pa zog die schwere Falltür zum Keller hoch, und Annie tat so, als zuckte sie vor der Dunkelheit unter dem Haus zurück. Aber innerlich lächelte sie.

Sie warf ihrer Mutter einen letzten tränenerfüllten Blick zu, bevor sie zum letzten Mal in das dunkle Loch sprang. Es roch nach Erde, aber das war Annie egal.

Sie war frei von ihrem Vater, frei vom Keller, frei von seinen Strafpredigten. Noch vor Mitternacht war Annie auf dem Weg in die Freiheit.

Annie kam in Butte an, versteckt auf einem Heuwagen. Es waren immer mehr Automobile unterwegs, deshalb hatte sie noch Glück gehabt, auf diesen Heuwagen zu treffen.

Nach Einbruch der Dunkelheit sprang sie aus ihrem Versteck und machte sich auf den Weg durch die Stadt. Betrunkene Arbeiter lungerten in den Türen, und leichte Mädchen winkten ihr zu. Sie hielten sie für einen Mann, also war ihre Verkleidung wohl gelungen.

Sie hatte sich die Haare abgeschnitten und Männerkleidung gestohlen. Die Kleidung und eine Tasche mit Lebensmitteln hatte sie im Keller versteckt. Es hatte Wochen gedauert, einen Tunnel durch die Kellerwand zum Rosenbeet ihrer Mutter zu graben, aber es hatte sich gelohnt.

Die Hose, die sie trug, gab ihr ein Gefühl von Freiheit, und da sie den Hut tief ins Gesicht gezogen hatte, konnte niemand ihre femininen Züge sehen und auch nicht die großen, weit auseinanderstehenden blauen Augen. Viele Freunde ihres Vaters hatten ihr Komplimente deswegen gemacht, wenn ihr Vater nicht in der Nähe gewesen war.

Wenn er es gehört hätte, wäre ihm vielleicht klar geworden, dass sie solche Kommentare nicht ermutigt hatte.

Vielleicht hätte er ihr dann verziehen, dass sie so hübsch war, und vielleicht hätte er aufgehört, ihr zu sagen, wie sündig sie wäre und dass sie in der Hölle schmoren würde.

Das war letztendlich der Auslöser für ihre Flucht gewesen – ihre sündigen Gedanken an Lust und Männer hatten sie bis in ihre Träume hinein verfolgt.

Und dann hatte Billy Withers ihren Körper in Flammen versetzt, und sie war verloren gewesen. Sie war mit ihm ins Heu gegangen und hatte zugelassen, dass er sie unter ihrer Bluse berührte.

Seine schwieligen Hände waren hart und heiß gewesen. Er saugte und nuckelte an ihren Nippeln, und sie war ganz unruhig geworden und hatte sich nach mehr gesehnt. Schließlich war seine Hand zwischen ihre Beine geglitten.

Sie hatte sich ein bisschen gewehrt, aber nur halbherzig, und er hatte ihr einen Finger in ihre Spalte gesteckt. Es war ein süßes Gefühl, und bald schon stieg Hitze in ihr auf.

Sie wand sich, als er begann, mit dem Finger zuzustoßen, und sie wurde immer nasser.

Dem ersten folgte ein zweiter Finger, und sie begann zu keuchen und bog sich seiner Hand entgegen. Er pumpte seine dicken Finger in sie hinein, als er sah, wie gierig sie reagierte. Ihre Lust wuchs, und bald schon konnte sie keinen klaren Gedanken mehr fassen.

Plötzlich jedoch fluchte er, seine Finger hörten auf zu pumpen, und er wurde ganz rot im Gesicht. Er wandte sich ab, bedeckte seinen Schoß und sagte ihr, sie solle verschwinden. Verwirrt und erhitzt gehorchte sie. Sie war nass zwischen den Beinen, und in ihr pochte es. Hastig kletterte sie die Leiter hinunter, und innerlich brannte sie vor Verlangen.

Als sie zu Hause ankam, wusste Pa bereits, dass sie im Heuschober gewesen war, aber es war ihr egal. Wenn Billy Withers es schon fertig brachte, sie so scharf zu machen, dann wollte sie wissen, was ein erwachsener Mann zustande bringen würde. Ein Mann, der nicht schon vorher in seine Hose abspritzte.

Und jetzt war sie hier in Butte, wo es sicher nicht lange dauern würde, bis sie einen Mann fand, der ihre lustvollen Schmerzen linderte.

Ihre Vorräte reichten nur für zwei Tage, und sie musste unbedingt eine Arbeit finden. Sie verstand kaum etwas von Pferden, nichts von Automobilen, und Nähen würde sie als Mädchen entlarven. Sie war zu schmächtig, um in einer Mine zu arbeiten, deshalb waren ihre Möglichkeiten begrenzt. Sie versuchte, sich als Verkäufer in einem Eisenwarengeschäft zu verdingen, aber dort wurde niemand eingestellt.

Sie verbrachte einige Tage voller Hunger, bis sie schließlich von einem vielversprechenden Angebot hörte. Entschlossen, nicht zu wählerisch zu sein, ging Annie in May Malloy's Dance Hall and Café, um dort Arbeit zu finden.

Sie hatte zwar Hunger, wollte sich aber nicht zu den Mädchen im ersten Stock gesellen. In einem Bordell gab es doch sicher genug anderes zu tun. Annie war stärker, als sie aussah.

Als sie den Schankraum betrat, blickte sie sich verstohlen um, um zu sehen, wo das Büro war und wie schnell sie draußen sein konnte, wenn sie fliehen musste. Das war in den letzten Jahren für sie lebenswichtig gewesen, und sie wollte nicht schon wieder in der Falle sitzen.

Sie zog den Hut tief ins Gesicht, damit die Männer an der Bar sie nicht sehen konnten, und warf einen Blick auf das obere Stockwerk. Sie hatte gehört, was dort passierte, und dachte sich, wenn sie jemals dort arbeiten würde, dann würde sie es bestimmt auf eigene Rechnung tun. Zuhälter nahmen einem zu viel Geld ab, und eine Puffmutter verrechnete alles mit Mahlzeiten und Wäsche, so dass man nichts sparen konnte.

Annie aber wollte eine Zukunft haben. Sie wollte ihr eigener Boss sein und keine Angst vor den Fäusten eines Mannes haben müssen. Sie war es leid, verprügelt zu werden. Oh nein, Annie Baker war von jetzt an unabhängig.

Über dem Schankraum waren Balkone mit Sichtschirmen, hinter denen man von unten nichts erkennen konnte. Bedeutende Männer betraten das Haus über einen eigenen Eingang, um in ihre persönliche Loge zu kommen, in der alle möglichen Perversitäten stattfanden. Von dort aus konnten sie zwar das Treiben im Schankraum beobachten, aber man konnte sie von unten nicht sehen.

Die Einrichtung beeindruckte Annie, und sie nahm sich vor, sich alles noch einmal genau anzusehen. Eines Tages konnte ihr dieses Wissen vielleicht nützen.

Mama war an der Aufgabe verzweifelt, ihr Interesse an weiblichen Künsten zu wecken, aber Annie wusste genau, dass Nähen und Spitze häkeln in einer Welt wie dieser nutzlos waren. Es war viel besser, den anderen einen Schritt voraus zu sein.

Annie klopfte an die Bürotür. Wenn May Malloy glaubte, sie wäre ein Junge, würde es auch sonst niemand in Frage stellen. Sie räusperte sich und sagte mit tiefer Stimme: »Miss Malloy? Ich habe gehört, dass Sie Hilfe suchen. Ich kann alles reparieren und so.«

Annie konnte gut mit Werkzeugen umgehen.

Die Frau am Schreibtisch blickte auf. Sie addierte gerade lange Zahlenreihen in einem Buch. »Wie viel?«

»Kost und Logis. Die Mädchen stecken mir bestimmt ab und zu ein Trinkgeld zu.«

»Darauf kannst du nicht zählen, Junge.« Zerstreut blickte sie Annie an. »Wie heißt du?«

»Andrew, Ma'am.«

»Nun, Andy, meine letzte Aushilfe ist gegangen, deshalb gebe ich dir eine Woche Zeit. Wenn du dich gut anstellst, kannst du den Job haben. Bring deine Tasche die Hintertreppe hinunter. Unten rechts ist dein Zimmer. Wenn du wirklich Geld brauchst, geh nach links. Manche Männer würden gute Dollars für einen Jungen bezahlen, der so aussieht wie du.«

Annie blieb ruhig und nickte. »Wenn es Ihnen nichts ausmacht, gehe ich lieber nach rechts.«

»Deine Entscheidung, aber das Angebot steht. Die Mädchen sind knickrig, wenn es darum geht, ihr hart verdientes Geld abzugeben.«

»Ich werde es schon schaffen. Sie werden sehen.« Und so war es auch. Drei Wochen sorgte sie dafür, dass die Mädchen gut versorgt waren. Ihre Wäsche wurde schneller gewaschen und wieder aufgezogen,

Nachttöpfe wurden so zuverlässig geleert und gereinigt wie noch nie. Sie musste einfach schnell sein, damit die Mädchen sich wohl bei ihr fühlten und ihr Trinkgeld gaben.

Bald schon wurde Annie unersetzlich, und sie konnte ein solides Schloss an ihrer Tür anbringen. Schwierig war es nur für sie, ihr Geschlecht zu verbergen. Vor allem, als ihre Haare wieder wuchsen.

Julie, eine der Frauen, bot ihr an, es ihr zu schneiden, und so setzte Annie sich in einer Pause zwischen zwei Freiern in Julies Zimmer. Sie zog den Hut ab und hielt ihn im Schoß umklammert, während Julie sich mit einer Friseurschere an ihr zu schaffen machte.

»Mann, du hast aber hübsche kleine Ohren für einen Jungen«, stellte Julie fest.

»Ich komme nach meiner Ma«, erwiderte Annie. »Meinen Pa habe ich gar nicht gekannt.«

»Ich auch nicht«, sagte Julie. »Ist ja auch egal, oder?« Aber ihre Finger glitten behutsam über Annies Schädel, als ob sie die zarte Knochenstruktur ertasten wollte.

Es würde nur noch eine Frage der Zeit sein, bis ihr Geheimnis herauskäme. May mied Annie sowieso schon, weil sie eine äußerst aufmerksame Frau war. Es war ein Wunder, dass sie Annies Geschlecht nicht sofort erkannt hatte.

Zu Annies Aufgaben gehörte es, jeden Morgen die Zimmer auszufegen. Dann zog sie die Betten ab und brachte die Bettwäsche in die Wäscherei. Die beliebtesten Mädchen bekamen den besten Service, weil sie die besten Trinkgelder gaben.

Als sie eines Morgens an einer der Zimmertüren vorbeikam, sah sie, dass der Kunde, der gerade darin war, sie nicht vollständig geschlossen hatte. Da Bess zu den großzügigeren Mädchen gehörte, beschloss Annie, einen Blick zu riskieren, damit sie genau sehen konnte, was im Zimmer vor sich ging.

Bess kniete vor einem Mann mittleren Alters mit einem Schnurrbart und hatte ihr Hinterteil so hochgereckt, dass jeder es sehen konnte. Annie errötete, spürte aber zugleich, wie Hitze in ihr aufstieg.

Der Mann hinter Bess zog ihre Arschbacken auseinander, so dass man ihre Rosette sehen konnte. Annie wand sich unbehaglich, schaute aber wie gebannt zu, als der Mann eine glänzende Creme darauf verteilte und die Hinterbacken noch weiter auseinanderzog. Er massierte die Rosette mit der Fingerspitze, und schließlich drückte er die Spitze seines Schwanzes dagegen. Er stöhnte vor Lust auf, als der Schwanz in das enge Loch hineinglitt.

Bess knurrte ermutigend. »Ja, großer Mann, fick mich. Fick mich so, wie ich es gerne habe. Schnell und hart.« Sie wimmerte. »Fick mich auf die schmutzige Art.«

Aber da war noch etwas, das Annie auf den ersten Blick gar nicht bemerkt hatte.

Bess hatte zwei Männer bei sich. Als Annie genauer hinsah, sah sie auf dem Bett einen Mann unter Bess liegen. Sie hatte ihn bisher nur nicht gesehen, weil seine langen Unterhosen die gleiche Farbe wie die Bettwäsche hatten.

Der Mann hinter Bess fickte sie mit rhythmischen Stößen, während der Mann unter Bess ihr seinen Schwanz in den Mund schob. Er stöhnte und zischte, während Bess ihn lutschte und saugte.

Zwei Männer auf einmal, dachte Annie bewundernd. Kein Wunder, dass sie so großzügiges Trinkgeld geben konnte!

Plötzlich hielt der Mann, der in den Arsch hineinstieß, inne, zog sein riesiges Glied aus Bess heraus und spritzte über ihren nackten Rücken ab. Er pumpte seinen Schwanz mit den Händen und warf den Kopf zurück, als die Ladung bis an Bess' Schultern schoss.

Bess packte den anderen Mann an den Eiern, und der Schwanz glitt immer schneller zwischen ihre Lippen. Der Mann packte ihren Kopf und hielt ihn fest, während er aufschrie und offensichtlich kam. Bess musste sein Sperma geschluckt haben, denn Annie konnte nichts sehen.

»Oh, das hat Spaß gemacht! Kommt wieder zu euch, Jungs!« Bess krabbelte ans Kopfende des Bettes, spreizte die Beine und rieb sich über ihre Löckchen. »Noch mal?« Sie zwinkerte Annie durch die offene Tür zu.

Annie rannte den Flur entlang. Billy Withers hatte keine Ahnung gehabt, dachte sie. Sie musste unbedingt so viel lernen, wie sie konnte.

Von nun an widmete sie Bess besondere Aufmerksamkeit. Sie zog jeden Tag ihr Bett ab und legte ihr weiche Waschlappen und duftende französische Seife hin.

Mit der Zeit lernte sie immer mehr. Die meisten Mädchen schätzten Annies Dienste und gaben ihr reichlich Trinkgeld. Andere, die nicht so viel verdienten, boten wiederum ihre Dienste an, da sie ja glaubten, Annie wäre ein Junge und hieße Andy.

Sie war fast schon einen Monat lang da, bis May merkte, dass sie ein Mädchen eingestellt hatte. Ein blöder Fehler, aber so etwas konnte passieren.

Es war der ruhigste Nachmittag der Woche, weil die Minenarbeiter erst am nächsten Tag bezahlt wurden. Annie wusch sich die Haare in Bess' Becken, vergaß jedoch, ihr Hemd auszuziehen, als sie sich klares Wasser über den Kopf goss. Es wurde vorne nass, und ihre Nippel zeichneten sich ab. Rasch wollte sie in ihr Zimmer laufen und sich etwas anderes anziehen, bevor sie jemand sah, aber unglücklicherweise begegnete sie May auf der Treppe.

May fielen ihre Brustwarzen natürlich sofort auf. Sie umfasste die Brüste, als wollte sie sie wiegen, und kniff ihr in die Nippel. Erschreckt wich Annie an die Wand zurück.

May lachte. »Komm sofort in mein Büro, Mädchen.«

Annies Gedanken überschlugen sich, als sie ihr folgte. Jetzt war es passiert. Sie würde eins der leichten Mädchen werden. Ihre Zukunft lag jetzt nicht mehr bei ihr, sondern in Mays Händen. Ihr zog sich der Magen zusammen.

Dann jedoch beruhigte sie sich. Sie war aus Pas Keller entkommen, dann würde sie hier auch fliehen können. Ihr war ein wenig leichter ums Herz, als sie May in ihr Büro folgte. Bevor die Bordellbesitzerin jedoch die Tür schließen konnte, hörten sie Geschrei und das Geräusch von zersplitterndem Glas.

»Was zum Teufel ist da los?« May rannte hinaus, und Annie spähte durch den Türspalt.

Mitten im Saloon stand eine große, grauhaarige Frau mit breiten Schultern und schwang einen Tomahawk, mit dem sie alles zertrümmerte. Die Männer, die an der Theke gestanden hatten, hatten sich ängstlich in die äußersten Ecken des Schankraums zurückgezogen.

»Hört auf damit!«, schrie May. Sie rollte kampflustig ihre Ärmel hoch und blitzte die andere Frau an. »Ich habe gesagt, hört sofort auf!«

»Das werde ich nicht tun. Der Herr hat mich beauftragt, die Sündigen und Lasterhaften zu zerschmettern, um ihre Seelen zu retten.«

Julie trat hinter Annie. »Oh, das ist Carry Nation, die uns erretten will.«

Annie zuckte erschreckt zusammen. Carry Nation war im ganzen Land bekannt, weil sie sich auf einem moralischen Kreuzzug gegen Bordelle und Saloons befand.

May packte Carry am Arm, um sie aufzuhalten. »Verschwindet! Raus aus meinem Café!«

»Café nennt ihr das? Ich nenne es Sündenpfuhl und Lasterhöhle.« Carry versuchte sich loszureißen, aber May hielt sie unerbittlich fest.

Sie blitzte die ältere Frau an. »Verschwindet! Ich meine es ernst!« Sie zerrte sie zur Tür. »Hinaus mit euch, bevor ich euch Schlimmeres antue. Und wagt es nicht zurückzukommen.«

Die männlichen Gäste bildeten drohend einen Halbkreis um May, und schließlich gab Carry Nation auf und verschwand.

»Die nächste Runde geht aufs Haus, Jungs!«, rief May den Männern zu und winkte Annie, sie solle die Glasscherben wegfegen.

Als Annie mit der Arbeit fertig war, hatte May ihren Humor wiedergefunden.

»Nun, wie lautet deine Geschichte?«, fragte sie, als sie wieder zum Büro zurückgingen.

»Ich habe es zu Hause nicht mehr ausgehalten und bin letzten Monat weggelaufen.«

»Wie alt bist du?« May musterte Annie prüfend. »Achtzehn?«

»Ja, Ma'am.«

»Ich glaube dir nicht.«

Es war die Wahrheit, aber sie sah jünger aus. Sollte die alte Hure doch glauben, was sie wollte.

»Manche Männer mögen junge Frauen, aber dein Pa sucht vielleicht nach dir. Möglicherweise macht er Ärger.«

Das war ihr Ausweg. »Ja, er kommt bestimmt hierher. Wenn Carry Nation schon mal da war, ist mein Pa nicht weit. Er hat kürzlich noch davon geredet, dass er die Lasterhöhlen im Land ausmisten will.«

»Ah, ein Temperenzler, was?« May rieb sich das Kinn. »Das muss ja schlimm für dich gewesen sein, so wie du aussiehst.«

Annie nickte erfreut, weil es so leicht war. May hatte sofort angebissen. »Er hat mir jeden Tag gesagt, ich solle in der Hölle schmoren, weil ich Lust in den Männern wecke.«

May kicherte. Dann wurde sie wieder ernst. »Hör mal, ich kenne da eine Frau, Belle Grantham. Sie sucht Frauen, weil sie nach Seattle gehen und dort ein Haus aufbauen will. Willst du sie kennen lernen?«

»Ein Haus aufbauen? Ja, das würde mir Spaß machen.« Bauen hatte ihr immer schon Spaß gemacht, und Holz und alles, was damit zusammenhing, faszinierte sie.

May blickte auf Annies Brust. »Du könntest aber auch hier bei mir bleiben. Ich würde dir alles beibringen, was du brauchst, ohne dass du mit Männern in Berührung kommen musst.« Sie leckte sich die Lippen.

Annie wusste, dass manche Mädchen Trost beieinander suchten, aber sie hatte kein Interesse an Frauen. »Vom Saubermachen hier kann ich nicht leben, und kostenlos gebe ich nichts ab. Weder an Sie noch an sonst jemanden.«

May schnaubte. »Braves Mädchen. Das haben wir dir zumindest schon mal beigebracht. Du lässt ihn also bezahlen, wenn du deine Kirsche verlierst, was?«

»Ja.« In der Zwischenzeit musste sie sich eben mit der eigenen Hand begnügen. Sie hatte viel über Selbstbefriedigung und den Wert ihrer Jungfernschaft gelernt. Im Stillen dankte sie Billy Withers dafür, dass er sich selbst nass gemacht und seinen Schwanz nicht in sie hineingeschoben hatte. Was sie als Katastrophe empfunden hatte, hatte sich letztendlich als Segen erwiesen.

»Außerdem werden die Kunden früher oder später merken, dass ich kein Junge bin«, fuhr Annie fort. Sie zeigte May das Messer, das sie im Stiefel stecken hatte. »Das könnte hässlich werden.«

»Ja, in der Tat.« May nickte. Sie nahm einen Briefbogen und eine Feder, kritzelte etwas auf das Papier und reichte es Annie. »Wenn ich dich so ansehe, kann ich mir gar nicht vorstellen, wie du mich jemals täuschen konntest. Du bist ein hübsches Ding. So ein zartes Gesicht!«

Annie zuckte mit den Schultern. Sie las, was auf dem Briefbogen stand. May hatte den Namen von Belles Hotel darauf geschrieben, und darunter stand: *Sie ist okay!* Ein Empfehlungsschreiben!

»Was soll ich deinem Pa sagen, wenn er kommt, um nach dir zu suchen?«

Annie setzte sich den Hut wieder auf den Kopf und zog den Kinnriemen fest. »Sagen Sie ihm, ich bin in die ewige Verdammnis gegangen. Das hat er ja sowieso immer prophezeit.«

Und damit ging sie.

20

Faye wachte mit einem Ruck auf. Wie immer saß Belle auf ihrer Bettkante. »Annie hat beim Bau des Hauses geholfen.«

Belle nickte lächelnd. »Ja, das hat sie.«

Eine Frau von etwa zwanzig schlüpfte in einem gelben Musselin-Kleid aus dem Zimmer. Annie trug keine Männerkleider mehr wie am Anfang des Traums.

Belle blickte ihr seufzend nach. Dann wandte sie sich wieder zu Faye. »Bist du jetzt wach?«

»Ja.« Und dieses Mal war sie auch nicht so erschöpft wie sonst, sondern ausgeruht und voller Tatendrang. Annie hatte Recht gehabt, ihre Geschichte war ganz anders als die der anderen.

»Was möchtest du gerne wissen?«, fragte Belle. Sie trat an die französischen Fenster und blickte über die Bucht.

Belle trug heute Morgen ein frühlingsgrünes langes Jackett mit passendem Rock und Schnürstiefelchen aus Ziegenleder. Ihre goldblonden Haare waren offen und fielen ihr wellig über den Rücken.

»Kannst du über das Eingangstor hinausgehen?«, fragte Faye.

»Ich kann frei auf dem Grundstück umherwandern, das können wir alle. Aber im Haus bin ich stärker.«

»Kannst du meine Gedanken beeinflussen, wenn ich nicht hier bin?«

»In gewissem Maß, ja. Aber ich glaube, außer mir kann das niemand. Allerdings bin ich auch die Einzige, die es versucht hat.«

»Lass es die anderen bloß nicht versuchen. Es macht mir das Leben zur Hölle, weil ich nicht mehr weiß, wann ich selbst die Kontrolle habe.«

»Seit du mit Mark in den Aufzug gestiegen bist, habe ich mich in deine sexuellen Gefühle nicht mehr eingemischt.«

Faye erinnerte sich daran, dass sich alles so richtig angefühlt hatte. Sie hatte Mark absolut begehrt.

Bei dem Gedanken an Mark lief ihr ein Schauer über den Rücken. Ihr Verlangen im Hotelzimmer war ihr eigenes gewesen. Sie war auch ohne Belles Drängen kein sexloser Freak.

»Du hast mich also dazu bewegt, mit Mark in den Aufzug zu steigen, und dann hast du mich in Ruhe gelassen.«

»Genau.«

»Wusstest du schon von Mark, noch bevor ich ihm begegnet bin?«

»Nein, aber es stellte sich heraus, dass er perfekt war.«

Ja, das stimmte wohl. »Wie lange hast du dich denn schon in meine sexuellen Gedanken eingemischt?«

»Seit dem Tod deiner Tante Mae. Wenn es nicht nötig gewesen wäre, hätte ich es nicht getan.« Belle blickte Faye an. In ihrem Gesicht stand aufrichtiges Interesse.

Faye überlegte. Mae war vor drei Monaten gestorben, und da hatte dieser innerliche Drang eingesetzt. Zuerst war es nur ein unruhiges Gefühl gewesen, und Colin hatte sich über den zusätzlichen Sex gefreut. Faye hatte es auf die Aufregung wegen der Hochzeit geschoben.

»Als Tante Mae gestorben ist, hast du Angst bekommen, dass das Haus abgerissen werden könnte. Du wusstest, dass jemand es kaufen wollte, und deshalb hast du dich an mich gewandt. Werdet ihr alle verschwinden, wenn Perdition House abgerissen wird?«

»Vielleicht. Wir sind nicht sicher.« Ein Hauch von Angst huschte über Belles zartes Gesicht. Sie hatte also nicht all ihre sterblichen Emotionen verloren. Und offensichtlich wollte sie in der Gestalt, die sie angenommen hatte, überleben.

Belle verblich immer mehr, bis sie kaum noch sichtbar war, und Faye fragte sich, ob es wohl anstrengend für sie war, so lange sichtbar zu sein.

»Nein, das ist es nicht. Sichtbar bin ich jetzt schon seit Jahren, ich habe mich nur einen Moment lang nicht konzentriert.«

Vermutlich aus Angst vor ihrem unbekannten Schicksal, dachte Faye.

»Natürlich haben wir Angst. Dir würde es nicht anders gehen.«

Mitleid für die Geister stieg in Faye auf, obwohl sie in ihrem Leben das Unterste zuoberst gekehrt hatten. Noch vor drei Monaten hatte sie einen netten Mann mit einer gut gehenden kieferorthopädischen Klinik heiraten wollen. Sie hatte einen tollen Laden, und das größte Problem in ihrem Leben war ihre herrschsüchtige Schwiegermutter. Das Leben war schön gewesen.

Und dann hatte sie ein Herrenhaus geerbt und damit alle Geister, die darin lebten. Geile Geister, die sich in ihr Sexleben einmischten und sie dazu brachten, mit fremden Männern zu vögeln.

Nein, eigentlich verdienten Belle und ihre Mädchen ihr Mitleid nicht.

»Vielleicht verdienen wir dein Mitleid nicht, aber du solltest zumindest einmal über uns nachdenken.«

»Es wäre schön, wenn du endlich aufhören würdest, meine Gedanken zu beantworten. Das ist unheimlich. Egal ob ich wach bin oder schlafe, ich bin nirgends sicher vor euch.«

»Entschuldigung, Faye. Ich wollte dich nicht beunruhigen. Verzeih einer alten Dame.«

Das brachte Faye zum Lachen. Belle Grantham entschuldigte sich nicht im Ernst. Sie wollte die Dinge immer unter Kontrolle haben.

»Alte Dame? Du bist nicht viel älter als ich. Du stehst in voller Blüte, bist sexy und begehrenswert. Dein Teint ist perfekt, deine Haare glänzen und deine Augen strahlen.« Ein makabrer Gedanke ging ihr durch den Kopf. »Bist du deshalb so schön, weil du jung gestorben bist?«

»Nein, ich habe ein langes, erfülltes Leben gehabt. Aber wir können uns aussuchen, wie wir aussehen wollen.« Belle drehte eine Locke um den Finger. »Ich habe mich für die Blüte meiner Jahre entschieden, wie du siehst. Welche Frau hätte das nicht getan?«

Faye lachte. »Annie wollte, dass ich sie als junges Mädchen sehe. Als ich aufwachte, war sie älter.«

»Alt genug, um für sich selbst zu entscheiden. Als wir uns begegneten, war sie achtzehn und noch Jungfrau. Sie wollte ihre Jungfräulichkeit behalten und sie erst verkaufen, wenn sie dazu bereit war. Das war ihre Entscheidung, und vielleicht war sie klüger als die meisten Frauen. Sie kleidete sich weiter wie ein Mann und machte zuerst eine Ausbildung zum Schreiner.«

»Dann hat Annie also tatsächlich die Geheimgänge und die Gucklöcher gebaut?«

»Ja.« Belle schmunzelte. »Wie ich bereits erwähnte, hat Annie viele Begabungen, die Frauen eigentlich nicht haben sollten. Bei uns konnte sie sie gut gebrauchen.« Sie zuckte mit den Schultern. »Und warum sollte ich ihr das nicht erlauben?«

»Außerdem wusste so keiner der Handwerker am

Ort etwas von der Existenz der Geheimgänge. Nur ihr Frauen wusstet davon.«

»Genau. Bevor verputzt wurde, baute Annie die Gänge, und niemand merkte, dass die Zimmer schmaler geworden waren.«

»Haben die anderen Frauen ihr geholfen?«

»Das war ein Anblick, das kann ich dir sagen. Wir fünf haben fluchend und schwitzend die ganze Nacht gehämmert und geschuftet.«

»Habt ihr die Gucklöcher auch für Erpressung eingesetzt, wie du vorhin erwähnt hast?«

Belle runzelte die Stirn. »Nicht im traditionellen Sinn. Wir brauchten manchmal Schutz. Männer – auch reiche, gebildete Männer – können manchmal grausam und rachsüchtig sein.«

Aus irgendeinem Grund stand Faye auf einmal Colins Bild vor Augen. »Hmm.« Wahrscheinlich hatte Belle ihn ihr vorgegaukelt.

»Ihr habt also das Wissen ihrer intimen Gewohnheiten zu eurem Vorteil genutzt?«

»Natürlich.« Belle wirkte nicht schuldbewusst.

»Das ist ein gefährliches Spiel, Belle«, sagte Faye.

»Wir hatten viele Freunde, Faye. Viele mächtige Männer waren hier, und ich habe immer für Ausgewogenheit gesorgt. Wissen war immer das Ass, das ich im Ärmel hatte.«

»Durften die Männer auch manchmal die Gucklöcher benutzen?«

»Nur, wenn die Beteiligten einverstanden waren. Manche Menschen brauchen Publikum, und andere schauen gerne zu.« Sie seufzte. »Aber wir haben streng darauf geachtet, wem wir unser Geheimnis offenbarten. Und sie waren alle auch nur im selben Geheimgang.«

»Habt ihr viele Exhibitionisten und Voyeure hier gehabt?«

»Mehr, als du glaubst. Denk daran, früher gab es noch kein Video oder Zeitschriften.«

»Oder Peepshows.«

»Genau. Und manche Männer brauchten eben ein wenig Stimulation vorher. Wenn sie bekamen, was sie brauchten, machten sie ihre Sache meistens sehr gut.«

»Und der Mord?«, fragte Faye.

Belle verschwand.

»Komm sofort wieder zurück!« Wie konnte sie es wagen zu verschwinden, wenn Faye Fragen stellte? »Du quälst mich mit ständiger Erregung, bringst mich dazu, die Beziehung zu meinem Verlobten in Frage zu stellen, und erträgst dann noch nicht einmal ein paar Fragen?«

»Was Colin betrifft, so war das die falsche Richtung für dich«, erwiderte Belle hinter ihr. »Deshalb habe ich dir eine neue Sicht der Dinge gezeigt.«

Faye drehte sich um. Belles Gesicht und Schultern schwebten an der Treppe, die zum Witwenausguck auf das Dach führte. Sie wirkte säuerlich. Und

Faye fiel auf, dass sie von Colin in der Vergangenheit sprach.

»Du hast mich direkt in die Arme eines Fremden geführt«, sagte Faye.

Aber vielleicht hatte Belle ja Recht. Wenn sie wirklich so glücklich damit wäre, Colin zu heiraten, wäre sie überhaupt gar nicht erst in die Hotelbar gegangen.

»Du bist unglücklich mit Colin. Warum gibst du es nicht zu? Und wenn auch nur vor dir selbst.« Ihre Tante verzog missbilligend das Gesicht. »Gestern Abend habe ich dir Mark nicht geschickt. Das hast du ganz alleine gemacht. Das wenigstens kannst du doch zugeben.«

»Und Liam im Pavillon?«

»Das war Lizzie, das weißt du ganz genau. Und gegen Liam hattest du gar nichts einzuwenden. Nach allem, was ich gesehen habe, war er Manns genug.«

Das stimmte. Sie spürte jetzt noch, wie seine Eier gegen ihre Hinterbacken geklatscht waren, als er seinen großen Schwanz in sie gestoßen hatte. Allein bei der Erinnerung zuckte es zwischen ihren Beinen.

Belle grinste und nahm wieder ihre volle Gestalt an. Sie fuhr sich glättend über die Haare und blickte Faye freundlich an.

Aber Faye hatte das Gefühl, sich gegen die Geister behaupten zu müssen. »Was ich mit Colin mache, entscheide ich, wenn ich weiß, was mit Perdition House geschieht.«

Belle musterte sie schweigend, aber Faye zuckte mit keiner Wimper. Schließlich war es ihr Leben.

»Und Mark? Was ist mit ihm?«, erkundigte sich Belle.

»Mark spielt für meine Entscheidungen überhaupt keine Rolle. Er ist nur noch zwei Wochen lang hier. Ich mag ihn, er mag mich, der Sex war phänomenal, aber es ist vorbei.« Aber seine Zunge und seine Hände brachten sie zum Beben, sein warmes Lächeln löste Sehnsucht bei ihr aus, und sein bissiger Humor brachte sie zum Lachen.

»Hmm«, sagte Belle. »Du siehst es vielleicht anders, aber ich will dein Leben auf keinen Fall schwieriger machen, als es schon ist. Ich möchte nur sichergehen, dass du nicht denselben Fehler wie alle anderen Frauen machst.«

»Welcher Fehler soll das sein?« Eigentlich wollte sie es gar nicht hören.

»Bei einem Mann zu bleiben, nur weil es einfacher ist, statt ihn zu verlassen.«

»Mach dich nicht lächerlich. Das habe ich doch gar nicht vor, Colin und ich sind seit fünf Jahren zusammen. Wir wollen heiraten. Das ist doch ganz normal nach fünf Jahren.« Faye war jetzt wirklich ärgerlich.

Aber das war Belle egal. Sie setzte sich aufs Bett und faltete geduldig die Hände im Schoß.

»Ist es schwer, meinen Sexualtrieb zu wecken? Wird er wieder normal werden?«

Belle verzog das Gesicht. »Faye, ich kann nicht aus nichts etwas machen. Du hattest immer schon ein starkes Verlangen nach Sex, du hast es nur unterdrückt. Für Colin. Vielleicht einzig und allein wegen ihm.«

Weil er ihr das Gefühl gegeben hatte, dass sie nicht gut darin war. »Als mein starkes sexuelles Verlangen begann, dachte ich, wie gut, dass ich glücklich verlobt bin und mich auf die Ehe freuen kann.«

»Du bist eine schlechte Lügnerin, Faye. Bleib lieber bei der Wahrheit. Du hattest nach Maes Tod das Gefühl, dich des Lebens vergewissern zu müssen, und du hast es für normal gehalten, nach einem Todesfall viel Sex zu haben.«

Es tat weh, die Wahrheit ins Gesicht gesagt zu bekommen.

»Tut mir leid.« Aber Belle machte nicht den Eindruck, als ob es ihr leidtäte. »Beim Haus bin ich genauso vorgegangen. Ich habe dir das Potenzial gezeigt. Wie schön es sein kann. Wenn es nie so ausgesehen hätte, wäre ich mit meinem Geschäft nicht so erfolgreich gewesen.«

Faye nickte stumm.

Belle lächelte sanft. »Ich versuchte dich dazu zu bewegen, zu Besuch zu kommen, aber dazu war ich nicht stark genug. Eine Zeit lang hatte ich Angst, weil Mae sich weigerte, dich anzurufen.«

Tante Mae hatte sich also gewehrt! Es gab noch Hoffnung.

Belles Lächeln wurde kühl. »Je mehr ich dich beobachtete, desto deutlicher sah ich, dass Colin keine gute Wahl ist. Der Mann hat zu viele … wie sagt man heute? Er hat zu viele Komplexe in Bezug auf Sex.«

»Er ist nur anspruchsvoll«, nahm Faye ihn in Schutz. Davon verstand Belle nichts. Immerhin hatten sich die Zeiten geändert, seitdem Belle gelebt hatte.

»Das mag sein«, entgegnete Belle ihr kühl. »Aber die Männer sind immer noch die Gleichen. Und dieser Mann könnte keine Muschi lecken, auch wenn man sie für ihn in Eiscreme tauchen würde.«

Na, das war mal ein Gedanke. Faye kniff die Beine zusammen.

Sofort wurde ihr klar, dass ihre Tante das wusste. Mist!

Sie stand auf und ging ins Badezimmer. Belle wartete einen Moment, dann folgte sie ihr. Faye stand gerade am Waschbecken und putzte sich die Zähne. Belle hockte sich auf den Rand der Badewanne.

»Und? Was ist mit Mark? Was empfindest du bei ihm?«

Faye zögerte mit der Antwort.

Belles Blick wurde freundlicher. »Ich kann deine Gedanken lesen, Faye, nicht deine Gefühle. Du könntest ihn wahnsinnig lieben, und ich wüsste es nicht.«

Nun, das war eine Erleichterung.

Faye drehte sich um, lehnte sich gegen das Waschbecken und beschloss, aufrichtig zu sein. »Ich mag Mark mehr, als ich erwartet habe. Ich wollte mit einem völlig fremden Mann schlafen, um mehr über mich zu erfahren, aber letztendlich mochte ich ihn.«

»Er ist aber auch wirklich nett, lebhaft und leidenschaftlich, aber auch kantig. Soll ich ihn für dich herholen?«

Faye verdrehte die Augen. »Du hast mir absolut nicht zugehört.« Aber sie hatte Mark ziemlich gut beschrieben, und bei dem Gedanken an ihn richteten Fayes Nippel sich auf.

Belle lachte, und Faye spürte einen kalten Luftzug auf ihrer heißen Haut. »Doch, ich habe dir sehr wohl zugehört. Es fällt mir nur schwer, mich an die feineren Emotionen wie Mitgefühl zum Beispiel zu erinnern.«

»Was ist mit den grundlegenden Aspekten der menschlichen Existenz?«

»Ich kann mich an Lust, Hass, Liebe und ganz vage an Hunger erinnern. Wenn du einen Orgasmus hast, fühle ich ihn auch. Wir alle fühlen ihn.«

»Okay, so viel wollte ich gar nicht wissen.« Der Orgasmus war etwas so Persönliches, dass sie nicht einen Augenblick lang auf die Idee gekommen wäre, dass man es teilen könnte. »Kein Wunder, dass Lizzie Liam zu mir gebracht hat. Sie wollte es mindestens genauso sehr wie ich.«

»Mehr. Nachdem sie über Garths Gewalttätigkeit

hinweggekommen war, mochte sie Sex echt gerne. Er fehlt ihr.«

»Ach, und deshalb lässt sie mich mit Liam im Pavillon Sex haben, damit sie auch alles gut sehen kann?« Die Vorstellung, Publikum beim Sex zu haben, weckte ihr Interesse, aber das brauchte Belle nicht zu wissen.

Belle zog die Augenbrauen hoch.

»Also, ich will nicht, dass du Mark für mich holst«, fügte Faye hinzu. Mark hatte es bestimmt nicht so gerne, wenn Geister ihm einheizten. Aber Liam vermutlich. »Mark soll nur aus freien Stücken zu mir kommen. Es gibt keine Garantie dafür, dass wir uns wiedersehen.«

Er hatte zwar deutlich gemacht, dass er sie gerne wiedersehen wollte, aber sie hatte sich nicht darauf eingelassen, obwohl er sie wirklich mochte. Das war eine echte Komplikation, die sie nicht brauchen konnte.

Es war ein Fehler gewesen, ihn noch einmal zu treffen. Wenn sie nicht verlobt wäre, hätte sie ihn bestimmt wiedersehen wollen. Er war großzügig, mit Geld wie mit Aufmerksamkeiten, vor allem im Bett. Und eine Aura von Macht umgab ihn. Von sexueller Macht. Alles war neu und aufregend.

Colin dachte ständig daran, was alles kostete, und wies sie auf ihre Mängel im Bett hin. »Wenn ich Mark will, rufe ich ihn selbst an«, erklärte sie. Sie drängte sich an Belle vorbei und trat ins Schlafzimmer, um sich anzuziehen. Aber sie konnte Mark nicht anrufen. Sie würde ihn nicht anrufen.

Belle folgte ihr und trat an die Verandatüren. »Wenn ich darf, würde ich gerne mit dir über dein Interesse sprechen, das Haus zu kaufen«, sagte sie.

»Ich habe mich schon gefragt, wann du das Thema anschneidest.« Natürlich machte Belle sich Sorgen. Perdition House war einmal ihr Zuhause gewesen. Und jetzt wollte sie es bis in alle Ewigkeit besitzen. Unter den Umständen völlig verständlich.

Aber vielleicht war es ja an der Zeit, dass Belle und die anderen Geister sich dorthin begaben, wohin sie gehörten. Es musste doch anstrengend sein, jahrhundertelang in einem alten Haus herumzugeistern. Faye band sich die Haare zurück. Heute würde sie sich der Küche und der Speisekammer widmen.

»Wir sind hier nicht im Film der Woche, Faye. Du kannst nicht erwarten, dass wir einfach verschwinden. Ganz zu schweigen davon, dass wir nicht wissen, wohin wir sollen.«

»Nein, klar. Ihr habt ja auch Erpressung und Mord begangen. Ich weiß ganz genau, wohin euch euer Verhalten führen wird.« Faye warf ihr einen strengen Blick zu.

»Erpressung ist ein harter Ausdruck.«

»Das glaube ich nicht, schließlich erfahre ich es ja am eigenen Leib«, erwiderte Faye. In diesem Moment klingelte das Telefon auf ihrem Nachttisch. Sie nahm den Anruf entgegen. »Hallo?«

»Ich bin es, Liam. Habe ich dich geweckt?«

»Nein. Ich hatte einen Traum und bin früh aufgewacht.« Sie schmolz dahin, und in ihrer Muschi stieg Hitze auf beim Klang seiner Stimme. Noch nie in ihrem Leben hatte sie Sex so sehr gewollt. »Kommst du vorbei?«, fragte sie.

Er lachte leise und sehr, sehr intim. »Hast du meine Nachricht bekommen?«

»Ja, danke.« Vielleicht verschwand Belle ja, weil Liam anrief. Vielleicht achtete sie ja ihre Privatsphäre. »Es war süß von dir, dass du deswegen extra hierhergefahren bist.«

»Ich bin den ganzen Morgen bei Gericht. Kannst du in die Kanzlei kommen?« Liams Stimme streichelte ihre Libido, und ihr wurde immer heißer.

»Wir müssen reden.« Sie wehrte sich nicht gegen das Gefühl.

»Ja, reden.« Aber sein Tonfall sagte, dass er viel mehr wollte als nur reden. Viel mehr. Sie auch. »Nach dem Gericht habe ich noch Termine bis um drei. Danach habe ich am frühen Abend noch einen Termin. Aber dazwischen könnte ich dich sehen. Sagen wir Viertel nach drei?«

»Ich werde da sein.« Ihre Stimme wurde heiser, und sie war schon wieder erregt. Sie legte auf.

»Lizzie, ich hoffe, das hat nichts mit dir zu tun«, sagte sie warnend.

»Natürlich nicht, Faye. Ich hatte meinen Spaß.« Die Stimme schien aus den Wänden zu kommen.

Faye drehte sich um, konnte aber niemanden sehen.

»Dann liegt es also nur an mir? Ich bin scharf auf ihn, weil ich ihn begehre?« Sie verließ das Zimmer und eilte zur Treppe.

Als sie die Treppe hinunterging, erschien Lizzie. »Ja, Faye, du begehrst ihn. Und warum auch nicht. Der Mann ist ausgestattet wie ein Bulle.«

Faye wurde es noch heißer. Lizzie hatte Recht. Mark war sehr fingerfertig und ließ sich viel Zeit, um ihr Lust zu bereiten, aber Liam hatte einen riesigen Schwanz, und ihre Muschi wurde nass, wenn sie nur daran dachte, wie er in sie eindrang. Ihr lief das Wasser im Mund zusammen.

Wenn sie einfach nur ficken wollte, war Liam der Richtige.

»Du hast dich doch nicht wieder eingemischt, oder?«

»Faye!« Lizzie erschien in dem ovalen Spiegel über dem Tisch in der Eingangshalle. »Liam ist heute Morgen mit einer riesigen Erektion erwacht und hatte lauter Bilder von dir im Kopf. Bilder, die ich nicht dorthin gebracht habe. Er will dich von sich aus. Ich wusste das von Anfang an, Faye. Du bist eine schöne Frau. Jeder Mann würde dich begehren.«

Colin hatte das nie zu ihr gesagt. Er missbilligte es, wenn sie Jeans und T-Shirt trug. Er behauptete immer, sie müsse fließende Oberteile tragen, um ihre Hüften zu kaschieren.

Lizzie zog einen Schmollmund. »Er schätzt deine üppigen Formen nicht, Faye. Das hat er nie getan. Aber Liam liebt sie, und Mark ist ganz wild auf dich. Du solltest froh sein, dass dich zwei tolle Männer begehren. Es ist schon schwer genug, einen zu finden.«

Faye hatte so ein Gefühl, als ob sie sich in Schwierigkeiten begäbe. Sie hatte einen Verlobten, mit dem sie sich die Ehe vorstellen konnte, einen zeitweiligen Liebhaber, der ihr alles beigebracht hatte, was sie über Sex wissen wollte, und einen weiteren Liebhaber, an den sie bloß zu denken brauchte, um nass zu werden. Was sollte sie bloß mit den dreien tun?

21

Der Betty-Grable-Rock schmiegte sich eng um Fayes Hüften, und die Jayne-Mansfield-Bluse passte perfekt dazu – sie war tief ausgeschnitten und brachte ihre Brüste hervorragend zur Geltung. Seide war so ein schöner Stoff; er war fließend und fühlte sich verführerisch an. Hoffentlich gefiel Liam die Bluse ebenfalls.

Faye fuhr auf den kleinen Parkplatz des Einkaufszentrums und fand auch sofort eine Lücke. Sie blickte sich um. In der kleinen Mall herrschte viel Betrieb. Anscheinend hatten die Leute Kaffeepause.

Oh, toll, die Empfangsdame stand da drüben in der Schlange vor dem Coffee Shop. Der Empfang war also nicht besetzt.

Liams Bürotür stand offen. Er saß mit ernstem Gesicht an seinem Schreibtisch und fuhr sich mit den Fingern durch seine glatten braunen Haare. Seine sexy Brille ließ ihn intelligent aussehen, während er sich aufmerksam über irgendwelche Dokumente beugte.

»Hallo«, rief sie und lehnte sich an den Türrahmen. »Ich bin ein bisschen zu früh … hoffentlich macht es dir nichts aus, dass ich nicht warten konnte.«

»Faye! Toll, dass du da bist. Komm herein.« Er schlug die Akte zu.

»Erwartest du vielleicht Mandanten? Oder deinen Vater?«

»Erst um vier. Wir haben reichlich Zeit.«

Sie grinste. »Wunderbar.«

Er stand auf und kam um seinen Schreibtisch herum. »Was hast du denn vor?« Er bedeutete ihr, auf einem der beiden Stühle vor seinem Schreibtisch Platz zu nehmen.

Sie schloss die Tür. »Wenn deine Empfangsdame zurückkommt, musst du ihr sagen, dass du nicht gestört werden möchtest.«

Er lachte leise. »Wie schön, dass du dasselbe denkst wie ich.« Er trat auf sie zu und nahm sie in die Arme.

Sie schmiegte sich an ihn und genoss seine starken Arme und breiten Schultern. Schultern zum Anlehnen.

»Ich habe seit gestern ständig an dich gedacht«, sagte er.

»Erst seit gestern?«

Er errötete. »Okay, erwischt. Ich habe an dich gedacht, seitdem ich dich zum ersten Mal gesehen habe.« Er blickte ihr tief in die Augen, und sie schmolz dahin. Sie hätte ihn am liebsten immer nur angeschaut. »Und was im Pavillon passiert ist, hat mich wahnsinnig gemacht.«

Es war genauso, wie Belle es ihr erklärt hatte. Wenn er sich nicht zu Faye hingezogen gefühlt hätte, hätte er auch nicht auf Lizzies Einflüsterungen reagiert. Die Mädchen von Perdition House konnten nur etwas verstärken, was bereits vorhanden war.

Gut zu wissen.

Aber bei Liam befand Faye sich auf gefährlichem Terrain, weil sie begann, ihn sehr zu mögen. Sie drückte ihm die Handflächen auf die Brust.

»Du freust dich, mich zu sehen«, stellte sie fest, als sie spürte, wie heftig sein Herz schlug.

»Ja, das stimmt.« Endlich senkten sich seine Lippen auf ihre, und sie küssten einander. Sie drückte sich an ihn. Er bewegte sich, und sie hörte, wie er die Tür zuschloss. Er hob den Kopf. »Oh verdammt, ich werde dich ficken müssen.«

»Bitte.«

Er trat zu seinem Schreibtisch, schrieb eine Nachricht und schlüpfte hinaus, um sie draußen auf den Empfang zu legen. Sie nutzte die Gelegenheit und zog rasch ihr Höschen aus. Als er zurückkam, stopfte sie es gerade in ihre Handtasche.

»Warte«, sagte er und streckte die Hand aus. Sie reichte es ihm, während er erneut die Tür verschloss.

»Nektar«, sagte er und hielt sich das blutrote Seidenhöschen unter die Nase.

Faye lachte.

Und dann war er auch schon bei ihr, das Höschen fiel achtlos zu Boden, und seine Hände glitten unter ihren Rock, aber er saß zu eng. Er zog den Reißverschluss auf, und sein Lächeln wurde breiter, als er mit den Händen über ihre Schenkel streichelte. An den Strumpfhaltern hielt er inne. »Schön. Danke, dass du sie trägst. Ich liebe Frauen in Strümpfen.«

Er drückte sie gegen den Schreibtisch. Dann kniete er sich vor sie und schob langsam ihren Rock hoch. Ihre Strümpfe waren aus Seide, nicht aus Nylon, und der Unterschied fiel ihm sofort auf. Er rieb seine Wange an dem glatten Material.

Am liebsten hätte sie ihn am Kopf gepackt und an ihre Muschi gedrückt, aber sie wusste, dass die Vorfreude das halbe Vergnügen war.

Faye holte tief Luft. »Keine Stimmen«, sagte sie. »Kein Lachen.«

Er blickte sie an. Es erregte sie unglaublich, sein Gesicht so dicht vor ihrer Möse zu sehen, und sie wurde noch nasser zwischen den Beinen, als sie ohnehin schon war.

»Keine Stimmen, kein Publikum, nur wir zwei.« Seine Augen glühten. »Und jetzt spreiz die Beine. Stütz dich mit den Absätzen auf dem Schreibtisch ab.

Sie musste Akten und Papiere beiseiteschieben, aber es fiel ihr schwer, weil seine Finger sich bereits an ihrer Klitoris zu schaffen machten.

»Du bist klatschnass. Was für eine großartige Muschi du hast.«

Schließlich war die Schreibtischplatte frei, so dass sie sich darauf lehnen konnte. Er half ihr, sich mit den Fersen abzustützen. »Und jetzt mach die Beine breit«, sagte er andächtig.

Faye erschauerte, als er leicht auf ihre offene Muschi blies. Sie zog ihre Muskeln zusammen, und er grinste. »Das habe ich gesehen. Mach das noch einmal.«

Sie gehorchte, und er spielte einen Moment lang mit ihren Schamlippen. Schließlich berührte er sie aber doch mit seiner Zunge, und als er sie tief in ihre Spalte eintauchte, kam sie innerhalb weniger Sekunden.

Sie bebte am ganzen Körper, so heftig schlugen die Wellen des Orgasmus über ihr zusammen. Ihre Hüften stießen wie von selbst gegen seine, und sie musste sich auf die Lippen beißen, um nicht laut aufzuschreien. Die Tatsache, dass sie gehört hatte, wie die Empfangsdame ihren Platz vorne wieder eingenommen hatte, steigerte ihre Lust noch.

Als die letzten Wellen ihres Orgasmus verebbt waren, küsste Liam sie leidenschaftlich. Sie liebte es, dass er sich so absolut auf sie konzentrierte. Daran war sie gar nicht gewöhnt.

Sein steifer Schaft presste sich an ihren Oberschenkel, und sie griff danach durch den schweren Cordsamt seiner Hose.

Liam löste sich von ihr und blickte sie an. »Ich will in dir sein. Lass mich hinein.«

»Fick mich so wie gestern. Fick mich mit deinem

riesigen Schwanz. Du hast mich so gedehnt, ich fand es wundervoll.«

Er half ihr vom Schreibtisch und führte sie zu einer Nische, in der ein Sofa und zwei Ledersessel standen. Sie öffnete seinen Reißverschluss. Sein Schwanz sprang heraus, und erneut war sie schockiert über seine Größe.

»Du bist wirklich riesig.«

»Ja. Damit habe ich mir mein Studium verdient.«

»Was?«

»Ich habe in ein paar Filmchen mitgespielt.«

»Pornos?« Ihr lief das Wasser im Mund zusammen.

»Nein, erotische Filme.«

»Der Sex wurde also nur simuliert?« Sie fuhr mit der Fingerspitze über seine mächtige Eichel.

Er nickte und holte den Rest des Pakets aus der Hose. Seine Eier waren ebenfalls groß und prall gefüllt.

Sie fuhr mit der Hand an seinem Schaft entlang und wog die Eier in der Hand. Sie waren hart und bereit für sie.

Er biss die Zähne zusammen. »Himmel!«

Sie drückte ihn aufs Sofa und nahm seinen Schwanz in den Mund. Sie hockte sich zwischen seine Knie und fuhr mit der Zunge einmal an der Unterseite seines Schafts entlang. Er zuckte zusammen und stieß gegen ihren Mund.

Zufrieden seufzend öffnete sie die Lippen und

nahm ihn tief auf. Seine dicke Eichel war glatt wie Seide. Er schmeckte leicht salzig, und auf der Spitze stand ein Lusttropfen, den sie ableckte. Köstlich.

Jeden Millimeter leckte sie voller Hingabe, und ihr Herz schlug heftig vor Erregung und Lust. Liam war ein Mann ganz nach ihrem Geschmack.

Sie wollte ihn. Für mehr als nur ein paar Ficks. Für mehr als nur ein paar Wochen. Aber Mark wollte sie auch. Und Colin.

Mit einem lauten Schmatzen ließ sie Liams Schwanz aus dem Mund gleiten.

»Ich liebe das, Liam. Ich liebe es, dir einen zu blasen. Ich liebe es, deine Eier zu lecken.«

Er streichelte ihr über die Haare. »Ich liebe es, deine Muschi zu lecken. Ich kenne keine Möse, die so nass ist wie deine. Nicht viele Frauen können mich aufnehmen, aber du bist so heiß. In dich gleite ich einfach so hinein.«

Sein Schwanz wuchs in ihrem Mund, und kurz spielte sie mit dem Gedanken, ihn auf ihr Gesicht abspritzen zu lassen, aber sie wollte ihn auch in sich spüren.

Rasch richtete sie sich auf und setzte sich auf ihn. Sie hob ihre nasse Muschi über seinen dicken Schaft. Er streifte sich hastig ein Kondom über, und dann drang er in sie ein.

Sie fanden sofort zu einem gemeinsamen Rhythmus, und während sein Schwanz in sie hineinpumpte, drückte er seinen Finger gegen ihre Klitoris.

Sie verstand seinen Hinweis und griff nach hinten an seine Eier. Seine Bauchmuskeln zogen sich zusammen, als sich ihre Finger darum schlossen.

Sie kamen zusammen in einem heftigen Orgasmus. Als die letzten Schauer vorüber waren, zog Liam sie an seine Brust. »Danke.«

»Ich danke dir. Du bist fabelhaft. So hart und dick. Ich liebe es, dich zu ficken.«

Er lachte und drückte sie fest an sich. Liebevoll blickte er sie an.

»Ich mag dich, Faye Grantham. Wie lange bleibst du?«

»Eine schwierige Frage. Ich spiele mit dem Gedanken, für immer zu bleiben. Eigentlich wollte ich ja nur über den Verkauf sprechen, aber mittlerweile habe ich Zweifel.«

»Ich hoffe, wegen mir. Wegen unserer Affäre.« Er blickte sie so ernst an, dass ihr klar wurde, er meinte mehr als nur tollen Sex.

Sie glitt von seinem Schoß und setzte sich neben ihn. Die Füße legte sie auf den Couchtisch. »Wir können hier nicht ewig bleiben, deine Empfangsdame wird sich fragen, was hier los ist.«

Ihr Rock war zerknittert, ihre Strümpfe hatten Laufmaschen, und ihre Bluse war verrutscht, aber es war ihr egal.

Offensichtlich wollte er jedoch nicht das Thema wechseln. »Du bist eine besondere Frau, Faye. Interessant. Ich habe mir die Freiheit genommen, meinen

Vater zu fragen, was er von dir weiß. Er meinte, deine Tante Mae hätte sehr viel von dir gehalten. Sie hat liebevoll erzählt, wie du als Kind zu Besuch warst. Sie wollte immer, dass du sie noch einmal besuchen kommst, aber aus irgendeinem Grund haben deine Eltern es nicht erlaubt.«

Faye erinnerte sich daran, dass sie ihrer Mutter erzählt hatte, sie habe schöne Menschen im Pavillon tanzen gesehen, und sie habe komische kleine Gucklöcher entdeckt. Kein Wunder, dass sie ihr nicht mehr erlaubt hatten, dorthin zu fahren.

Das Familiengeheimnis war nicht das Bordell, sondern die Tatsache, dass es immer noch von den Frauen bevölkert war, die dort gearbeitet hatten.

Liam fuhr fort. »Dann habe ich mir deinen Laden im Internet angeschaut. Er ist wirklich cool, und er scheint gut zu laufen. Du bist sicher stolz darauf.«

»Ja, das bin ich. Aber ich bin mir nicht sicher, ob ich mit TimeStop genug Geld verdienen kann, um Perdition House zu halten. Es muss schließlich auch erst einmal renoviert werden. Als ich am ersten Abend deinem Vater gesagt habe, es sei in einem fantastischen Zustand, habe ich es wahrscheinlich durch eine rosarote Brille gesehen.« Sie richtete ihre Kleidung und stand auf.

»Mittlerweile ist mir klar, wie viel daran gemacht werden muss, aber ich weiß auch, wie es aussehen kann.« Genau das hatte Belle ja gewollt. Faye zuckte innerlich mit den Schultern. »Wahrscheinlich schreibe ich Millionen in den Wind, wenn ich das Haus behalte. Ich glaube, ich will es lieber gar nicht wissen.«

Liam stieß die Luft aus. »Ja, ich denke schon. Es ist erste Lage mit Meerblick. Selbst wenn du nur ein Teil des Grundstücks verkaufen würdest, würde es dir schon gut gehen.«

Aber welchen Teil des Grundstücks? Den, der das Haus vor neugierigen Blicken von der Straße her bewahrte? Den, auf dem der Pavillon stand? Unmöglich.

Tante Mae hatte ja schon einen Teil verkauft, und jetzt war nichts mehr übrig, wenn Faye die Privatsphäre des Hauses wahren wollte.

Sie schüttelte den Kopf. »Bitte, erzähl mir nichts von dem Angebot. Ich will nicht wissen, worauf ich verzichte.« Ihre Entscheidung nahm ihr eine Last von den Schultern. Sie würde im Haus wohnen bleiben, mit den Geistern leben und einen Weg finden, um so viel zu verdienen, dass sie den Besitz erhalten konnte.

Wenn nur Colin zustimmen würde. Das war nicht so einfach. Es war sogar verdammt schwierig.

Liam küsste sie auf die Wange. »Fantastisch. Mir würde es gefallen, wenn du so nahe wärst.«

»Komisch, ich habe gerade etwas Ähnliches gedacht.« Sie lächelte lasziv. »Gibt es deine Filmchen eigentlich auf Video?«

»Nein, nicht mehr. Es ist schon lange her.«

»Ich würde sie trotzdem gerne sehen.«

Er lachte. »Du hast doch den echten Mann!« Er griff nach ihrer Brust und drehte ihren Nippel zwischen Daumen und Zeigefinger. Eine Hand glitt erneut unter ihren Rock und streichelte die Löckchen zwischen ihren Beinen. »Fick mich noch einmal.«

»Jederzeit.« Sie spreizte die Beine, damit er zwei Finger in sie hineinschieben konnte. Einen Moment lang stieß er sie. Ihr wurden die Knie weich, und er lächelte verschmitzt. »Ich liebe es, wie scharf du bist. Du bist immer bereit zu kommen.«

Er hatte Recht. Sie war sexbesessen. Allzeit bereit. Colin hatte sie wirklich negativ beeinflusst.

Sein Daumen presste sich an ihre Klitoris, und sie musste sich an seinen Schultern festhalten, als ein sanfterer Orgasmus sie überwältigte. »Du bist so gut«, sagte sie seufzend.

»Du solltest wissen, dass ich keine Angst vor öffentlichen Orten habe, Faye. Ich ficke, wann immer mich die Lust überkommt.« Er steckte seine Finger, die von ihren Säften glänzten, in den Mund und leckte sie ab.

»Deshalb hat es dir auch nichts ausgemacht, als du im Pavillon geglaubt hast, wir hätten Zuschauer.« Einen besseren Partner konnte sie sich kaum vorstellen. Wenn er herausfand, dass die Mädchen ihnen tatsächlich zuschauten, würde ihn das bestimmt noch mehr anfeuern. Belle wusste schon, wovon sie redete, wenn sie sagte, dass manche Menschen einfach sensibler waren als andere. Mark hatte sicherlich nichts mit Geistern am Hut, während Liam gar nichts dagegen einzuwenden hatte. »Kannst du dich noch erinnern, dass du Lachen gehört hast?«

»Ja.« Seine Hand glitt unter ihre Bluse, und ihre Bauchmuskeln zogen sich zusammen.

Auf seinem Schreibtisch ertönte der Summer. »Das ist die Gegensprechanlage. Wahrscheinlich ist mein Termin da. Eine alleinerziehende Mutter mit Zwillingen. Sie hat ein Problem mit dem Vater der Kinder. Er dealt mit Drogen, will aber das Sorgerecht.«

»Aua.«

»Ich könnte ihr sagen, dass sie morgen noch einmal wiederkommen soll, aber sie hat sich extra frei genommen und ...«

»Nein. Kümmere du dich um dein Geschäft. Sie braucht deine Hilfe mehr als ich den Sex mit dir.«

»Sollen wir heute Abend zusammen essen gehen?« Er stand auf, zog das Kondom ab und schloss seine Hose.

»Ja, gerne«, erwiderte sie. »Ich muss mich noch um ein paar persönliche Dinge kümmern, und dann schaue ich mich nach einem Ladenlokal um, wo ich mein Geschäft eröffnen kann, eine Filiale von Time-Stop oder so. Vielleicht ziehe ich auch ganz um.« Und irgendwann würde sie schon die richtigen Worte finden, um Colin zu sagen, dass sie auch ohne ihn in Perdition House bleiben würde.

22

Vor ihrer Essensverabredung mit Liam erkundete Faye die Nachbarschaft. Es war eine schicke Gegend, in der sich ein Laden wie TimeStop sicher rentieren würde.

Sie stieß sogar auf eine historische Stätte, die mit Fotos und Zeitungsausschnitten erklärt wurde. Sie überflog die Erläuterungstafeln rasch, fand aber keinen Hinweis auf Perdition House. Belle Grantham wurde auch nicht erwähnt.

Sie erwarb ein Buch über die Lokalgeschichte und steckte es in die Tasche. Sie würde es später im Pavillon lesen. Vielleicht würden die Mädchen ihr ja noch einmal die Walzer tanzenden Paare vorgaukeln.

Das Wetter war warm und sonnig geworden, und sie nahm es als gutes Zeichen. Bald war es Sommer, und dann konnte sie den Garten in voller Blüte sehen.

Als sie schließlich zum Haus zurückkehrte, war Faye müde und freute sich auf ein schönes langes Bad vor ihrer Verabredung zum Abendessen.

Als sie hereinkam, begegnete ihr Belle.

»Deine Strümpfe haben Laufmaschen.«

»Liam geht mit den Kleidern nicht gerade schonend um«, erklärte Faye grinsend.

»Er ist eben in jeder Hinsicht ein harter Mann«, erwiderte Belle. »Viel härter als Colin.«

Faye erschauerte. »Ich will jetzt nicht über Colin reden. Ich nehme jetzt ein Bad. Ich bin mit Liam zum Abendessen verabredet.«

Belle glitt vor Faye die Treppe hinauf. Es war ein seltsamer Anblick, zu sehen, wie sie sich schwebend fortbewegte.

So langsam hatte Faye das Gefühl, sie wäre lieber allein. Eigentlich wohnte sie hier ja mit Belle zusammen. Eine Wohngemeinschaft mit einem Geist? Na ja.

Als sie Belle und die anderen Mädchen noch im Schlaf gesehen hatte, hatte sie wenigstens im Wachzustand ihre Ruhe gehabt. Aber jetzt war sie nie mehr allein.

»Ich habe mir übrigens Ladenlokale für TimeStop angesehen«, sagte sie. Sie trat in ihr Schlafzimmer und begann, sich die Bluse aufzuknöpfen.

Plötzlich kamen von überallher die anderen Frauen, durch die Wände, durch die Tür, und Annie schwebte sogar von der Decke herunter.

Faye zuckte vor Schreck zusammen. »Du lieber Himmel! Hört auf, mich zu Tode zu ängstigen!«, fuhr sie die Geister an. Sie blickte zu Annie, die wieder Jeans trug. Sie hatte bestimmt in ihrer Zeit als ziemlich exzentrisch gegolten.

»Soll das heißen, du bleibst hier? In Perdition House?«, wollte Belle wissen.

»Ja, genau das.« Faye zog ihre Bluse auf.

Belles Unterlippe bebte. »Danke«, flüsterte sie.

»Ja, Faye, danke«, echote Felicity.

»Oh, was für eine Erleichterung«, stimmte Annie ein.

Hope hockte an der Treppe und umklammerte einen Stapel Handtücher. *Sie muss sich mit Hausarbeit beschäftigen, damit die Zeit vergeht*, dachte Faye. Der bizarre Gedanke machte ihr klar, was für eine Mammut-Aufgabe vor ihr lag.

»Ich weiß noch nicht, wie ich das Haus unterhalten soll. Alleine die Heizkosten im Winter werden eine riesige Summe verschlingen, aber ich werde es versuchen. Wirklich. Deshalb werde ich auch einen weiteren Laden eröffnen.«

Belle nickte. »Was wird Colin dazu sagen?«, fragte sie.

»Das weiß ich noch nicht. Ich fahre morgen früh gleich zu ihm in die Klinik. Wenn er sich weigert, mit mir hierhin zu ziehen, dann weiß ich noch nicht genau, was ich machen soll. Aber ihr müsst mir feierlich versprechen …« Sie blickte alle Frauen streng an. »… dass ihr euch nicht einmischt, wenn ich mit ihm rede. Kein Voodoo, keine sexuellen Gedanken, nichts.«

Belle verzog beleidigt das Gesicht. »Natürlich nicht.«

Lizzie nickte.

»Felicity?«, fragte Faye.

»Einverstanden.« Es beunruhigte Faye, dass sie nur nachlässig mit den Schultern zuckte.

»Annie?«

»Ich verspreche es.«

»Hope, ich beauftrage dich, Felicity im Auge zu behalten.«

»Ja, ich passe auf sie auf, ehrlich.« Felicity schnaubte, aber das war Faye egal. Auf Hope konnte sie sich verlassen.

Belle verschwand, um Faye ihren Gedanken zu überlassen. Die anderen folgten ihr, und Faye war endlich allein. Sie zog sich aus und eilte ins Badezimmer, um sich ein Bad einzulassen.

Während sie in der Wanne lag, dachte sie, dass es nur fair war, zu Colin zu fahren und mit ihm persönlich zu sprechen. Ein solches Gespräch führte man nicht am Telefon.

Sie musste einfach darauf vertrauen, dass ihr die richtigen Worte schon einfielen.

Es läutete an der Tür, und Faye, in einem tief ausgeschnittenen 50er-Jahre-Kleid, öffnete. »Hi.«

Liams Gesicht hellte sich auf. Er verschlang sie mit seinen Blicken, und sie freute sich, dass sie gerade dieses Kleid gewählt hatte. »Mann, ich liebe deinen Laden. Du siehst fantastisch aus.«

Lächelnd zog er einen Strauß Lilien hinter dem Rücken hervor. »Hoffentlich gefallen sie dir. Ich wollte eigentlich Rosen mitbringen, fand das aber dann zu klischeehaft.«

»Da hast du Recht.« Sie bekam jedes Jahr zu ihrem Geburtstag ein Dutzend Rosen von Colin. Er ließ sie immer von seiner Empfangsdame bestellen, da war sie sich sicher. »Ich liebe Lilien. Und diese hier sind besonders schön. Sie heißen Stargazers.«

»Ich dachte, die Farbe gefällt dir vielleicht.« Er trat in die Halle und stieß einen bewundernden Pfiff aus, als er die schwere Holztäfelung und die mächtige Freitreppe sah.

Sie lächelte ihn an. *Stargazer*. Das war auch der Name der Hotel-Bar, in der sie Mark kennen gelernt hatte.

»Soll ich dir das Haus zeigen?«, fragte sie.

»Ja, gerne.« Liam wirkte äußerst interessiert. Der Staub und die Spinnweben schienen ihn nicht abzuschrecken.

»Ich habe gerade erst angefangen, ein bisschen sauberzumachen. Dieser Bereich hier ist fertig, und mein Schlafzimmer und das Badezimmer auch. Und die Küche. Die Speisekammer hingegen ist das reinste Biotop.«

»Du brauchst das nicht alles alleine zu machen. Wir kümmern uns um einen Reinigungsdienst.«

»Nein, es ist schon in Ordnung. Es ist gutes Training.« Sie ging zur Küche. »Ich stelle schnell die Blumen ins Wasser. Ich bin gleich wieder da.«

In der Küche sagte sie leise: »Keine Scherze, habt ihr gehört? Ihr benehmt euch alle!«

Keine Antwort.

Sie war überzeugt davon, dass die Mädchen irgendeinen Unsinn anstellen würden, aber im Erdgeschoss passierte nichts.

Als sie die Treppe hinaufgingen, sagte Liam: »Ich erwarte immer, jemanden kichern zu hören oder einen Schatten vorbeihuschen zu sehen. Ich habe das Gefühl, nicht allein zu sein.«

»Das hängt davon ab, wie du allein definierst. Wenn du zwei lebende, atmende, fühlende Wesen meinst, dann kann ich bestätigen, dass wir beiden die Einzigen hier sind.«

»Und sonst?«

Sie zögerte.

Er fuhr fort. »Im Pavillon hat sich keiner von uns beiden normal benommen. Irgendjemand hat uns beeinflusst. Ich habe das Lachen gehört, und als wir zum Haus gegangen sind, bin ich knallhart geworden. Anschließend war alles wieder normal.« Er drehte sich zu ihr um. »Aber ich bin froh, dass sie gerade uns zwei beeinflusst haben.«

»Wäre es denn okay für dich, wenn ich dir sagte, dass die Geister der Mädchen, die in diesen Zimmer gearbeitet haben, noch da sind?«

Er zog sie an sich und küsste sie. »Mehr als okay. Stell dir nur vor, wenn diese Wände sprechen könnten. Was würden sie wohl berichten?«

»Worüber?« Das Herz schlug ihr bis zum Hals. Es erstaunte sie, wie gelassen er die seltsamen Umstände in diesem Haus aufnahm.

»Über Sex, über Männer und Frauen. Alles eben.« Er blickte sich um, und sie sah, dass er eine gewaltige Ausbuchtung in der Hose hatte. »Spürst du nicht, wie viel Sexualität hier in der Luft liegt?«

»Doch«, sagte sie und griff ihm zwischen die Beine. Sie drückte leicht zu, und seine Augen wurden glasig. »Ich dachte zuerst, es läge an mir. Ich war so scharf wie nur was, seitdem ich hier bin.« Sie zuckte mit der Schulter, und ein Träger ihres Kleides glitt hinunter.

»Gut.« Er hob sie einfach hoch und warf sie sich über die Schulter.

Sie kreischte auf und kam sich vor wie Scarlett O'Hara.

»Zeig mir dein Schlafzimmer«, forderte er sie auf. Sie kicherte und ließ sich von ihm nach oben tragen. Er stieß die Tür mit dem Fuß auf, stand dann mitten im Raum und schaute sich um.

»Was ist da oben?«, fragte er und schaute zur Treppe. Zugleich ließ er seine Hand unter ihren Rock gleiten. Sie wand sich, fasziniert über diesen neuen Liam.

»Der Witwenausguck. Ich war noch nicht oben. Vielleicht ist es gar nicht mehr sicher.«

»Es ist schon sicher genug.« Er stellte sie auf die Füße, hielt sie aber weiter an der Hand und zog sie mit sich.

Er stieg die Treppe hinauf, und während sie ihm folgte, dachte sie, was für ein wundervoller Mann er doch war. Hart, wo er hart sein musste, und weich, wo er weich sein sollte. Er hatte ein Herz aus Gold, und seine Lebenslust war ansteckend.

Oben öffnete er eine schmale Tür und trat hinaus. Von der Plattform aus hatte man einen wundervollen Blick auf die Bucht.

»Das ist fantastisch. Man kann so weit gucken!«

Sie trat neben ihn. Der Wind zerzauste ihre Haare, und er warf ihr einen bewundernden Blick zu.

Er drückte sie ans Geländer und schob ihren Rock hoch. Bereitwillig streckte sie ihm ihren Hintern entgegen. »Ja, Liam, fick mich, schnell und hart.«

Ein Stoß, und er war in ihrer Möse. Er stieß sie von hinten, während sie sich mit beiden Händen am Geländer festhielt. Als er mit einer Hand ihre Klitoris rieb, kam sie so schnell wie noch nie.

Alles in ihr zog sich zusammen, und als ihre inneren Muskeln sich um seinen pulsierenden Schwanz schlossen, schrie auch Liam triumphierend auf und spritzte in sie hinein.

Als die letzten Wellen ihres Orgasmus verebbten, fühlte sie sich freier als jemals zuvor in ihrem Leben. Und das Beste daran war, dass sie völlig allein mit ihm war.

Nichts deutete darauf hin, dass die Mädchen in der Nähe waren. Liam gehörte nur ihr.

Irgendwann holten sie Pizza und Bier, und dann

fuhren sie wieder zum Haus zurück und rissen einander die Kleider vom Leib.

Sie schafften es gerade noch bis zur Eingangshalle, und Liam setzte sie auf den Tisch unter dem ovalen Spiegel und drang tief in sie ein. Kurz fragte sie sich, ob wohl eines der Mädchen im Spiegel zuschaute, aber eigentlich war es egal. Sie war geil, und Liam konnte nicht warten. Er fickte sie mit harten Stößen.

Wenn es ums Ficken ging, gab es keinen besseren als Liam.

Am nächsten Morgen betrat Faye, befriedigt und erfüllt nach einer wilden Nacht mit Liam, Colins Klinik eine halbe Stunde, bevor der erste Patient eintraf. Sie wusste, dass er immer schon früher da war, um sich auf den Tag vorzubereiten. Kieferorthopäden hatten viel mit Kindern zu tun, und da er mit Kindern nichts anfangen konnte, musste er sich, wie er erklärte, immer erst darauf einstellen.

Sie fuhr mit dem Aufzug von der Tiefgarage hinauf, noch nicht ganz sicher, wie sie das Thema mit ihm ansprechen sollte. Perdition House war relativ weit von der Klinik entfernt, und es würde ihm sicher nicht gefallen, so weit fahren zu müssen. Und noch weniger würde es ihm gefallen, das Haus unterhalten zu müssen, wenn ein Verkauf sie reich machen würde.

Und es würde auch nichts nützen, wenn sie das

Haus kleiner und weniger spektakulär darstellte. Es war ja eine Tatsache, dass es allein wegen der Lage Millionen wert war.

Sie würde vorsichtig vorgehen müssen. Bei Mark oder Liam würde ein guter Blowjob völlig ausreichen, aber Colin war in dieser Hinsicht schwieriger. Er hasste es sogar, wenn sie im Bett die Initiative übernahm. Dann benahm sich sein Schwanz wie eine erschreckte Schildkröte.

Der Empfangsbereich lag dunkel und still da, als sie näher kam. Die Tür war jedoch nicht verschlossen, er musste also schon da sein.

Sie hörte ein Klappern aus einem weiter hinten liegenden Büro und eilte in diese Richtung. Offensichtlich war ein Tablett mit Instrumenten heruntergefallen. Sie erwartete, Colins ärgerliche Stimme zu hören, aber nichts geschah. Stattdessen hörte sie nur leises Gemurmel. Eine Frauenstimme und eine Männerstimme. Ein Kichern. Als sie an der Tür stand, sah sie auch, warum Colin nicht schimpfte.

Sein Kopf steckte zwischen den Beinen seiner Empfangsdame. Sie saß im Behandlungsstuhl, die Beine hochgezogen, die Bluse weit geöffnet und die großen Brüste entblößt. Ihr schwabbeliger Bauch wackelte bei jeder Bewegung von Colins Kopf.

Sie wand sich und stöhnte, während sein Kopf auf und ab ging. Gleichzeitig bearbeitete Colin mit einer Hand seinen Schwanz.

Der spöttische Kommentar von Belle ging Faye

durch den Kopf. *Er könnte eine Muschi nicht mal richtig lecken, wenn sie in Eiscreme getaucht wäre.*

Und Faye hatte ihn noch verteidigt!

Trotz des Stöhnens und Seufzens war es eine seltsam leidenschaftslose Begegnung. Lydia betrachtete gelangweilt die Fingernägel ihrer linken Hand, während Colin sich an ihr abarbeitete. Bei Faye war er nie so aktiv gewesen.

Fasziniert sah Faye ihnen zu.

»Ja, besorg es mir, Baby, besorg es mir. Leck mich, leck mich wie ein Hund«, quietschte das rothaarige Luder. Kein Wunder, dass sie am Telefon immer so besitzergreifend geklungen hatte. Anscheinend vögelte sie schon länger mit ihrem Chef.

Plötzlich richtete Colin sich auf und rammte seinen dünnen Schwanz in die rothaarige Möse. Nach zwei Stößen kam er, grunzend und stöhnend.

Als er erschlafft aus der Rothaarigen herausglitt, öffnete sie die Augen und blickte Faye direkt an.

Und Faye lachte.

Hastig drehte Colin sich zu ihr um. Sein Schwanz sah jämmerlich aus, klein und verschrumpelt im Gegensatz zu den Schwänzen, die sie in der letzten Zeit genossen hatte. Diese Tatsache dämpfte ihren Ärger.

»Nun, das macht es einfacher«, sagte sie.

»Faye! Es ist nicht so, wie du denkst.« Er trat einen Schritt auf sie zu, stolperte aber, weil seine Hose um seine Knöchel hing. »Das war …«

»Was? Ein netter Fick zum Abreagieren, während ich weg war? Das glaube ich nicht. Ich glaube, du fickst sie schon lange.« Sie schüttelte den Kopf. »Und du machst es nicht mal besonders gut. Du hast noch nicht einmal gemerkt, dass sie nicht gekommen ist.«

Colin sperrte den Mund auf. Er wollte etwas sagen, brachte aber keinen Ton heraus. Zum ersten Mal in seinem Leben war er sprachlos.

Faye fuhr fort: »Sie macht dir etwas vor, Colin. Das hätte ich vielleicht auch besser gemacht. Zumindest hättest du mir dann keinen Vortrag darüber gehalten, dass ich frigide bin.«

Die Rothaarige stand auf und stellte sich neben Colin. »Er liebt mich!«, sagte sie.

Die dumme Frau glaubte wirklich, dass Colin sie liebte, obwohl er mit einer anderen verlobt war. »Dein Lippenstift ist ja noch nicht mal verschmiert, Schätzchen. Colin küsst dich ja noch nicht einmal.« Sie musterte die Frau abfällig. »Du kannst ihn haben mit seinem schlaffen Schwänzchen.«

Die Rothaarige riss die Augen auf und stieß Colin an, damit er aus seiner Starre erwachte.

»Faye!« Er fummelte seinen Gürtel zu.

»Ach, und Colin! Perdition House ist übrigens Millionen wert. Du hast dich buchstäblich rausgefickt.«

Rasch drehte sie sich um. Erst als sie im Aufzug war, begann sie zu lachen, bis ihr die Tränen über die Wangen liefen. Beinahe hätte sie diesen Typ geheiratet. Und beinahe hätte sie wegen ihm Belle und den Mädchen das Zuhause genommen.

Die Tür glitt gerade zu, als Colin ihr nachgerannt kam. »Faye! Warte! Was soll ich denn meiner Mutter sagen?«

Sie konnte vor Lachen kaum sprechen. »Sag der Königinmutter die Wahrheit, Colin. Sie wird schon darüber hinwegkommen. Und lass die Tür los. Wir haben uns nichts mehr zu sagen.«

Er gehorchte.

Erst als sie in der Tiefgarage stand, fiel ihr auf, dass sie schon seit zwei Tagen ihren Verlobungsring nicht mehr an den Finger gesteckt hatte. Sie hatte ihn auf dem Schreibtisch liegen gelassen, als sie zu Mark ins Hotel gegangen war. Irgendwie musste sie gewusst haben, dass es mit Colin vorbei war, auch wenn sie es sich selbst gegenüber nicht zugab.

Allerdings war sie sich ganz sicher, dass Belle es von Anfang an gewusst hatte. Und eigentlich hätte sie auch die Zeichen erkennen müssen. Die Distanz zwischen ihnen war immer größer geworden, und Freunde waren Colin und sie nie gewesen.

Beide hatten sie sich nach bestimmten Kriterien einen Partner gesucht, und Leidenschaft war von Anfang an nicht im Spiel gewesen.

Jetzt verstand Faye auch, warum ihre Eltern Colin mochten. Sie glaubten, ihrer Tochter einen Gefallen zu tun, wenn sie sie in eine nüchterne Ehe trieben, die nicht so anstrengend war wie ihre leidenschaftliche

Liebesbeziehung. Ihre Eltern hatten zwar bestimmt nicht alles richtig gemacht, aber sie hatten sich immer geliebt.

Faye beschloss, dass auch sie sich nicht mit weniger zufrieden geben wollte. Wenn die Zeit gekommen war. Wenn sie bereit war. Wenn sie den richtigen Mann gefunden hatte. Wer auch immer es war.

23

Mark lehnte sich auf seinem Stuhl zurück und grinste. »Genau. So machen wir es.« Jetzt, da die Entscheidung getroffen war, fragte er sich, warum es so lange gedauert hatte.

Die anderen Teilnehmer der Sitzung im Konferenzraum des Hotels nickten und schlugen einander auf den Rücken, als hätten sie ein großes Projekt abgeschlossen. Dabei fing die eigentliche Arbeit erst an.

Für Mark und seine Mannschaft jedoch war Arbeit süß. Sie fanden es am besten, wenn sie viel zu tun hatten.

»Wie ist der Zeitrahmen?«, fragte einer.

Grant Johnson, der ungeduldig darauf wartete, expandieren zu können, blickte in die Runde. »Ein Jahr.«

»Sechs Monate«, korrigierte Mark ihn. Grant, sein ältester Freund, der schon auf dem College sein Zimmergenosse gewesen war, musterte die beiden anderen scharf. Deshalb waren sie so gute Partner. Sie erwarteten beide das Schlimmste, verlangten aber das Beste.

»Auf gar keinen Fall«, erklärte Halstead, der Schwächste in der Gruppe.

Mark wartete auf eine Erklärung, aber als keine kam, sagte er: »Dann bist du nicht dabei, Halstead.«

Der Mann klappte den Ordner zu, ergriff seine Aktentasche und ließ die Schultern hängen.

»Ohne Halstead bekommt ihr neun Monate«, sagte Mark mit einem scharfen Blick auf die beiden anderen Männer.

Grant Johnson und Sam Ireland nickten.

»Abgemacht«, erklärte Grant. Die Expansion war seine Idee gewesen. Mark freute sich schon darauf. In der letzten Zeit war ihm häufig langweilig gewesen.

Und für eine Herausforderung war Mark immer zu haben.

»Kommt, wir fahren in den Stargazer«, schlug Ireland vor. »Vielleicht haben wir ja Glück und können Marks Freundin überreden, noch ein paar Frauen mitzubringen.«

»Faye? Nein, das ist meine Privatsache«, erwiderte Mark.

Vielleicht könnte er sich ja ein bisschen ablenken, wenn er mit den Jungs auf Muschi-Jagd ging. »Ich bringe nur noch gerade die Sachen in mein Zimmer, und dann komme ich mit euch.«

»In Ordnung. Bis gleich.« Sam eilte ebenfalls auf sein Zimmer.

Grant ging mit Mark zum Aufzug. »Ich dusche

schnell und komme dann in die Halle«, sagte er zu Mark. »Wir sollten auch noch was essen.«

»Ja.« Mark drückte auf den Aufzugknopf. »Was meinst du, wie Sam sich ohne Halstead schlägt?«

»Sam ist erleichtert, dass er weg ist. Sie haben einmal was mit derselben Frau gehabt. Keiner von beiden wusste vom anderen.«

»Hart.«

»Ja.«

»Außerdem hat Halstead immer gedacht, er arbeitet härter als alle anderen. Wahrscheinlich stimmte das sogar.«

Grant schnaubte. »Er hat eben einfach nie gelernt, mit seiner Zeit ökonomisch umzugehen.«

Mark nickte. »Wenn ich irgendwas von ihm wollte, musste ich immer endlos warten. Ich suche einen Ersatz für ihn, aber es wird eine Weile dauern.«

Grant nickte. »Ein neuer Mann muss sich auch erst einarbeiten. Ich habe eine Assistentin, die gerne befördert werden möchte. Sie ist gut und kennt das Produkt. Sie weiß genau, wo wir hinwollen, und sie äußert klar ihre Meinung. Und was das Beste ist, sie hat keinen Ehemann oder Freund, der sie von der Arbeit abhalten könnte.«

Mark überlegte. Eine Frau würde eine andere Perspektive hineinbringen, was unter Umständen ein Vorteil war, weil sie so die weibliche Zielgruppe besser erschließen konnten. »Frag sie doch.«

»Das mache ich.«

Einen Moment lang schwiegen sie.

»Das muss ja eine tolle Frau gewesen sein, wenn du ihren Namen nicht vergessen hast. Faye, meine ich. Das war der heißeste Arsch, den ich jemals gesehen habe«, meinte Grant. »Ein feuchter Traum auf hohen Absätzen.«

»Ja, sie ist eine interessante Frau«, gab Mark zu. Er wurde hart bei dem Gedanken an sie. »So interessant, dass ich sie nicht mehr anrufen werde.«

»Warum nicht?«

»Ich bin nächstes Jahr die meiste Zeit in Seattle. Und es könnte kompliziert werden.« Nein, er wollte nicht noch tiefer hineinrutschen. Er mochte sie, fickte sie gerne, aber sie gehörte jemand anderem, und das wollte er ihr nicht verderben.

»Ja, ich vergaß, du machst ja nichts Kompliziertes.« Grant hatte sich gerade scheiden lassen, aber aus irgendeinem Grund war er nur zu bereit, sich sofort wieder unters Joch zu begeben.

»Wenn du mit deiner Assistentin schläfst, kannst du das mit der Beförderung vergessen. So ein Chaos können wir nicht brauchen.«

Sollte Grant doch ruhig glauben, dass Mark nur sich selbst vor Komplikationen bewahren wollte. In Wirklichkeit schützte er Faye. Ihre Gefühle füreinander führten nirgendwohin. Nicht, wenn eine Ehe im Spiel war.

Als die Türen aufglitten, betraten sie den Aufzug und drückten die Knöpfe für ihre jeweiligen Stockwerke. »Ich schlafe nicht mit Lynnie. Sie ist heiß, aber sie will nichts von einer Beziehung wissen.«

»Man braucht doch keine Beziehung, um mit einer Frau zu schlafen.«

»Du kennst Lynnie nicht.« Grant blickte zu Boden. Lynnie war offensichtlich ein heikles Thema.

Mark ließ ihn in Ruhe. »Wenn sie gut im Team arbeiten kann, mach ihr ein Angebot.«

Sein Freund pfiff leise durch die Zähne. »Ich habe dich ja schon schnell arbeiten sehen, mein Freund, aber diese Faye hat dich schnell wie eine Nutte abgeschleppt.«

»Sie ist keine Nutte«, erwiderte Mark böse.

»Willst du mir denn nicht ihre Nummer geben? Wenn sie ...«

»Halt den Mund.«

Grant hob die Hände. »Kein Problem. Dann willst du sie also doch wieder anrufen?«

»Nein.«

»Aber ich darf es auch nicht.«

Mark blickte seinen Freund an. »Genau. Du darfst es auch nicht.«

Die Türen glitten auf, und Grant trat auf den Flur hinaus. »Bis später. Und sieh zu, dass du bessere Laune hast«, fügte er hinzu.

Mark schnaubte. Die Türen des Aufzugs schlossen sich wieder, und er bemühte sich, nicht mehr an Faye Granthams verführerischen Körper zu denken.

Es gelang ihm nicht.

Als Mark und Grant in die Bar kamen, war Sam bereits in ein Gespräch mit einer Frau vertieft. Sie sah aus wie eine Professionelle. Ihr Rock war zu eng, ihre Schuhe abgetreten, aber ihr Lächeln war einladend. Sam war bereits in voller Fahrt.

Statt sich zu ihm zu gesellen, nickten Mark und Grant nur und setzten sich an einen Tisch in der Ecke, wo sie im Blick hatten, wer hereinkam.

Faye ging Mark einfach nicht aus dem Kopf. Er sah sie in allen möglichen Stellungen vor sich. Wenn sie jetzt hereinkäme, das würde er nicht aushalten.

Er trank einen Schluck.

Er würde sie einfach anrufen, auch wenn es nichts brachte.

Entschlossen trank er sein Bier aus. »Ich gehe wieder auf mein Zimmer. Ich habe noch jede Menge Arbeit. Du zwar auch«, sagte er zu Grant, »aber du hast eine Pause verdient.«

»Keiner arbeitet härter als du. Bleib wenigstens so lange, bis wir was gegessen haben.«

»In Ordnung, dann lass uns bestellen.« Er winkte einem Kellner, damit er ihnen die Speisekarte brachte. Ungeduldig trommelte er mit den Fingern auf die Tischplatte.

»Entspann dich.« Grant blickte zur Tür. »Jackpot.« Er wies mit dem Kinn auf den Eingang der Bar, und Mark folgte seinem Blick.

Zwillinge.

Groß, blond, schlank. Und bereitwillig.

Grant strich sich über die Haare, stand auf und trat auf die beiden Frauen zu. »Meine Damen, dürfen wir Sie zu einem Drink einladen?«

Sie durften.

Mark lächelte den beiden zu, und sein Lächeln wurde identisch erwidert.

Er bestellte Getränke und beteiligte sich an der Unterhaltung. Das war genau das Richtige, das, was er wollte.

Er wollte sich mit Brandi und Mandi unterhalten und versuchen, sie auseinanderzuhalten.

Er wollte Faye Grantham eigentlich gar nicht sehen. Er machte sich nichts aus ihr. Er wollte nicht ihr Leben ruinieren, nur weil sie zweimal miteinander im Bett gewesen waren. Es war zwar großartig gewesen, aber deswegen eine Ehe zu zerstören lohnte sich nicht.

Es war besser, sie hatten nichts mehr miteinander zu tun.

Der Zwilling ohne den kleinen Diamanten im Nasenloch beugte sich zu ihm. Er konnte ihr Brustbein unter der Haut zwischen ihren Brüsten erkennen. Sie war so dünn, sie hatte absolut nichts in der Bluse. Grant stand auf dünne Frauen. »Du siehst so aus, als wärst du ganz weit weg.« Sie sprach durch die Nase, ein wenig quäkend.

»Entschuldigung, ich habe gerade nachgedacht. Mandi?«

»Ja, Mandi«, bestätigte sie. Sie legte ihm die Hand

auf den Oberschenkel und lächelte ihn an. »Ich hoffe, du hast über mich nachgedacht.«

»Ja, Babe, über dich. Grant und ich wollten uns gerade etwas zu essen bestellen. Wie wäre es mit einem Steak?«

»Gibt es hier auch vegetarische Gerichte? Ich esse kein Fleisch.«

»Das hätte ich mir denken können.« Lächelnd winkte er nach dem Kellner. Grant wirkte glücklich und zufrieden. Die Zwillinge waren sichtlich bereit. Zwilling Nummer zwei mochte zwar nicht Faye sein, aber sie war ein ordentlicher Ersatz. Wenn sie nur nicht so magere Titten hätte.

24

Am nächsten Nachmittag reagierte Faye sich ab, indem sie die Wand im oberen Flur abstaubte. Erschöpft wischte sie sich den Schweiß von der Stirn, wobei sie sich gegen den Rahmen eines alten Ölgemäldes lehnte, das mindestens hundert Jahre alt war. Es war bestimmt schon alt gewesen, als Perdition House gerade gebaut worden war.

Der Rahmen bewegte sich.

Das Ding musste mindestens eine Tonne wiegen. So leicht konnte es sich doch nicht bewegen lassen.

Sie versuchte es noch einmal. Es bewegte sich.

Sie trat einen Schritt zurück, um es sich genauer anzusehen. Der schwere Rahmen war vergoldet. Das Bild stellte eine Jagdszene dar – eine Hundemeute jagte einen Fuchs. Nichts Ungewöhnliches.

Um sicherzugehen, berührte sie den Rahmen noch einmal mit einem Finger. Sie tippte ihn nur leicht an, und er bewegte sich geräuschlos.

»Danke, Belle!«

»Das war ich nicht!«, kam die schwache Antwort. Anscheinend war sie irgendwo anders beschäftigt.

Schließlich erinnerte Faye sich von ihrem Besuch als Kind daran, dass das Bild sich an der Wand nach oben bewegte, nicht seitwärts. Annies Entwurf war wirklich raffiniert gewesen.

»Es freut mich, dass es dir gefällt«, sagte Annie über ihre Schulter.

Das Bild glitt langsam nach oben, so dass unten genug Platz blieb, um den schmalen Gang zwischen zwei Schlafzimmern zu betreten. »Eng hier drin.«

»Ein Meter ist breit genug«, erwiderte Annie. »Fünfzig Zentimeter von jedem Zimmer sind keinem aufgefallen.«

»Kannst du mir ein bisschen Licht machen?«

Eine Gaslampe leuchtete auf.

»Unheimlich. Ich habe das Gefühl, Jack the Ripper schleicht hinter mir her.«

»Sei nicht albern, hier sind nur wir beide.« Annie verdrehte die Augen.

»Ja, aber ich bin die einzige lebende Person.«

Die Luft wurde kühler, als Annie leise lachte, und Faye lief es kalt über den Rücken.

»Bleib ein bisschen von mir weg, ja?«, bat sie. »Hier ist es so eng, dass ich mir vorkomme wie im Kühlschrank.« Sie rieb sich über die Arme. »Wo sind die Gucklöcher?«

Annie zeigte auf einen Stopfen in Fayes Augenhöhe.

Faye zog ihn heraus und blickte genau auf das Bett im Nebenzimmer. In dem Loch saß eine Glaslinse, so dass sie das gesamte Bett wie durch ein Fischauge hindurch sehen konnte.

»Beeindruckend. Wo befindet sich das Loch im Zimmer?«

»Das ist das Beste.« Annie errötete vor Stolz. »Ich habe es so in die Ecke eines Bilderrahmens gelegt, dass es praktisch nicht auffällt. Der Bilderrahmen ist reichlich mit Schnitzereien verziert, so dass man schon sehr genau hinschauen müsste, um es zu entdecken.«

»Kluges Mädchen.«

»Danke.«

»Und wie ist es zu der Erpressung gekommen?«

»Das sollte Belle dir erzählen. Das ist nicht meine Aufgabe.«

»Ach, komm, Annie, wem schadet das schon?«

»Das ist ja das Problem mit Erpressung. Man weiß nie, welche Kreise sie zieht.«

Die Antwort machte Faye nur noch neugieriger.

Sie schaute durch das Guckloch auf der anderen Seite. Dort war es genauso. Das Bett war durch die Fischaugenlinse deutlich zu sehen. »Habt ihr jemals Fotos gemacht?«

»Manchmal. Wenn wir es für klug hielten.«

»Was für Männer kamen denn hierher? Bei welchen Männern hieltet ihr es denn für besser, Fotos zu machen?«

»Hauptsächlich bei bedeutenden Männern, die uns später von Nutzen sein konnten. Und einmal haben wir auch gefährliche Männer aufgenommen.«

Ein Schauer lief Faye über den Rücken. »Mordopfer? Waren es Frauen, die hier gelebt und gearbeitet haben? Waren es deine Freundinnen?«

Annie bewegte sich eisig wie ein Blizzard durch Faye hindurch.

Faye war allein.

Faye durchsuchte Belles Truhe, fand aber keine belastenden Fotos. Alles war ganz normal. Gerahmte Fotos, die im Studio aufgenommen worden waren. Fotos von Picknicks und Bällen in Bilderalben. Sie erkannte Felicity, Hope, Annie und Lizzie auf den frühesten Fotos. Außerdem gab es noch verschiedene Gruppenfotos, auf denen man an den Kleidern das Voranschreiten der Zeit erkennen konnte.

Seufzend schloss sie den Deckel der Truhe wieder und setzte sich darauf. Sie blickte an die Decke. »Ich werde wohl in die Bibliothek gehen müssen.« Sie blickte zu den schweren, staubigen Vorhängen. Sie regten sich nicht.

»Irgendeine Information finde ich dort sicher. Und wenn ich dort nicht fündig werde, wende ich mich eben an die Lokalzeitung. Du hast ja keine Ahnung, was man heutzutage so alles herausfinden kann.«

Belle hatte über alles bereitwillig geredet, aber von Mord und Erpressung hatte sie geschwiegen. Anscheinend war sie nicht bereit, über die Vergangenheit zu sprechen.

»Warum ist dir das denn so wichtig?«, fragte sie.

»Du hast versprochen, mir alles zu sagen, Belle, aber das hast du nicht getan.« Belles Geschichte war faszinierend. In einer Zeit, in der Frauen absolut keine Rechte hatten, hatte sie völlig auf sich allein gestellt ein unabhängiges Leben geführt. Aber sie wollte ihr ja nichts über sich erzählen.

Faye beschloss, es mit einer anderen Taktik zu versuchen. »Als ich in deiner Truhe gekramt habe«, sagte sie laut, »habe ich einen Anstecker gefunden, auf dem ›Verteidiger des Heims‹ stand. Wozu war das gut? Es passt irgendwie gar nicht zu einer Bordellbesitzerin.«

Belle lachte leise und erschien endlich leibhaftig. »Das hatte ich ganz vergessen. Auch die Beile.«

»Beile?« Mord mit einem Beil? Kein Wunder, dass Annie ihr die grausigen Einzelheiten nicht erzählen wollte.

»Nicht Mord. Carry Nation hat immer in den Saloons mit Beilen alles zerschlagen.«

»Das war doch die alte Dame, mit der May Malloy sich angelegt hat.«

»Ja, genau. Sie war Temperenzlerin und hat diese Anstecker und die Beile verkauft, um ihren Kreuzzug zu finanzieren. Sie war zwar verwirrt, aber eigentlich war sie eine großartige Frau.«

Trotz der warmen Nachmittagssonne fröstelte Faye. »Komm«, sagte sie zu Belle. »Lass uns hinuntergehen, Feuer im Kamin machen und plaudern. Ich möchte mehr darüber hören.«

»Ich will nicht über Zeke sprechen.« Belle blinzelte.

»Ich weiß.« Faye tätschelte ihr das Knie, aber ihre Hand ging hindurch. »Entschuldige.«

»Der Gedanke zählt.« Belle lächelte und glitt hinaus. Faye folgte ihr langsam.

In der Ferne hörte sie ihr Handy klingeln, aber sie wollte nicht drangehen. Wahrscheinlich war es wieder Colin, und sie konnte sein Gejammer nicht mehr ertragen.

Belle und Faye setzten sich in die Lehnsessel vor dem Kamin, in dem ein Feuer prasselte. Ein Kaminfeuer mitten im Sommer. Lächerlich. Aber so war es eben, wenn man mit Geistern zusammenlebte.

Belle spürte die Kälte um sich herum wahrscheinlich gar nicht. Faye hätte sich natürlich auch in eine Decke wickeln können, aber es war so gemütlich, den Flammen zuzusehen.

Seitdem Faye Colin mit seiner Empfangsdame überrascht hatte, war sie wieder ruhiger geworden. Vorher hatte sie die ganze Zeit darüber nachgedacht, wie Colin wohl darauf reagieren würde, wenn sie Perdition House behalten würde.

Und jetzt war sozusagen die Luft raus.

»Hat er noch mal angerufen?«

»Ja, kurz bevor ich heruntergekommen bin, hat mein Handy geklingelt. Aber unser letztes Gespräch war nur kurz. Er hat einfach aufgelegt, als ich ihm sagte, ich würde mir seine Klagen über meine sexuellen Fähigkeiten nicht länger anhören.«

»Glaubst du, er hat herausgefunden, dass du dein Können bei anderen Männern erprobt hast?«

»Colin ist viel zu egozentrisch, um sich das überhaupt vorstellen zu können. Es geht immer nur um ihn. Ach ja, und um das, was seine Mutter denkt.«

»Männer!«, sagte Belle. »Man kann einfach nicht mit ihnen leben, aber man kann sie ja auch nicht alle erschießen.«

»Manchmal sind sie auch sehr nützlich«, erwiderte Faye lustvoll seufzend. Sie dachte an Mark und Liam.

»Ja, in der Tat.«

Schweigend saßen sie einen Moment lang da, dann fragte Faye neugierig: »Hast du die Anstecknadel von Carry Nation bekommen?«

»Ja, ich habe sie nach dem Zwischenfall bei May kennen gelernt. Wir haben eine Tasse Tee getrunken und uns lange unterhalten.«

»Wirklich? Faszinierend. Ach, übrigens, soll ich uns auch eine Tasse Tee machen? Das heißt, wenn du ihn trinken kannst.«

Belle schüttelte den Kopf. »Wenn du nichts dagegen hast, genieße ich deine Tasse mit.«

»Du meinst, du schmeckst ihn, wenn ich ihn trinke?«

»So in der Art.«

»Das muss wohl so ähnlich sein wie bei Lizzie,

die meinen Orgasmus mit Liam mitgefühlt hat.« Das musste aufhören!

»Deine Tante Mae hat sich daran gewöhnt.«

»Ihre Orgasmen mit fünf Geistern zu teilen? Das kann ich mir nicht vorstellen.«

»Sie war nicht immer eine alte Frau. Auch sie war früher sehr schön. Sie war auch mit sechzig noch schön. Sie hat wundervolle Feste hier gegeben.« Belle machte eine ausladende Geste, und einen Augenblick lang sah Faye Licht und Bewegung, hörte das Klirren von Champagnergläsern und Stimmengemurmel.

»Ich werde mich aber nicht daran gewöhnen. Ich möchte meine intimsten Empfindungen mit niemandem teilen. Mein Körper gehört einzig und allein mir.«

»Wir werden unser Bestes tun, aber versprechen kann ich dir nichts.«

»Es reicht mir schon, wenn ihr euch Mühe gebt.« Es nützte sowieso nichts, sie würde es wahrscheinlich nicht mitbekommen.

»Nein, du spürst nichts«, bestätigte Belle ihren Gedanken. »Soll ich dir ein bisschen von meiner Mutter erzählen?«

»Oh ja, bitte.«

»Meine Mutter hatte sich der Freie-Liebe-Bewegung angeschlossen, die nach dem Bürgerkrieg in gewissen Kreisen entstanden war«, sagte Belle. »Sie fand die Vorstellung, dass Frauen ihr eigenes Schicksal nicht bestimmen durften, grauenhaft. Ihre Mutter zum Beispiel hatte man ins Irrenhaus gesteckt, weil sie nach ihrem vierzigsten Geburtstag launisch geworden war. Ihr eigener Ehemann hat das veranlasst, und das hat meine Mutter ihrem Vater nie verziehen. Sie gelobte, nie zu heiraten, damit kein Mann ihr Leben bestimmen konnte.«

»Dann war sie also mit deinem Vater nicht verheiratet?«

»Nein.«

»Du hast ihn gar nicht gekannt.« Faye erinnerte sich an ihren ersten Traum.

Belle schürzte die Lippen. »Letztendlich hat ja meine Mutter doch ihr Herz an ihn verloren und damit auch die Kontrolle aufgegeben. Er hat die Regeln ihrer Affäre bestimmt. Ich glaube, er war ein mächtiger Mann.«

»Ein Politiker?«

»Nein, wohl eher ein Industriemagnat. Von irgendjemandem muss ich ja meine Liebe zum Geschäft geerbt haben, und ganz bestimmt nicht von meiner Mutter. Sie war ein Opfer der Liebe.«

»Und wie ist deine Einstellung?«

»Ich beschloss, nicht darauf zu vertrauen, dass Männer sich jemals ändern können. Ich wollte absolut unabhängig sein von den Launen der Männer. Meinen Mädchen habe ich erlaubt, selbst zu entscheiden, ob sie ihre Gunst gewähren wollten oder nicht. Mir gefiel der Gedanke, dass die Männer danach vielleicht netter zu ihren Frauen waren.«

»Das war bei vielen bestimmt auch so.«

»Und manche haben sich in die Mädchen verliebt. Sie sahen sie als gleichwertige Partner, mit denen sie reden konnten, und das machte sie attraktiver als die Ehefrauen. Es gab einige romantische Affären in Perdition House, aber die wenigsten Männer konnten die Mädchen überreden, ihr unabhängiges Leben hier aufzugeben und sich ins Ehejoch zu begeben.«

»Oh, ich würde schrecklich gerne mehr davon hören, und im Traum könnte ich auch alles sehen!« Heißes Verlangen stieg in Faye auf. Sie presste die Beine zusammen. »Was war denn eigentlich mit Annie?«, fragte sie. »Und ihrer Kirsche?«

»Oho! Das war eine lustige Geschichte. Sie wollte sie unbedingt verkaufen. Wir trafen alle Vorkehrungen, und es war ein echtes Problem, als ich dem Herrn, der ihr die Jungfräulichkeit nehmen wollte, sagen musste, dass sie sie bereits kostenlos weggegeben hatte!«

»Belle! Jetzt sei still!«, sagte Annie von der Tür her.

»In Ordnung, Annie. Wir können ja an einem anderen Tag weitererzählen.« Belle erhob sich und wandte sich zum Gehen. »Denk gut über deine Zukunft nach«, sagte sie zu Faye. »Es geht um uns alle.«

»Ach, apropos«, erwiderte Faye. »Du hast doch gesagt, du hättest Sinn fürs Geschäft. Kann ich meine Pläne für ein zweites Geschäft hier mit dir besprechen?«

Belle errötete vor Freude. »Ja, ich würde dir schrecklich gerne helfen.«

»Ich auch«, warf Annie ein.

»Und ich«, sagte Felicity.

»Danke, Mädels.« Faye wandte sich wieder an Belle. »Weißt du was? Ich mache mir jetzt einen Tee, ich kann ihn brauchen. Und zur Sicherheit bringe ich dir auch eine Tasse mit, Belle. Vielleicht kannst du ihn ja doch trinken, wenn du in diesem halbfesten Zustand bist.«

»Ich habe es noch nie versucht.«

»Wenn du deine eigene Tasse hast, gehst du wenigstens nicht an meinen Tee.« Faye erschauerte und eilte in die Küche.

Belle folgte ihr. Auch die anderen fanden sich ein. Annie schwebte durch die Tür der Speisekammer, und Lizzie kam aus dem Garten. Felicity hielt ein Buch in der Hand, und Hope trat zwischen Kühlschrank und Herd hervor. Ein Duft nach Zimt und Äpfeln umgab sie.

»Wir trinken Tee«, verkündete Belle.

»Oh, wie schön«, riefen die Mädchen und nahmen ihre Plätze ein. Es hatte sich bewölkt und zu regnen begonnen, aber das war allen egal.

Faye berichtete ihnen, was sie vorhatte. »Ich kann nur eine Filiale eröffnen, weil ich den Laden dort nicht aufgeben kann«, sagte sie. »Dort, wo er sich jetzt befindet, habe ich Stammkunden. Außerdem habe ich dort zwei großartige Angestellte, Kim und

Willa. Sie werden nicht umziehen wollen, und ich kann ihnen auch nicht zumuten, so weit zu fahren.«

»Kannst du ihnen denn vertrauen?«, fragte Felicity. »Können sie den Laden wirklich ohne dich führen?«

Faye dachte daran, wie Blake Felicity betrogen hatte. Sie war sehr misstrauisch geworden.

»Hättest du ein besseres Gefühl, Felicity, wenn unsere Computer miteinander verbunden wären und ich Kameras im Laden installieren ließe? Dann könnte ich alle Transaktionen von hier aus kontrollieren.«

Felicity riss überrascht die Augen auf. »Was für eine wundervolle Zeit das heute doch ist!«

»Es ist sowohl ein Fluch als auch ein Segen, dass man so miteinander verbunden sein kann. Du hast dann auch keine Privatsphäre mehr. Colin hat einmal vorgeschlagen, ein Ortungssystem für mein Handy zu installieren. Angeblich aus Sicherheitsgründen für mich, aber jetzt weiß ich, dass er einfach immer wissen wollte, wo ich war, damit ich ihn nicht mit seiner rothaarigen Hure überraschte.«

Die Frauen wurden unruhig, und die rothaarige Hope wurde völlig blass. »Entschuldigung, das war nicht persönlich gemeint«, beruhigte Faye sie.

Hope erschien wieder, wirkte aber immer noch ein wenig beleidigt. »Na gut, Entschuldigung angenommen.«

Faye nahm sich vor, in Zukunft vorsichtiger mit ihren Äußerungen zu sein.

»Was für einen Laden hast du eigentlich gefunden?«, fragte Belle.

»Noch keinen Laden, nur die richtige Gegend. Aber es ist wichtig, dass der Laden in die Umgebung passt.«

»Können denn deine Kunden vom anderen Laden nicht auch hierherkommen?«, fragte Belle.

»Dazu ist es viel zu weit weg. Ich muss Leute anziehen, die hier in der Gegend wohnen.«

Sie redeten noch eine Weile vom Geschäft, und die anderen Frauen machten Faye Vorschläge, die bedenkenswert waren.

»Und was ist mit den Männern, Faye?«, fragte Hope. »Colin wird sich bestimmt entschuldigen und auf Vergebung hoffen.« Sie kicherte. »Und du warst ihm selbst nicht treu, vielleicht solltest du also überlegen, ob du ihn nicht wiederhaben willst.«

Faye lächelte. »Nein, das wird nie passieren. Wie Belle schon gesagt hat, ich war nie glücklich mit ihm, und es hat sich gezeigt, dass wir nicht die Richtigen füreinander sind.«

Colin gehörte der Vergangenheit an. Ihre Zukunft kannte sie nicht. Noch nicht. Aber sie hoffte inständig, dass Liam dazugehörte.

»Liam scheint nett zu sein«, sagte Hope. »Zuverlässig und nett.«

Wie ihr Jonathan, dachte Faye. Ihre verlorene Liebe. Hm.

Belle lächelte. »Nett ist … nun ja … nett. Aber ich

habe immer die Männer mit Ecken und Kanten bevorzugt.«

»Böse Buben.« Felicity seufzte. »Blake war so einer, definitiv.«

»Garth auch«, warf Lizzie ein. »Und seht bloß, was passiert ist.«

Annie tätschelte Lizzie tröstend die Schulter. »Es gibt einen Unterschied zwischen sexy und böse, Lizzie. Garth war böse.«

Lizzie nickte. »Und er hat bekommen, was er verdiente.« Ihr Tonfall klang düster, aber Faye wollte dieser Geschichte jetzt nicht nachgehen.

»Mark ist sehr sexy, und er hat Ecken und Kanten«, erklärte Faye. »Und er ist sehr talentiert, wenn ihr wisst, was ich meine.«

Perlendes Gelächter stieg auf, und alle begannen, entsprechende Geschichten zu erzählen. Schließlich sagte Faye: »Liam ist hier und ich auch. Wir passen gut zusammen, und ich mag ihn sehr. Eines Tages könnte ich ihn vielleicht sogar lieben. Mal sehen.«

»Und Mark?«

»Mark reist bald ab, deshalb ist das zu Ende.« Sie grinste. »Aber er macht mich so heiß.«

»Uns auch«, sagte Annie und rutschte auf ihrem Stuhl hin und her. »Denk noch ein bisschen mehr an ihn.«

»Ich habe beschlossen, ihn nicht wiederzusehen. Und eigentlich bin ich auch eher monogam, trotz meines Verhaltens in den letzten Wochen.«

»Ja, natürlich.«

»Etwas anderes hätten wir auch nicht angenommen.«

Sie lachten alle, und Faye fühlte sich wohl bei den Frauen. Ihre Zukunft hier war gesichert. Sie würde eine Filiale von TimeStop aufbauen, und Liam würde der Mann in ihrem Leben sein.

In diesem Moment klingelte ihr Handy. Sie holte es und klappte es auf. Wenn das Colin war, würde sie ihn zum Teufel jagen.

Aber noch bevor sie sich melden konnte, begann sich das vertraute Prickeln in ihrem Körper auszubreiten. Ihre Muschi wurde nass, ihr Herz raste, und ihr stockte der Atem. Oh, verdammt, sie war auf einmal total scharf.

»Hallo?«

»Ich bin's, Mark. Ich verlasse Seattle nicht. Kommst du zum Spielen vorbei?«

Die Mädchen von Perdition House brachen in laute Jubelrufe aus.